Das Buch

Für Emma könnte es gerade nicht schlechter laufen. Nachdem sie ihren letzten Mordfall nicht lösen konnte, hat ihr Chef sie vorerst in den Innendienst in die Abteilung Häusliche Gewalt versetzt, wo sich die freiheitsliebende Kommissarin zunehmend langweilt. Zudem steht ihr ein Drogenscreening bevor. Emmas Schmerzmittelkonsum ist ihrem Chef nicht entgangen. Auch ihr Ex-Mann, der wegen Machenschaften in der IRA in Untersuchungshaft sitzt, bereitet ihr nichts als Schwierigkeiten. Lediglich der Verteidiger ihres Ex-Mannes ist ein Lichtblick in dieser schweren Zeit.

Während des Screenings bittet der Arzt sie um diskrete Hilfe: Ein »Todesengel« geht im Krankenhaus um und fordert ein Menschenleben nach dem anderen. So etwas gab es in der Geschichte Irlands noch nie. Damit nicht die Stadt oder gar das ganze Land in Panik geraten, ermittelt Emma verdeckt. Als es zu einem weiteren Mord kommt, muss sie sich den Geistern der Vergangenheit stellen …

Die Autorin

Barbara Bierach ist eine bekannte Journalistin und Sachbuchautorin. Nach Jahren als Auslandskorrespondentin in New York und Sydney lebt sie heute im irischen Sligo, wo auch ihr erster Krimi in der Reihe um die Kommissarin Emma spielt.

Von Barbara Bierach ist in unserem Hause bereits erschienen:

Lügenmauer. Irland-Krimi

Barbara Bierach

Schweigegelübde

Irland-Krimi

Ullstein

Besuchen Sie uns im Internet:
www.ullstein-taschenbuch.de

Das Sligo General Hospital im Text hat nichts zu tun mit dem Sligo University Hospital der Realität. Die Ärzte und Schwestern der Wirklichkeit haben nur eines im Sinn: das Leben und die Gesundheit der Patienten zu schützen, was ich im Mai 2017 mit großer Dankbarkeit am eigenen Leib erfahren durfte. Auch wenn die Beschreibung der Gebäude und Landschaften im County Sligo der Realität entspricht: Alle Personen und Vorfälle in diesem Buch sind frei erfunden.

MIX
Papier aus verantwortungsvollen Quellen
FSC® C083411
FSC
www.fsc.org

Originalausgabe im Ullstein Taschenbuch
1. Auflage März 2018

Umschlaggestaltung: bürosüd° GmbH, München
Titelabbildung: plainpicture/© Cultura
Satz: Pinkuin Satz und Datentechnik, Berlin
Gesetzt aus der ITC Slimbach Std. Book
Druck und Bindearbeiten: CPI books GmbH, Leck
ISBN 978-3-548-29023-2

»I don't think now that people can be divided

into the good and the bad

as though they were two different races or creatures.

What are being called good women

may have terrible things in them,

mad moods of recklessness, assertion, jealousy, sin.

Bad women, as they are termed,

may have in them sorrow, repentance, pity, sacrifice.«

Oscar Wilde, Lady Windermere's Fan

Montag, 2. 5. 2005

Kapitel 1

Emma

Emma Vaughan stand in der ersten Morgensonne am Garavogue River, da wo er aus dem Lough Gill kommt, sich durch Sligo Town verengt, um schließlich zu Sligos Hafen zu werden. Sie betrachtete eine Reihe bunt angemalter Ruderboote, die im Fluss vertäut lagen. Ihr Bug zeigte Richtung Atlantik, das bedeutete Flut. Je nachdem, ob der Mond das Wasser aufs Land zu oder aufs Meer hinaus zwang, deuteten die Bootsnasen in einer alle sechs Stunden die Richtung wechselnden Pendelbewegung Richtung See oder Richtung Stadt. Emma fand dieses sanfte Hin und Her des Ozeans beruhigend. Was immer auch passierte, egal, was die Menschen anstellten, Ebbe und Flut war das gleichgültig, das Meer atmete unbeirrbar ein und wieder aus, ein und aus, in alle Ewigkeit. Genau so musste es sein.

Jetzt, Anfang Mai 2005, war es morgens noch kühl. Emmas Blick folgte ein paar Enten, die wild mit den Flügeln schlagend Anlauf nahmen und abhoben, um anderswo weiterzupaddeln. Emma betrachtete den Himmel, der sich nicht recht zwischen Grau und Blau entscheiden konnte, und dachte über ihren Job nach, der schon mal besser gelaufen war. Sie war Inspector bei der irischen Polizei, der An Garda Síochána. Eigentlich bearbeitete sie in der Local

Detective Unit Sligo alles, was an schweren Verbrechen im County so anfiel, aber nun hatte ihr Boss Emma bis auf weiteres in die Abteilung Domestic Violence versetzt – häusliche Gewalt.

Gestern Nacht hatte sie Padraig Flannery festnehmen müssen, einen 16-jährigen Jungen, der seinen Vater mit dem Hurlingschläger krankenhausreif geprügelt hatte. Der Alte hatte seine Familie jahrelang als Frustableiter benutzt und wahllos Schläge verteilt. Mutter und vier Kinder – alle bekamen regelmäßig ihre Abreibung, und die Nachbarn riefen genauso regelmäßig die Polizei, wenn das Geschrei mal wieder zu laut wurde. Der alte Flannery war ein Vieh mit der Intelligenz eines Butterbrots, doch da seine Frau ihn nicht anzeigte, waren den Beamten weitgehend die Hände gebunden, und so wiederholten sich seine Auftritte so regelmäßig wie seine Alkoholeskapaden.

Gestern Nacht war seinem Sohn Padraig schließlich der Geduldsfaden gerissen. Der Junge war vom Hurlingtraining nach Hause gekommen – eines der schnellsten und brutalsten Ballspiele der Welt, das die Engländer den Iren in der Kolonialzeit einst verboten hatten, weil sie fürchteten, die Gewalttätigkeit des Hurling könnte eine Rebellion anheizen – und hatte den Schläger noch in der Hand, als sein Vater seiner Mutter ein blaues Auge und eine geplatzte Lippe verpasste. Der Teenager hatte sich zwischen seine Eltern geworfen, doch der Alte hatte ihn bloß verhöhnt und gefragt ob »der kleine Schlappschwanz« nun größenwahnsinnig geworden sei. Das zumindest hatte Padraigs Mutter hinterher zu Protokoll gegeben. Da war der Junge durchgedreht und hatte den Hurlingschläger benutzt, um seinem Vater die jahrelangen Prügel mit Zinsen zurückzuzahlen. Es war fraglich, ob der Mann durchkommen würde.

Am Ende saß Padraig weinend auf dem Boden in einer Ecke der Küche, die von dem Blaulicht der draußen parkenden Ambulanz- und Polizeifahrzeuge in blaue Blitze getaucht wurde. Er hatte den Kopf gehoben und Emma mit den Augen eines verletzten Tiers angesehen. Ein Kind, das das Verbrechen eines Erwachsenen begangen hatte und ein Leben lang dafür bezahlen würde.

Emma zog die Schultern hoch und ließ sie wieder sinken, um die dunklen Gedanken abzuschütteln, drehte sich auf dem Absatz um und stapfte zurück in ihr Häuschen, gleich um die Ecke in Doorley Park. Dort lag Stevie, ihr 15 Jahre alter Sohn, noch in den Federn. Sie scheuchte ihn aus dem Bett, bügelte schnell das Hemd seiner Schuluniform auf und schmierte ihm seinen geliebten Marmite-Toast zum Frühstück. Dann fuhr Emma ihm durchs noch nächtlich zerstrubbelte Haar, um sich zu verabschieden – doch Stevie gab nur unwillige Grunzlaute von sich, während er am Küchentisch seinen Toast mümmelte. Typisch verschlafener Teenager!

Unterwegs zur Wache an der Pearse Road klingelte ihr Handy. Ihre Freundin Laura McDern. Sie ignorierte den Anruf, sie hatte jetzt keine Zeit, außerdem sollte man bekanntlich beim Autofahren nicht telefonieren. Sie ergatterte einen Platz für ihren alten Peugeot auf dem immer überfüllten, weil viel zu kleinem Parkplatz hinter der Wache und machte sich auf den Weg in ihr Büro. An der Rezeption fing Aoife Leonard sie ab. Emma konnte die junge Frau nicht ausstehen. Weniger weil sie mit ihrem Raben-Look – glänzend schwarze Haare, noch glänzendere tiefdunkle Augen, dazu ein klarer, blasser Teint – so gut aussah wie eine der Sängerinnen bei The Corrs, und mehr weil Aoifes Attraktivität auch Emmas Kollegen James Quinn nicht entgangen war. Emma wollte lieber nicht darüber nachdenken, warum sie das so störte.

Sie versuchte, ihre Abneigung gegen Aoife im Zaum zu halten, war sie sich doch bewusst, dass ihr Kollege flirten konnte, mit wem er wollte. Selbst mit einer, die zehn Jahre jünger war als Emma und atemberaubend schön. Zudem war Aoife fröhlich, menschenfreundlich und effizient; seitdem sie als Sekretärin in der Pearse Road angefangen hatte, gab es kaum noch vergessene Anrufe und verlegte Dokumente.

»Guten Morgen, Em«, zwitscherte Aoife Emma fröhlich entgegen. »Du sollst zum Chef kommen!«

»Hallo, hallo, guten Morgen, bin schon unterwegs!«

Emma zwang sich wie immer, besonders nett zu Aoife zu sein. Gleichzeitig wunderte sie sich. Noch keine acht Uhr und ihr Chef, Superintendent Paul Murry, war nicht nur schon im Haus, sondern auch schon so weit auf Zack, dass er bereits eine Sitzung anberaumt hatte? Murry war früher ein erfolgreicher Chefermittler bei der Kripo in Dublin gewesen, hatte sich vor einigen Jahren aber in den tiefen Westen in seine Heimatstadt Sligo versetzen lassen, weil er seine Ruhe haben wollte. Er wollte lieber Golf spielen, sich seiner Hundezucht widmen und in Frieden irischen Whiskey trinken, als irgendwelchen Heroindealern oder mörderischen Bankräubern hinterherzujagen. Folglich nahm er jede Art von Verbrechen in Sligo persönlich – und als Versuch, ihm den Feierabend zu versauen.

Auf dem Weg zu Murrys Büro lief Emma Paddy Sloan in die Arme. Der Kollege grinste nur, und Emmas Magen verknotete sich. Irgendwas stank hier zum Himmel. Aber was? Wenn Paddy sich amüsierte, drohte in der Regel Unheil.

Murry saß hinter seinem Schreibtisch und blinzelte Emma kurzsichtig entgegen. Die Brille hatte er auf seine Glatze geschoben.

»Chef, was gibt's?«

»Emma, Sie gehen heute zu Ihrer medizinischen Untersuchung, wie geplant. Wir haben ja schon in der vergangenen Woche darüber gesprochen. Ich will einen gründlichen Check-up sehen. Es hat sich herumgesprochen, dass Sie ziemlich viele Tabletten schlucken.«

Emma fiel ihm ins Wort. »Das sind legale, verschreibungspflichtige Schmerzmittel. Ich hatte einen schweren Autounfall, wie hier auch jeder weiß.«

»Emma, ich muss einfach wissen, dass du nicht tablettenabhängig bist.«

Wenn Murry mit Emma alleine war, wurde er gelegentlich mal väterlich, nannte sie Emma oder Em, und seine Stimme klang liebevoll. Wenn er dagegen richtig sauer war, nannte er sie ganz einfach beim Nachnamen: Vaughan.

Emma seufzte laut auf. »Ja, ich schlucke das Zeug. Regelmäßig. Ich hab ja auch regelmäßig starke Schmerzen. Aber ich bin eine gute Polizistin.«

Murry sah sie aufmerksam an und rieb sich müde die Augen.

»Ich stehe hinter dir, aber wenn du die Pillennummer nicht in den Griff kriegst, wirst du höchstens noch in Fällen von geklauten Campingbussen ermitteln! Ich muss mich darauf verlassen können, dass du richtig reagierst und nicht im Tablettennebel irgendeinen Mist baust.«

Emma drehte sich wortlos auf dem Absatz um und stapfte zur Tür. Was gab es auch zu sagen?

Im Flur wurde ihr schwindelig. Sie hätte doch mehr als nur Tee und zwei Oxycodon frühstücken sollen!

Sie schloss die Augen und sofort erschien der Traum, der sie heute Morgen so früh aus dem Bett gejagt hatte, wieder vor ihrem inneren Auge: Aus der Dunkelheit tauchten Lichter auf und rasten auf sie zu. Sie konnte nicht richtig sehen, kriegte die Augen nicht auf. Ihre Wimpern waren wie verklebt. Neben sich spürte sie Paul, ihren Mann. Emma hatte im Traum darum gekämpft, die Augen zu öffnen, hatte durch den Wimpernkranz aber nur verschwommen Lichter auf sich zukommen sehen. Plötzlich war die Sicht klar. Paul steuerte den Wagen in der Mitte der Straße, entgegen kam ein Lieferwagen. Der hupte wie wild. Emma schrie laut auf, Paul schreckte hoch, zog den Wagen nach links – doch zu spät! Es knallte, und plötzlich war alles gleißend hell – und Emma war in Schweiß gebadet aufgewacht.

Nach dem Unfall hatte Emma damals wochenlang mit einer zerschmetterten Hüfte und diversen Brüchen im Krankenhaus und in der Reha zugebracht – da hatten sie ihr auch zum ersten Mal Oxycodon gegeben.

Das war 1995 gewesen und nun fast zehn Jahre her, ihre Ehe mit Paul war längst zerbrochen, doch die Schmerzen und das Oxy waren ihr geblieben. Und leider ließ sich das Zeug tagelang in ihrem Organismus nachweisen. Drei bis fünf Tage lang unter normalen Umständen, bei Daueranwendung auch länger, hatte Emma im Internet gelesen.

Nun war ein Gesundheitstest plus Drogenscreening angesetzt, Murry hatte das so gewollt. Emma hatte es zwar geschafft, teilweise auf andere Schmerzmittel auszuweichen, aber ganz konnte sie auf ihr Oxycodon nicht verzichten. Dazu war ihr Alltag einfach zu anstrengend. Das Drogenscreening würde positiv ausfallen, und es würde Ärger geben. Emma atmete tief durch und machte sich auf den Weg in ihr Büro.

Dort wartete ihre Freundin, die Rechtsanwältin Laura McDern. Vielmehr saß Laura in ihrer Bürohälfte, denn Emma teilte sich die Bude mit ihrem Kollegen und Dienstpartner James Quinn. Der aufgeräumte Teil des Zimmers war seiner, in Ems Reich dagegen herrschte Chaos aus aufgeschlagenen Akten, halb verspeisten Frühstücksbrötchen, Hausmitteilungen, Quittungen, unvollendeten Berichten und Papierkram in jeder Form. Was gelegentlich ziemlich nervte, denn in das winzige Büro passten nur die beiden Kopf an Kopf gestellten Schreibtische, plus je ein Bürostuhl und auf jede Seite ein Aktenschrank. Als Besuchersessel diente ein wackeliger Drehstuhl, der als Museumsstück durchgegangen wäre, würde er nicht so verlebt aussehen. Auf dem Fensterbrett dämmerte James' Yuccapalme vor sich hin. War sie so traurig, weil in Sligo so selten die Sonne schien? Das war James' Theorie, seine Familie stammte nämlich eigentlich aus Kerry im Süden der Insel, wo es angeblich viel wärmer war – oder lag es daran, dass James ihr zu viel Wasser angedeihen ließ? Letzteres war Emmas Überzeugung, da sie eine Abneigung gegen Zimmerpflanzen hatte. Mit der Ausnahme von Kriminellen sollte man Lebendiges nicht einsperren, fand sie. Grünzeug gehörte nach draußen und sollte sich selber versorgen, im Haus hatte es nichts zu suchen.

Laura hatte in dem bei jeder Bewegung quietschenden Gästestuhl Platz genommen, und James hatte ihr einen Kaffee gebracht. Nun murmelte er irgendwas von »eine rauchen« und verließ diskret den Raum. Wieso musste der eigentlich nicht zum Drogenscreening? Nikotin war schließlich bekanntermaßen ein Massenmörder, wohingegen ihr Oxycodon vom Arzt verschrieben war. James versuchte seit Jahren, die Glimmstengel sein zu lassen – und roch doch beständig nach Zigarettenrauch.

»Hallo Laura, sorry, dass ich vorhin nicht ans Telefon gegangen bin, ich war im Auto.«

»Schon okay«, sagte Laura, »Polizei hat Vorbildfunktion, ich weiß schon!« Dabei lachte sie übers ganze Gesicht. Emma war sich nie sicher, ob Laura so gerne lachte, weil ihr Gesicht mit dem überbreiten Mund dazu wie geschaffen war, oder ob Laura so einen fröhlichen Mund hatte, weil sie so gerne lachte.

»Was gibt's denn so Dringendes?«, fragte Emma, und Laura wurde ernst.

»Schlechte Nachrichten. Der Generalstaatsanwalt hat durchblicken lassen, dass er Paul am liebsten vor den Special Criminal Court in Dublin stellen würde.«

Der Tag wurde immer fürchterlicher. Emma schloss die Augen.

Emmas Kollegen hatten ihren Ex-Mann verhaftet, weil sie der Meinung waren, dass Paul Vaughan ein Operativer der irischen Terrorgruppe Provisional IRA war. Auch in Emmas letztem und übrigens ungelöstem Fall – dem Fitzpatrick-Mord an einem protestantischen Vikar – hatte er nach Auffassung der Kollegen seine Finger dringehabt.

Eamon Kelly, ein arrogantes Arschloch aus der Polizeizentrale in Dublin, hatte die Leitung der Ermittlung übernommen. Dieser Kerl, der beim Blick in den Spiegel regelmäßig ein Genie entdeckte, war der Auffassung, Paul sei ein strategischer Vordenker der IRA – oder von dem, was nach dem Karfreitags-Friedensabkommen von 1998 noch von der IRA und ihren Splittergruppen übrig war. Angeblich hatte die Provisional IRA unter Pauls Anleitung Fitzpatrick umgebracht, weil der als Armeepfarrer für die Briten gearbeitet hatte – so zumindest lautete Eamon Kellys Theorie. Auch gab es Andeutungen im Präsidium, dass

Paul von seiner Ex-Frau Emma genug über die Methoden der Kriminalpolizei gelernt haben könnte, um diesen Mord zu inszenieren.

Nun wurde Paul also offenbar direkt als IRA-Mann angeklagt.

Als Emma die Augen wieder aufmachte, sah ihr Laura geduldig ins Gesicht. Emma hatte sie gebeten, Pauls Verteidigung zu übernehmen, und fragte nun ungläubig:

»Vor dem Special Criminal Court wird doch gegen Staatsfeinde und organisierte Kriminalität verhandelt?«

»Genau, das könnte einen Terroristen-Prozess geben.«

»Scheiße!«, sagte Emma.

»Scheiße«, bestätigte Laura.

»Paul als Stratege der IRA! Wer das glaubt, wird selig. Und mit der Fitzpatrick-Nummer hat er auch nichts zu tun, das weiß ich sicher, zu hundert Prozent«, sagte Emma. »Das wird sich früher oder später auch so herausstellen.«

Kurz blitzte ein trauriges Frauengesicht mit einem dicken, roten Zopf über der Schulter in Emmas Kopf auf. Sie verdrängte es jedoch sofort.

»Kann schon sein«, entgegnete Laura. »Laut Offences Against the State Act von 1939 reicht es, wenn die Polizei sagt, dass jemand Terrorist ist, um ihn vor den Special Criminal Court oder SCC zu bringen«, sagte Laura. »Genau das tun Kelly und die Dubliner Kollegen. Deswegen ist mir der Fall auch eine Nummer zu groß. Ich bin eine Wald-und-Wiesen-Anwältin, keine Strafrechts-Bulldogge. Wenn Paul wirklich ein IRA-Mann war … Das ist mir zu heiß. Einen Terror-Prozess führen, das kann ich nicht.«

»Da steckt Eamon Kelly, dahinter«, stöhnte Emma. »Dabei ist seine komplette Theorie Schwachsinn.«

Emma hatte gute Argumente für ihre Auffassung, dass

Kellys Annahmen ein Haufen Bullshit waren: Fitzpatrick war bei seiner Ermordung längst pensioniert gewesen – wenn die Republikaner dem alten Pastor ans Leder gewollt hätten, wäre das schon vor Jahren passiert. Außerdem bombte oder schoss die IRA – Fitzpatrick war jedoch in seinem eigenen Haus hinterrücks erwürgt worden. Aber vom Modus Operandi mal ganz abgesehen: Selbst wenn die Terroristen neue Methoden angewandt hätten, ihr Ex war einfach nicht schlau genug, zum Obertaktiker organisierter Kriminalität zu werden. Paul hatte intellektuell schon genug damit zu tun, seine Saathandlung plus Haushaltswarengeschäft am Laufen zu halten. Kurz und gut: Fitzpatricks Erdrosselung hatte andere Hintergründe, aber Kelly war zu selbstverliebt und überheblich, um die Wahrheit zur Kenntnis zu nehmen.

Laura fuhr sich mit den Händen durch ihre Lockenpracht und verzog den vollen Mund, der nun gar nicht mehr fröhlich aussah. »Wie auch immer. Da muss jedenfalls ein Strafrechtsspezialist für dicke Fische ran, am besten aus einer großen Dubliner Rechtsanwaltskanzlei.«

»Das wird teuer. Wer soll das bezahlen?«

Laura schwieg betreten und sagte dann: »Der Mann ist der Vater deines Sohnes, da musst du jetzt ausnahmsweise mal mit Paul an einem Strang ziehen. Egal, was es kostet.«

»Kannst du mir jemanden empfehlen?«, wechselte Emma das Thema.

»Ja, ich hab schon einen Kandidaten im Visier. Andrew Shannon. Wir haben zusammen studiert. Aber während ich Daddys Kanzlei hier auf dem platten Land übernommen habe, ist er in Dublin zum Staranwalt herangewachsen. Der ist genau der Richtige für Pauls Fall.«

»Staranwalt. Wie das schon klingt!«, sagte Emma.

»Andrew war früher echt okay. In letzter Zeit hatte ich nicht mehr so viel Kontakt mit ihm, der arbeitet rund um die Uhr, und ich weiß nicht, wie er sich entwickelt hat. Aber ich fand ihn immer nett – und ob du ihn magst oder nicht, ist nun wirklich irrelevant. Paul braucht Hilfe, oder der Vater deines Sohnes sitzt die kommenden 15 Jahre hinter Gittern.«

»Shannon – protestantischer Name, oder?«, fragte Emma nach.

»Ja, genau«, sagte Laura, die selber katholisch war, wie 97 Prozent der Bewohner Sligos. »Wenn du einen Katholiken nimmst, denken alle, der steht der IRA nahe und will Paul nur deswegen raushauen, schuldig oder nicht. Ich rate Paul zu einem protestantischen Anwalt wie Andrew, der eher der britischen Seite nahesteht. Dann kommt das Thema Voreingenommenheit erst gar nicht auf.«

»Irland ist einfach komplett bescheuert.« Emma war als Kind irischer Emigranten in New York aufgewachsen, und nun schlug mal wieder die Jugend in Amerika und ihr Unverständnis für »religiöses Gedöns« durch, wie sie die Teilung Irlands in die katholische Republic of Ireland im Süden und in das britisch besetzte, mehrheitlich protestantische Northern Ireland zu bezeichnen pflegte. Warum zwei christliche Gruppierungen bis aufs Blut um ein verregnetes Stück Fels im Atlantik kämpften, konnte man vermutlich nur verstehen, wenn man mit dem kollektiven Irrsinn aufgewachsen war.

Laura hatte jedoch keine Lust, mit Emma zum siebzehnten Mal das Thema Religion in Irland zu diskutieren und ignorierte die Bemerkung.

»Ich rede mit Paul. Irgendwer muss ihm die Neuigkeiten schonend beibringen.« Seitdem das berüchtigte Gefängnis in Sligo Ende der 1950er Jahre geschlossen worden war, saßen Gefangene in Untersuchungshaft oft wochenlang in den Zellen des Sligoer Polizeipräsidiums in der Pearse Road und warteten auf ihre Verhandlung. Und daher verbrachte Emma zum ersten Mal seit Jahren wieder viel Zeit mit Paul unter einem Dach. Wenn auch nicht freiwillig.

Der Besucherstuhl quietschte, Laura machte sich auf den Weg zur Tür und Emma stand auf, um ihre Freundin zu umarmen.

»Ich ruf dich an, sobald ich mit Paul und Andrew gesprochen habe.«

Als die Tür hinter Laura ins Schloss gefallen war, trat Emma ans Fenster und starrte auf die Straße. Draußen stand ihr Kollege und Bürogenosse James in einer Qualmwolke. Leider rauchte er nicht alleine, Aoife Leonard stand bei ihm. Viel zu nahe übrigens für Emmas Geschmack.

Kapitel 2

Hass

Es ist, als wäre ich unsichtbar. Wenn Frauen älter werden und die Fettpölsterchen an die falschen Stellen rutschen, werden sie für Männer geradezu durchsichtig. Nicht, dass die Kerle vorher viel wahrnehmen würden, was über Titten und Ärsche hinausgeht. Doch wenn der Sexualreiz einer Frau nachlässt, ist es ganz vorbei. Wie primitiv.

Da drüben kommt eine ganze Herde junger Fußballfans, Bier in der Hand, Schals um den Hals. Grölend. Schubsend. Pickelig. Hosenboden in den Kniekehlen, Eier statt Hirn und Testosteron statt Blut. Losgelassen wie ein Rudel angriffslustiger Hunde.

Wie ich sie hasse!

Zu denken, dass Frauen diese Tiere einst unter Schmerzen geboren und dann ihren Schlaf, ihren Job, ihr Leben aufgegeben haben, um für diese Monster da zu sein. Denn Männer sind Monster. Sobald sie körperlich kräftig genug sind, missbrauchen sie ihre physische Macht. Schlagend. Trinkend. Wieder schlagend. Und fickend. Am liebsten fickend. Egal was, egal wie, egal wen. Ich hab vergewaltigte Sechsjährige gesehen, vergewaltigte Sechzehnjährige, vergewaltigte Sechzigjährige. Und nie war der Kerl schuld. Immer nur die kleine Nixe, die ihn angemacht hat. Verführt hat.

Wie ich die Kerle hasse.

Wir werden geschlachtet von denen, die wir geboren haben. Abgewiesen von denen, die wir gefüttert haben. Angegriffen von denen, die wir beschützt haben. Doch ich habe begriffen, was ich tun muss. Sonst tut es ja keiner. Ab sofort ist Schluss – und Wohl denjenigen, die unsichtbar bleiben.

Kapitel 3

Desinfektionsmittel und Kohl

Emma parkte ihren himmelblauen Peugeot auf dem großen Parkplatz hinter Sligos General Hospital, wo sich die Bäume wunderbar lindgrün nach Frühlingssonne sehnten, und machte sich auf den Weg ins Krankenhaus. Aus dem Himmel fielen vereinzelte Tropfen, landeten auf Blättern, rutschten weiter ins satte Gras. An der Rezeption ließ sie sich erklären, wo sie für ihren Gesundheitstest plus Blutabnahme hinmusste. Sie war schon oft im Sligo General gewesen – nach ihrem Unfall sowieso und dann dienstlich, um die Opfer von Messerstechereien oder Schusswunden zu vernehmen. Gelegentlich auch privat, wenn sich Stevie beim Sport mal wieder irgendwas ausgerenkt oder angebrochen hatte. Teenager! Dennoch verlief sie sich immer wieder in dem unübersichtlichen Bau, der über die Jahre so viele An- und Umbauten erlebt hatte, dass keiner mehr so recht wusste, wo nun eigentlich der Kern des Krankenhauses lag. Im Übrigen wurde die ebenerdige Etage hier als »drittes Stockwerk« bezeichnet, was die Orientierung nicht leichter machte – lag der erste Stock in der Logik der Klinik doch zwei Etagen unter der Erde.

Emma wanderte die im diskreten Charme der 1970er Jahre gehaltenen Gänge entlang und versuchte, den Geruch nach Krankheit, Kohl und Desinfektionsmitteln zu ignorieren, brachte der doch die Erinnerung zurück an die vom Schmerz verzerrten Wochen nach ihrem Unfall.

Als sie etwas zu schnell und zu scharf um eine Ecke bog, stieß sie hart mit einer Frau zusammen. Die ließ vor Schreck ihre Tasche fallen, aus der prompt verschiedene Tuben und Fläschchen kullerten.

»Oh, das tut mir leid«, stammelte Emma und bückte sich, um das Durcheinander wieder einzusammeln.

»Es ist ja nichts zerbrochen«, sagte die andere kühl und ging ebenfalls in die Hocke, um nach ihren Sachen zu greifen. Als der ganze Kram wieder in dem selbstgestrickt wirkenden Beutel der großen dünnen Frau verstaut war, nickte sie Emma zu und machte sich auf den Weg. Emma sah ihr nach: langes, graues Haar, langer, wallender Rock, darüber verschiedene Schichten unterschiedlich langer Hemden und Tuniken, alles in verschiedenen Grüntönen. Eine Kräuterhexe wie aus dem Bilderbuch. Nur Besen und Katze fehlten. Und das in einer modernen Klinik. Was es nicht alles gab!

Emma misstraute allem, was nach Esoterik, New Age und Gesundbeterei roch, als Quacksalberei, aber der herbe Kräuterduft, der ihr im Umfeld dieser Frau in die Nase stieg, war nicht unangenehm, sondern im Gegenteil deutlich besser als der schulmedizinisch einwandfreie Krankenhausmuff.

Als Emma erneut versuchte, sich in der verbauten Klinik zu orientieren, stand ihr plötzlich Michael McCaffrey gegenüber, der Ehemann ihrer Freundin Laura. Sligo war mit seinen 25 000 Einwohnern so klein, dass Emma ständig Menschen in die Arme lief, die sie kannte. Dennoch hätte Emma Michael in seinem grünen Chirurgenkittel, den Mundschutz noch halb vors Gesicht gezogen, mit dem dicken, graumelierten Schopf unter dem Hygieneschutz fast nicht erkannt. Doch er erkannte sie.

»Emma! Dich schickt der Himmel! Ich hab gerade an dich gedacht!«

»Hallo Michael, das ist ja das reinste Familientreffen heute, deine Frau war gerade bei mir auf der Wache«, entgegnete Emma überrascht.

Wieso hatte Michael an sie gedacht? Sicher nicht, weil sie Paul eingesperrt hatten, denn die beiden Männer waren nie so recht warm miteinander geworden. Emmas Ex war ein sportbegeisterter Hüne, der zu viel trank, während Michaels Idee von Freizeit in einem langen Bad, einer Tasse Tee und einem guten Buch bestand. Hätte sie bloß einen wie Michael geheiratet, der ihr Gedichte von Seamus Heaney vorgetragen hätte, statt sie so wie Paul nach Belieben zu verdreschen.

Michael zog sich den Mundschutz vom Kinn vollends auf die Brust. »Was machst du hier? Hast du ein paar Minuten für mich?«

»Jetzt nicht, ich bin schon zu spät für einen Gesundheitstest. Anweisung vom Chef, Polizisten müssen immer mal wieder ihre Fitness unter Beweis stellen«, entgegnete Emma.

»Kannst du danach bitte kurz bei mir im Büro vorbeikommen? Ich muss dich dringend was fragen.«

Michaels Augen musterten sie eindringlich. Offenbar hatte die Sache mit dem Gesundheitstest genauso verwirrt und sorgenvoll geklungen, wie Emma zumute war.

Sie versuchte, den Knoten in ihrem Bauch einfach wegzulächeln. »Nach meinem Termin komme ich vorbei. Das heißt, wenn ich deine Bude wiederfinde, ich verlaufe mich in diesem Kasten hier immer.«

Emma hatte ohne Widerworte einen blauen Klinikkittel angezogen, der hinten offen war und sie frösteln ließ, hatte brav unterschrieben, dass die Polizeibehörde als ihr Arbeitgeber die Testergebnisse sehen durfte, den Arm hingehalten und sich abnehmen lassen, was wie ein halber Liter Blut aussah. Wozu brauchten die bloß so viel? Dann hatte sie sich widerstandslos abklopfen, abhören und verdrahten lassen, war geradelt und auf dem Ergometer herumgelaufen, bis ihr der Schweiß in die Augen troff. Anschließend hatte die Krankenschwester sie nach Hause geschickt. Auf Emmas Frage, ob denn alles okay sei, hatte sie nicht reagiert.

»Wir schicken den Bericht ins Präsidium«, meinte sie knapp.

Den letzten Gesundheitscheck für die Polizei hatte Emma noch vor der Polizeischule in Templemore über sich ergehen lassen. Aber das war vor ihrem Unfall gewesen, vor ihrer Scheidung – und vor dem Oxycodon.

Nun stand sie wieder in der winzigen Umkleidekabine und wischte ein Loch in die Kondensation, die ihr heiß gelaufener Körper auf den Spiegel zauberte. Sie betrachtete sich und sagte »Idiotin!« zu ihrem Spiegelbild. Langsam überzog sich das Glas wieder mit Dampf, und Emmas Konterfei verschwand im Nebel. Das war ihr nur recht.

Nach ein paar Irrläufern hatte sie Michaels kleines Büro gefunden. Ärzte in Irlands öffentlichem Gesundheitssystem hatten noch schäbigere Arbeitsräume als irische Polizeibeamte, wie Emma traurig feststellte. Michael war ein geachteter Chirurg, der vielen Menschen im Umkreis von mehr als 100 Kilometern das Leben gerettet hatte, und musste trotzdem mit einer winzigen Kammer klarkommen:

Sechs Quadratmeter mit spuckgrünem Linoleum und wackeligen Regalen.

»Magst du einen Kaffee?«

Emma lehnte dankend ab, sie wollte eigentlich nur noch nach Hause in den Doorley Park. Duschen, Tee machen. Füße hoch. Oxy einwerfen. Michaels Bitte war sie nur nachgekommen, weil sie ihn um ein neues Rezept angehen wollte – wenn sie schon mal hier war.

»Was kann ich für dich tun, Michael?«

Michael guckte ein wenig hilflos in seinem Büro herum, als könnte er in den mit Papierkram vollgestopften Ecken die richtigen Worte finden. Offenbar mit wenig Erfolg.

»Ich glaube, wir haben einen Todesengel auf der Station«, platzte er heraus.

Emma rutschte nervös auf ihrem Stuhl hin und her und versuchte, ihr Unbehagen in einen Witz zu verwandeln: »Was soll das sein? Ein Geist, der Menschen mitnimmt? Damit ist die Polizei überfordert!«

Michael verzog das Gesicht. »In den vergangenen Monaten sind acht Patienten auf meinen Stationen gestorben, darunter einige, die wirklich gute Chancen gehabt hätten, hier auf zwei Beinen wieder rauszulaufen. Irgendjemand oder irgendetwas sorgt dafür, dass sich die Leute nicht erholen, sondern plötzlich tot in ihren Betten liegen.«

»Hast du das medizinisch untersucht?«

»Ja, klar. Meist kommen ältere Patienten ums Leben. Herzstillstand. Auch wenn es zuvor keine dramatischen kardiologischen Beschwerden gab.«

»Du meinst, die sterben an einer Krankheit, die sie gar nicht hatten?«

»So könnte man es ausdrücken, ja.«

Emmas Stimmung sank.

»Irgendwas Auffälliges gefunden? Fehlt was in der Apotheke?«

»Nein. Das habe ich alles schon möglichst unauffällig untersucht. Es fehlen keine Medikamente, keine Herzmittel, keine Opiate, keine Schmerzmittel. Nichts dergleichen. Es sind auch keine hausfremden Medikamente oder Spritzen gefunden worden. Das Ganze ist mir ein Rätsel, doch mein Gefühl sagt mir, die Sache stinkt.«

»Ist die Klinikleitung informiert?«

»Ja, aber die will das naturgemäß herunterspielen. Die Sesselpupser fürchten sich vor juristischen Konsequenzen. Unterlassene Hilfeleistung, mangelnde Sorgfaltspflicht, was weiß ich. Blabla. Mit der Juristenlingo kennt Laura sich besser aus.«

»Michael, wenn du so einen schweren Verdacht hast, musst du das offiziell machen. Sonst ist das am Ende tatsächlich ein Vergehen. Ein schlauer Rechtsverdreher könnte dir im Auftrag der betroffenen Angehörigen sogar Beihilfe zum Mord anhängen.«

»Deswegen wollte ich ja mit dir reden, Emma. Und fragen, wie wir das offiziell machen – ohne dass gleich die ganze Journalistenmeute auf uns einprügelt«, sagte Michael.

»Okay. Ich gehe jetzt nach Hause und werde darüber nachdenken. Morgen informiere ich meinen Chef und spreche mit den Kriminaltechnikern. Dann komme ich offiziell zurück, und wir nehmen den Laden auseinander. Wenn hier wirklich eine Pflegekraft oder ein Arzt Patienten umbringt, finden wir das raus. Versprochen.«

Michael nickte dankbar.

»Gestern Nacht ist übrigens wieder eine alte Dame gestorben, der ich gute Chancen auf noch ein paar angenehme Jahre gegeben hätte.«

»Dann behalte die Frau auf jeden Fall in der Leichenhalle. Die soll sich unser forensischer Pathologe mal genauer ansehen.«

»Okay. Kein Problem. Aber mach schnell, die Familie will mit den Vorbereitungen für die Beerdigung anfangen.«

Emma nickte. Beerdigungen waren in Irland ungeheuer wichtig, so ähnlich wie in anderen Ländern Hochzeiten – und sie fanden ziemlich prompt nach einem Todesfall statt. Oft mussten Exil-Iren über Nacht aus England oder den USA anreisen, um ihre Verwandten zu beerdigen, so eilig hatten es die Leute, die Toten unter die Erde zu bringen.

In der Tür drehte Emma sich noch mal um und sagte fast beiläufig: »Bevor ich gehe … kannst du mir bitte noch ein Rezept ausstellen? Ich habe manchmal starke Schmerzen, die auf den alten Autounfall zurückgehen. Dann nehme ich Oxycodon.«

»Ich weiß – und ich hab dir schon mehrfach gesagt, das Zeug ist keine Dauerlösung«, entgegnete Michael. »Das ist ein Opioid und hat enormes Suchtpotential. Es gibt Studien aus den USA, dass dort die Zahl der Suchtkranken massiv zugenommen hat, seitdem sie den Wirkstoff 1996 als OxyContin zugelassen haben. Manche reden inzwischen von einer Verdreifachung der Drogentoten. Wir müssten dich mal gründlich untersuchen, röntgen vor allem. Vielleicht können wir operativ was machen. Auf jeden Fall musst du eine Schmerztherapie machen. Du kannst doch nicht ein Leben lang solche Hammerdinger schlucken!«

»Noch eine OP? Ich hab schon einige hinter mir. Mit begrenztem Erfolg.«

Emma starrte Michael an, bis er nachgab und sein Blöckchen zückte.

»Hier hast du was, aber sag nicht, ich hätte dich nicht gewarnt vor dem Zeug!«

Als Emma nach Hause kam, donnerte U2 aus Stevies Zimmer. Die Musik der Dubliner Band war Irlands wichtigster Exportartikel, erfolgreicher noch als Guinness-Bier oder Jameson-Whiskey. An den herumliegenden Schuhen sah sie, dass Stevie nicht alleine war. Pinke Turnschuhe in Größe 38 waren definitiv nicht Stevies Sache. Sophie, seine Freundin, war also ebenfalls im Haus. Wegen dieser Beziehung der Kinder war Emmas Ex Paul noch vor ein paar Wochen völlig ausgeflippt. Hatte herumgeschrien, dass die »kleine Schlampe« seinem Goldjungen nur einen Balg anhängen würde.

So wie Emma ihm damals in New York. Nach dem Abitur wollte ihr nicht so recht einfallen, was sie mit ihrem Leben anfangen sollte, und da ihren irischen Eltern der geplante wirtschaftliche Neustart in Amerika nie so ganz gelungen war und sie ihre Tochter finanziell nicht weiter unterstützen konnten oder wollten, hatte Emma ziemlich ziellos herumgejobbt. Schließlich hatte sie sich in Joe Bradys Irish Pub in der Maiden Lane als Kellnerin beworben. Beim Vorstellungsgespräch vor Ort hatte der Wirt Emma nicht geglaubt, dass sie tatsächlich Irin war, klang sie doch als Kind der verwahrlosten Lower East Side so amerikanisch wie nur irgendeine US-Göre. Da hatte sich ein gutgewachsener Hüne mit lachenden Augen ins Gespräch eingemischt, der zuvor schweigend hinter dem Tresen Gläser poliert hatte. »Die ist wirklich aus Irland, Boss. Das kannst du glauben, und den richtigen Akzent bringe ich ihr auch noch bei, keine Sorge.«

Der Alibi-Ire, der Joe Bradys Pub wenigstens einen Hauch von Glaubwürdigkeit verleihen sollte, hieß Paul Vaughan.

Zudem war er protestantisch und stammte genau wie Emmas Eltern aus der Grafschaft Sligo. Am Ende brachte Paul ihr noch viel mehr bei als einen irischen Akzent. Die daraus resultierende Schwangerschaft nahm Paul ihr jedoch fast so übel wie Emmas Vater, der seiner Tochter daraufhin nie mehr wirklich vertraut hatte.

Dass Paul sie geheiratet hatte, erfüllte Emma immer noch mit Dankbarkeit, denn selbst Ende der 80er Jahre war die Schwangerschaft eines unverheirateten Mädchens in irischen Kreisen ein echter Skandal. New York allerdings hatten sie verlassen müssen, denn erstens konnten sie sich die Mieten der Metropole nicht leisten und zweitens kriegte so auf beiden Seiten des Atlantiks kaum einer mit, dass Emma ein »gefallenes Mädchen« war.

Schließlich war das junge Paar in Sligo gelandet, wo Paul die elterliche Saathandlung übernommen hatte. Genau vor diesem Schicksal war er jedoch ursprünglich in die USA geflüchtet, und entsprechend traurig und frustriert reagierte er nun darauf, dass er nicht als erfolgreicher, wohlhabender Hotelier wie in seinen Träumen nach Sligo zurückgekehrt war, sondern als abgebrannter Loser mit einer schwangeren Frau im Schlepptau.

In den Wohnräumen über dem Geschäft verdampfte Pauls Charme dann auch so schnell wie irischer Morgennebel in der Mittagssonne, und Emma hatte Pauls Fäuste mehr als genug zu spüren bekommen. Eheliches Glück sah anders aus.

Zum Glück saß der Choleriker nun unter Terrorismusverdacht in Untersuchungshaft, hatte andere Sorgen und ließ Emma und Stevie zufrieden. Dennoch – eine Teenager-Schwangerschaft im eigenen Haus war das Letzte, was Emma gebrauchen konnte. Schwangerschaftsabbruch war in Irland schließlich immer noch von der Verfassung verboten, und die Katholiken sorgten engagiert dafür, dass das auch so blieb. Also hatte sie Stevie Kondome in die Hand gedrückt, doch der war nur rot geworden und hatte herumgestottert. Ihr großer Junge war doch noch ein Kind.

Irgendwann würde Emma ihm sagen müssen, welche Verdachtsmomente gegen seinen Vater bestanden. Bei dem Gedanken war ihr ganz und gar nicht wohl.

Sie ging nach oben, klopfte vernehmlich und öffnete die Tür zum Kinderzimmer. Stevie und Sophie lagen tatsächlich auf dem Bett – allerdings vollständig angezogen und mit der Nase in Bücher vertieft.

»Hi, du bist ja heute schon früh da«, wurde Emma von ihrem Sohn begrüßt. Sofort war sie wieder vom schlechten Gewissen der berufstätigen Mutter erfüllt. Nie zu Hause!

»Was für ein Radau!« Genau wie Stevie liebte Emma U2 – aber nicht in der Lautstärke eines Düsenjägers. Zum Glück war die alte Mrs. Corrigan von nebenan fast taub.

Stevie drehte den röhrenden Bono leiser und grinste.

»Hallo Mama – haste den schon gehört: Was ist der Unterschied zwischen Gott und Bono?«

»Der Unterschied zwischen Gott und Bono?«, sagte Emma. »Keine Ahnung. Sag du es mir.«

»Gott läuft nicht durch Dublin und denkt, er sei Bono.«

Emma musste lachen, und die Kinder giggelten mit. Bono hatte in der Tat fast göttlichen Status in Irland.

»Und was ist hier sonst so los?«, erkundigte sich Emma.

»Wir lernen Mathe!« Stevie hatte unlängst miserable Noten nach Hause gebracht – ein weiterer Grund für Pauls Vorwürfe gegen Emma als »unfähige Mutter« und Öl auf dem Feuer ihres schlechten Gewissens.

»Soph hilft mir.«

Sophie war in Stevies Parallelklasse und gut im Jonglieren von Zahlen.

»Fabelhaft.« Emma war ehrlich beeindruckt. »Da spare ich ja ein Vermögen an Nachhilfestunden. Da könnte ich euch ja einen ausgeben. Wie wär's mit Pizza? Oder lieber Chinesisch?«

Die puppenhaft hübsche und in Emmas Augen unglaublich jung aussehende Sophie lehnte jedoch ab: »Nee, ich muss nach Hause zum Essen. Sorry. Sonst dreht mein Vater wieder durch!«

Noch so ein Wüterich, der seine Lebensängste an Kindern im Teenager-Alter ausließ.

Nach dem Besuch im Krankenhaus war Emma trotz ihrer Sehnsucht nach einer Dusche doch noch zur Wache zurückgefahren und geradewegs ins Büro ihres Chefs marschiert.

»Und? Wie waren die Tests?«, fragte Murry.

»Super, wie Urlaub«, konnte sich Emma den Sarkasmus nicht verkneifen. »Die Ergebnisse dauern mindestens noch eine Woche. Aber deswegen bin ich nicht hier.«

Murry guckte sie fragend an, die Brille wie so oft auf die Stirnglatze geschoben, und Emma wunderte sich zum x-ten Mal, warum er die Gläser stets mit sich herumschleppte, nur, um sie dann doch nicht zu benutzen.

»Die angedrohten Ermittlungen zu den geklauten Campingbussen – das wird nichts.«

Bevor Murry hochfahren und sie mit Dienstanweisungen zuschütten konnte, sagte sie schnell: »Im Sligo General gibt es möglicherweise einen Todesengel.«

In das überraschte Schweigen hinein berichtete sie ihm von Dr. Michael McCaffreys Verdacht.

Der Chef dachte nach. »Okay. Morgen schnappst du dir James und lässt dir die Patientenakten geben. Miles Munroe soll sich das mal mit einem forensisch geschulten Auge angucken. Zieh auch McManus dazu.« Murry meinte den Polizeitechniker und den Pathologen vom Dienst.

»Wenn die beide glauben, da könnte was dran sein, nimm den Fall offiziell auf und fang an. Das Übliche: Personal befragen, Hintergründe überprüfen und so weiter. Die ganze Routine eben.«

»Patientenaktien sind sensibel. Datenschutz und so weiter«, wandte Emma ein.

»Ich weiß, sieh zu, was du vorab schon mal vertraulich einsehen kannst, ich rede mit dem Staatsanwalt und besorge die nötigen Papiere.«

»Also bin ich wieder in Amt und Würden?«, fragte Emma. Offiziell gab es in Sligo kein spezifisches Team für Mord, aber inoffiziell gehörte Emma schon seit einer Weile zu Murrys Elitetruppe, der Serious Crime Unit, die er bei gewaltsamen Todesfällen einsetzte. Doch seitdem Emma in der Fitzpatrick-Mordsache an dem protestantischen Vikar keinen Täter präsentieren konnte, hatte Murry sie in die Abteilung Häusliche Gewalt versetzt.

Murry schwieg und holte tief Luft. »Wenn an deiner Todesengel-Geschichte was dran ist, bricht hier die Hölle los. Also klär das, und dann sehen wir weiter. Ach ja – und vor allem – folge dem Geld! Wer profitiert? Erbschleicherei … und so weiter.«

»Cui bono. Ich weiß schon, Chef.«

Emma verließ Murrys Büro. Draußen lehnte Eamon Kelly an der Wand – der arrogante Dubliner Kollege, der hinter Emmas Ex her war. Er kaute auf einem Zahnstocher herum.

Paddy Sloan, der Kollege aus der Wache Sligo, den Murry ihm an die Seite gestellt hatte, stand daneben und feixte. Sloan feixte immer, wenn Emma Ärger hatte.

Kelly war groß und viereckig. Kantiges Kinn, kantige Schultern, auf Kante gebügelte Hosen und kantige Schuhspitzen. Offenbar hatte er auf Emma gewartet. Er stieß sich mit der Schulter von der Wand ab und stellte sich ihr in den Weg. Emma guckte ihn nur an.

»So einfach kommen Sie mir nicht davon. Dass Sie von der IRA-Vergangenheit Ihres Ex-Mannes nichts gewusst haben wollen, ist geradezu lächerlich. Ich glaube vielmehr, dass Paul von Ihnen genug über die Methoden der Gardaí gelernt hat, dass er so lange unentdeckt bleiben konnte … Leute wie Sie haben bei den Bullen nichts zu suchen. Dafür werde ich sorgen.«

Emma starrte Kelly in die Augen, und dann schob sie ihn, so sanft es ging, aus dem Weg. Mit Idioten musste man Geduld haben.

Emma war Gegenwind gewohnt. Sie hatte wie alle irischen Gardaí die Polizeischule in Templemore besucht und den Job von der Pike auf gelernt. Ihre Kollegen in Sligo jedoch misstrauten ihr auch noch nach 15 Jahren im Dienst, blieb sie doch »die Fremde«, weil sie in den USA und nicht in Irland aufgewachsen war. Emma konnte inzwischen genauso breit Dialekt sprechen wie der größte Lümmel aus den Ochsenbergen, doch in einer so dünn besiedelten Ecke wie Sligo hielt sich Fremdenfeindlichkeit so nachhaltig am Leben wie ein Schnupfenvirus bei Regenwetter. In den Augen ihrer Kollegen klang Emma »irgendwie amerikanisch«, was quasi ein Verbrechen an sich war.

Dass sie weiblich war, half ihr in der Macho-Truppe der Gardaí auch nicht gerade, und außerdem war Emma in einer mehrheitlich katholischen Polizeitruppe auch noch protestantisch. Dazu längst von Paul geschieden und alleinerziehende Mutter – etwas, das im erzkonservativen Irland eigentlich nicht vorzukommen hatte. Nur weil an ihrer Leistung bislang keiner vorbeikam, war sie widerwillig akzeptiert worden – zumindest bis zu diesem leidigen Fitzpatrick-Fall.

Wieder musste Emma an das traurige Frauengesicht mit dem dicken, roten Zopf denken.

Dienstag, 3.5.2005

Kapitel 4

Shipmans Erben

Am Dienstagmorgen lag Emma in ihrem Bett und dachte zum hundertsten Mal darüber nach, warum sie ihren Kollegen James Quinn so attraktiv fand. Klein, nervös mit schwarzen Locken und dunklen Augen, war er geradezu das Gegenteil der großen, langbeinigen, hellhäutigen Emma. Zu allem Überfluss war James fast immer bester Laune, da konnte es in Sligo regnen und stürmen, wie es wollte. Und natürlich war er katholisch.

Dazu hatte er dieses Sunnyboy-Lächeln. Aber das war es nicht alleine. Auf den Kerl war einfach Verlass, eine Eigenschaft, die unter Männern nicht unbedingt weitverbreitet war, wie Emma fand.

Sie hatte ausnahmsweise gut und traumlos geschlafen. Was auch daran liegen konnte, dass sie abends in aller Ruhe zwei Oxycodon eingenommen hatte – der Test lag schließlich hinter ihr, und außerdem konnten sie sie alle mal! Das Zeug war ihr immerhin verschrieben worden. Dass sie gelegentlich bei einem anderweitig begründeten Besuch in der Asservatenkammer der Polizei in die Wundertüte griff und sich ein paar auf dem Schwarzmarkt gehandelte und deswegen von den Kollegen konfiszierte Oxy griff – darüber dachte Emma lieber nicht so genau nach.

Nach der Dusche warf sie sich in ihre übliche Rüstung: Jeans, weiße Bluse, schwarze Lederjacke, dazu Stiefel und ihre große, ebenfalls schwarze Ledertasche. Schlicht, praktisch und trotzdem elegant, so fühlte sich Emma für alles gewappnet, was ein Tag im Dienst ihr in den Schoß werfen mochte – sowohl für die Untersuchung einer Messerstecherei in einem versifften Pub als auch für den Besuch eines Opfers im Frauenhaus oder einen Termin bei Gericht.

Nach dem Frühstück mit Stevie in einvernehmlichem Schweigen war der Junge auf sein Rad gestiegen, um in die Schule zu fahren, und sie in ihre himmelblaue Karre, erneut mit Kurs auf Sligo General. Im Krankenhaus hatte sie sich mit Michael McCaffrey getroffen und ihn um das Datenmaterial zu den von ihm als auffällig eingestuften Todesfällen gebeten.

»Du bist dir sicher?«, hatte sie ihn noch mal gefragt.

»Acht auffällige Todesfälle seit Weihnachten. Ganz sicher«, lautete die düstere Antwort.

Noch am Vorabend hatte Emma Miles Munroe und Dr. McManus angerufen und sie zu einer Besprechung gebeten. Außerdem hatte sie Aoife Leonard gebrieft, dass sie morgens gebraucht würde, um Akten zu kopieren.

Emma und die Weißkittel der Garda hatten sich gerade in einem kleinen Konferenzraum niedergelassen, als James erschien. Bester Laune und über das ganze Gesicht grinsend. Er war ja fast immer gut drauf, aber dieser Überschwang war angesichts eines langen Arbeitstages dann doch ungewöhnlich.

»Guten Morgen«, rief er in die Runde und knallte vier Becher mit Kaffee auf den Tisch. »Noch jemand Interesse an der braunen Brühe?«

Als alle saßen, in ihren Tassen gerührt und das Gesicht angesichts des scharf schmeckenden öffentlich-rechtlichen Heißgetränks verzogen hatten, hob Emma an:

»Dr. Michael McCaffrey ist ein angesehener Chirurg im Sligo General. In den vergangenen vier Monaten sind so viele Patienten auf den chirurgischen Stationen und in der benachbarten Onkologie verstorben, dass er befürchtet, es mit einem Todesengel zu tun zu haben.«

McManus stöhnte auf. »Die treten immer wieder auf, fürchterliche Sache, so was. Es gibt Fälle in der ganzen Welt, Deutschland, Frankreich und vor allem in den USA. Grässliche Fälle – und für die betroffene Klinik absolut traumatisch.«

James guckte fragend in die Runde.

»Todesengel nennt man Krankenschwestern, Pfleger oder Ärzte, die Patienten umbringen. Meist mit der Ausrede der Sterbehilfe – also dem Wunsch, Leiden zu beenden. Nur stimmt das nicht. Solche Pflegekräfte bringen auch Patienten um, die keineswegs dem Tode geweiht sind, sondern auf dem Weg der Besserung«, erläuterte McManus.

»Ja, das ist genau das, was McCaffrey so auffällig findet. Acht Todesfälle seit Dezember – alles Menschen, von denen er annahm, dass sie die Klinik auf eigenen Beinen wieder verlassen würden und nicht in einem Sarg«, schilderte Emma. Und nach einer Pause: »Sie scheinen sich gut auszukennen, Doc.«

»In einer langen ärztlichen Praxiserfahrung begegnet einem dieses Thema. Auch hab ich dazu einiges gelesen, als Shipman sich im vergangenen Jahr im Gefängnis umgebracht hat.«

Shipman? Emma hatte den Namen schon mal gehört, konnte ihn aber nicht zuordnen.

Da ging die Tür auf, und Aoife Leonard erschien mit den kopierten Patientenakten aus Sligo General, die Michael Emma überlassen hatte.

James strahlte. Aoife strahlte. Was war denn hier los? Emma bekam schon wieder Magenschmerzen. Musste an dem bitteren Kaffee liegen.

Als die Kopien verteilt waren und die junge Sekretärin den Raum verlassen hatte, sagte Emma: »Diese Akten sind natürlich vertraulich. Patientendaten und so weiter, ihr wisst schon. Bevor wir alle rebellisch machen und die Journalisten aufscheuchen, geht es mir darum, dass ihr euch das mal gründlich anschaut und analysiert. Gibt es Muster? Eine gemeinsame Todesursache? Eine Art Modus Operandi? Murry weiß übrigens schon Bescheid. Wenn wir McCaffreys Verdacht begründet finden, machen wir das Ganze offiziell.«

James, McManus und Munroe begannen in den Kopien zu blättern.

»Puh, das alles in den vergangenen Wochen? Wenn da was dran ist, haben wir einen Serienmörder«, sagte James.

Alles erstarrte. Das S-Wort war ein Tabu bei der Garda und wurde möglichst nie benutzt.

»Das wäre der erste Serienmord in Irland«, räumte Emma vorsichtig ein, »wenn man von der IRA mal absieht.«

Die anderen schwiegen betreten, und Emma fuhr fort: »Der letzte auffällige Todesfall hat sich übrigens erst vorgestern ereignet. Annie Cooper, 68 Jahre alt. Die Leiche der alten Dame ist noch in der Leichenhalle im Sligo General. Dr. McManus – würden Sie bitte eine forensische Obduktion veranlassen? Ihr Kollege McCaffrey weiß Bescheid.«

»Wenn ich was Auffälliges finde, müssen wir möglicherweise die anderen Toten exhumieren lassen«, sagte McManus.

»Das auch. Das wird fürchterlich. Besonders für die Familien der Verstorbenen. Also hoffen wir, dass Dr. McCaffrey Gespenster sieht.«

Aber das war unwahrscheinlich. Michael war ein guter Arzt und noch besserer Chirurg. Dazu eher der gelassene Typ. So einer bildete sich keine Massenmörder ein.

Schweigend blätterte die Runde in den Unterlagen.

»Hhm, das hier ist in der Tat ein wenig seltsam«, sagte McManus und blickte erneut von den Akten hoch. »Ein David Boland, 75. Schlaganfallpatient. Schon der zweite, den ersten hatte er 1995. Mitte März haben sie ihn in die Intensivstation von Sligo General gebracht. Er hatte sein Sprechvermögen und seine Mobilität so ziemlich komplett verloren, aber zwei Wochen später konnte er aufrecht sitzen und wieder feste Nahrung zu sich nehmen. Boland war auf dem Weg der Besserung, auch sind keine Herzprobleme im Krankenblatt vermerkt. Zwei Tage später war er tot: Herzversagen.«

»Das hier klingt so ähnlich«, meldete sich James. »Jane McCullogh. 65. Langjährige Brustkrebspatientin. Der Krebs war zum zweiten Mal ausgebrochen, aber nach OP und Bestrahlung war sie eigentlich so weit, dass sie zu ihrer Tochter nach Hause hätte gehen können. Doch dann: Tod durch Herzversagen. Und auch hier kein Verweis auf frühere Herzprobleme im Krankenblatt.«

Miles Munroe fing an, methodisch durch die Papiere zu gehen. »Die Fälle, die wir hier liegen haben, sind ausnahmslos an Herzversagen gestorben. Und zwar nicht in der Kardiologie, wo Herzpatienten eigentlich liegen, sondern alle in der Chirurgischen oder Onkologischen Abteilung.« Also alle im Umkreis von Michael.

»Okay«, sagte Emma. »Dr. McManus, Sie machen sich an

die Obduktion von Annie Cooper. Ich bitte Murry, uns den Durchsuchungsbeschluss und die Aufforderung zur offiziellen Herausgabe der Krankenblätter zu besorgen. Sobald wir das haben, fährt Miles in die Klinik und sichert den Tatort – zumindest das Sterbezimmer von Annie Cooper, falls das noch geht und es nicht längst geputzt und neu belegt worden ist.«

»Aye, aye«, sagte Miles, die Laborratte.

Da mischte sich der Doc ein: »Miles, frag Dr. McCaffrey auch, ob er noch irgendwo in der Pathologie Gewebeproben oder Ähnliches von den Patienten hat, deren Tod ihm verdächtig vorkam. Hat er irgendwas aufgehoben, was wir analysieren könnten? Und frag ihn, was er von den vielen Herzversagen hält. Sag ihm, ich werde ihn anrufen!«

»Okay«, sagte Miles. »Aber vermutlich sind die Tatorte – wenn es wirklich welche sind – in der Tat längst wieder mit neuen Patienten belegt. Klassische Forensik macht also keinen Sinn. Aber ich frag mal herum, ob irgendwo irgendwas aufgetaucht ist, was da nicht hingehört. Spritzen, Medikamente, Zeug, das nicht zum regulären Betrieb gehört.«

»Gut«, antwortete Emma. »Wir müssen zudem anfangen, die Familien der Toten zu befragen, ob denen was aufgefallen ist – aber vorsichtig, ich will keinen Skandal in der Presse stehen haben, bevor wir nicht zu 100 Prozent sicher sind, dass da wirklich was stinkt. Murry reißt mir den Kopf ab, wenn wir die Medien aufscheuchen, und dann ist es nur ein Sturm in der Teetasse. Apropos Murry, den setze ich jetzt mal ins Bild, damit er so schnell wie möglich den Staatsanwalt einschaltet. Wenn wir hier mit Patientendaten und Gewebeproben rummachen wollen, brauchen wir einen Gerichtsbeschluss, sonst kommen wir juristisch in Teufels Küche. Datenschutz und so weiter, ihr wisst schon!

Sobald der vorliegt, knöpfen wir uns das Personal in der Klinik vor. Um vier treffen wir uns alle wieder hier und besprechen, wie es weitergeht.«

Murry war von Emmas Zwischenbericht nicht begeistert.

»Massenmord? In Irland? Das gab es ja noch nie!«

»Na ja, wir hatten einen Bürgerkrieg«, wandte Emma ein, Politik und Religion hatten in Irlands jüngerer Geschichte schließlich jede Menge Menschen auf dem Gewissen.

Doch Murry hörte sie gar nicht. »Die Presse wird durchdrehen! Und erst der Polizeipräsident!«

Er griff zum Telefon, und im Hinausgehen hörte Emma, wie Murry sich mit seinem Freund, Staatsanwalt Seamus Sheridan, der im Gerichtshof um die Ecke zu agieren pflegte, zum Mittagessen verabredete. Die beiden würden die Sache bei einem stärkenden Jameson-Whiskey (oder auch zwei) schon mal inoffiziell besprechen, das wusste Emma aus Erfahrung. Die Durchsuchungsbeschlüsse waren dann nur noch eine Formalität.

Emma verschwand in ihrem Büro und fuhr den Computer hoch. Sie könnte ein paar fällige Berichte fertigmachen – oder sich schon mal die wesentlichen Fakten anlesen, falls Michael wirklich recht hatte. Alles besser, als Berichte zu verfassen!

Was hatte McManus noch gesagt im Hinblick auf Todesengel? Ein vergleichsweise aktueller Fall in Großbritannien. Boot irgendwas oder Schiff?

Es dauerte nicht lange und sie hatte ihn gefunden: Harold Shipman. Ein Hausarzt im westlichen Yorkshire, der im Jahr 2000 wegen der Ermordung von 15 Patienten zu lebenslanger Haft verurteilt worden war. Die Kollegen in

England vermuteten allerdings, dass er über 200 andere Herrschaften ebenfalls in ein frühes Grab befördert hatte. Sein jüngstes Opfer war gerade erst 41 gewesen. Von wegen Sterbehilfe bei alten Leuten! Zudem hatte er mindestens ein Testament gefälscht und sich selber als Erben eingesetzt. Emma bekam Gänsehaut. Alarm geschlagen hatte eine Bestattungsunternehmerin, die es merkwürdig fand, dass sie so viele Feuerbestattungen älterer Damen zu bearbeiten hatte, die alle Shipmans Patientinnen gewesen waren. Eine Untersuchung ergab, dass er den Frauen tödliche Dosen von Diamorphin gespritzt hatte – eine Art medizinisches Heroin für Menschen mit unerträglichen Schmerzen. Dann hatte er die Totenscheine unterschrieben und die Patientenblätter dahingehend gefälscht, dass die Patienten im Nachhinein todkrank aussahen. Emma las und las, das Online-Archiv vom Guardian, der Times und auch die Webseiten der Boulevardpresse.

Shipman hatte nie gestanden und schwieg über seine Motive. Das Ganze war ein Rätsel und würde wohl auch eines bleiben, denn schließlich hatte sich der Kerl vor etwas mehr als einem Jahr, im Januar 2004, in seiner Zelle in Yorkshire erhängt. Ein echter Yorkshire-Ripper! Inzwischen war in Shipmans Garage Schmuck aufgetaucht, der den Opfern gehört hatte. Geklaut hatte das Monster also auch noch.

Allerdings war Shipman kein typischer Todesengel, agierten die doch typischerweise in Krankenhäusern oder Altenheimen. Der Arzt jedoch war bei Hausbesuchen tätig geworden.

Was aber trieb Todesengel an, in Kliniken und Heimen zu töten? Emma fütterte ihren Browser mit »auffällige Todesfälle, Krankenhaus, Altenheim, Todesengel« und war schockiert, was alles aus dem Netz hochpoppte. Fälle aus der ganzen Welt – und nicht zu knapp. Sie begann systematisch zu lesen und in einer separaten Datei Fakten zusammenzutragen; sie versuchte, Muster zu erkennen: Der jüngste mordende Pfleger war zum Zeitpunkt der Tötungen 21 Jahre alt, der älteste 56. Berufsanfänger töteten genauso wie erfahrene Kräfte. Nahezu alle Täter galten in ihrem Umfeld als unsichere Persönlichkeiten. Einige wurden als »emotional verschlossen« beschrieben, mit dem Hang, Kollegen auf Abstand zu halten; andere traten fröhlich bis flapsig im Ton auf. Gravierende Auffälligkeiten, wie etwa eine allgemeine Neigung zur Gewalt, schwerwiegende psychische Erkrankungen oder familiäre Belastungen wurden bei keinem der Täter geschildert, über die Emma im Netz las.

Herrje, das half ihr auch nicht weiter! Es töteten Junge wie Alte, Neulinge wie Veteranen, Muster schien es keine zu geben. Offenbar wurden Pyromanen gerne Feuerwehrleute, und Menschen, die Herr über Leben und Tod spielen wollten, landeten irgendwo in der Medizin. Das Einzige, was Emma sachdienlich fand, war ein Hinweis zur üblichen Reaktion im unmittelbaren Umfeld der Täter. Schon bevor die Vergehen offiziell bekannt wurden, hatten die Kollegen in den Krankenhäusern offenbar genau im Auge, bei wem es besonders oft zum Exitus von Patienten kam – und belegten die entsprechenden Kräfte mit Spitznamen wie »Todesengel«, »Vollstrecker« oder »Hexe«. Da würde sie im Sligo General die Ohren spitzen müssen.

Plötzlich blieb Emmas Blick an einem Artikel im Evening Chronicle aus Newcastle upon Tyne hängen: »Ungeklärter Todesfall im Altenheim«. Dort war ein pensionierter protestantischer Vikar namens Walter Payman Mitte Februar in seinem Bett erstickt. Die Polizei hatte sich nicht dazu geäußert, aber der Journalist ließ durchschimmern, dass der Mann wohl mit einem Kissen auf dem Gesicht aufgefunden worden war. Emma wurde es heiß und kalt ... Payman! Den Namen kannte sie! Und wieder tauchte das traurige Frauengesicht vor ihrem inneren Auge auf – die Frau mit dem dicken, roten Zopf!

Nicht zum ersten Mal bedauerte es Emma, dass die irische Garda keinen Zugang zum britischen Police National Computer hatte. Dieses Computersystem auf der Nachbarinsel hatte in den 1970er Jahren mal als Datei aller gestohlenen Fahrzeuge angefangen, sich aber im Lauf der Zeit zu einem veritablen Archiv der britischen Kriminalgeschichte der vergangenen 30 Jahre entwickelt. Auch war es ein paar cleveren IT-Freaks gelungen, vergleichende Fallanalysen möglich zu machen – die sogenannte Comparative Case Analysis. Mit dieser CCA ließ sich online nach Parallelen suchen, nach ähnlichen Verbrechen, vergleichbaren Verhaltensmustern ... nach allen Strukturen und Brennpunkten, die den Ermittlern helfen konnten, Verbindungen zwischen zeitlich oder geographisch auseinanderliegenden, aber verwandten Fällen zu identifizieren. Zugang hatten blöderweise aber nur die Kollegen in Northern Ireland, die waren schließlich britische Beamte. Ein irischer Garda kam da so ohne weiteres nicht ran.

Emma begann zu grübeln. Wen kannte sie im Police Service Northern Ireland? Wen könnte sie um Hilfe bei der Fallanalyse bitten?

Da klingelte ihr Telefon. Geistesabwesend nahm Emma ab und sagte nur: »Ja?«

»Hier auch ja«, kam es amüsiert zurück. Eine tiefe Männerstimme, die Emma noch nie gehört hatte.

»Oh, hallo. Emma Vaughan hier, Local Detective Unit Sligo. Mit wem habe ich das Vergnügen?«

»Andrew Shannon hier, von Gladwick, Shannon and Partners, Dublin. Laura hat mich angerufen – ich soll mich bei Ihnen melden, sie hat mich gebeten, die Verteidigung Ihres Gatten zu übernehmen.«

»Ex«, sagte Emma. »Die meines Ex-Mannes. Paul.«

»Genau der. Ich habe mich für morgen bei ihm in Sligo angemeldet und wollte fragen, ob ich auch mit Ihnen sprechen kann. So um die Mittagszeit?«

»Ich bin, wie Sie wissen, im selben Haus. Die Polizeiwache in der Pearse Road. Im selben Gebäude wie das Untersuchungsgefängnis. Rufen Sie mich an, wenn Sie mit Paul durch sind?«

»So machen wir das. Dann bis morgen.«

Der klang nett, fand Emma, die ihre Vorurteile gegen erfolgreiche Anwälte aus Dublin schon fast vergessen hatte.

»Wo bleibst du denn?« James hatte den Kopf zur Türe reingesteckt. Es war schon nach vier – und Emma war zu spät dran für die von ihr selbst angesetzte Konferenz.

Als sie und James schließlich den Konferenzraum betraten, waren schon alle da. Murry, Miles und der Doc.

»Ist ja nett, dass Sie uns auch die Ehre geben, Vaughan«, knurrte Murry, der nach Whiskey roch, und nickte Dr. McManus zu, damit der mit seinem Bericht beginnen konnte.

»Also, wir haben jetzt Zugang zu der sterblichen Hülle von Annie Cooper«, hob der an. »Ich habe mit der Obduktion angefangen. So wie es aussieht, ist sie an einer hohen Dosis von herzwirksamen Glykosiden gestorben. Die lassen sich nur wenige Tage lang nachweisen, und wir können von Glück reden, dass Kollege McCaffrey schlau genug war, auch von den letzten drei Patienten, deren Tod ihm spanisch vorkam, Gewebe- und Blutproben einzufrieren. Alle vier sind an Herzglykosiden gestorben, an hohen, allerdings ziemlich unterschiedlichen Dosen.«

»Und was ist das für ein Zeug?«, fragte James.

»Glykoside sind Wirkstoffe, die auf das Herz eine entweder die Schlagkraft steigernde oder die Herzfrequenz senkende Wirkung entfalten. Klinische Bedeutung haben heute in diesem Bereich nur noch Digoxin und Digitoxin. Das sind lange bekannte Mittel und extrem hilfreich – in Überdosen jedoch mörderisch. Wenn ich mich recht erinnere, ist Digitoxin in einer Dosis von ungefähr 56 Milligramm pro Kilo Körpergewicht tödlich.«

»Also sind die vier Fälle, die wir noch bearbeiten können, tatsächlich als Tötungsdelikte einzustufen?«, fragte Emma.

»Ja, es sieht so aus«, antwortete der Doc. »Wenn ich es auch etwas seltsam finde, dass die nachgewiesenen Dosen so stark variieren. Versteht mich nicht falsch – in allen vier Leichen lassen sich enorme Überdosen an Glykosiden nachweisen, aber sie sind alle unterschiedlich hoch. Mal das Vierfache einer tödlichen Dosis, mal das Fünfzehnfache. Annie Cooper hatte gar zwanzigmal so viel im Blut, wie es nach einer medizinischen Verordnung angemessen gewesen wäre. Wenn sie denn Herzprobleme gehabt hätte – was laut Patientenunterlagen nicht der Fall war.«

»Wie interpretieren wir das?«, wollte James wissen.

»Mich erinnert das alles an einen Fall aus Deutschland. Ewig her, Ende der 70er Jahre, wenn ich mich recht entsinne«, meinte Dr. McManus nachdenklich. »Erstaunlich, dass ich vergesse, was ich heute zum Frühstück gegessen habe, mich aber an Sachen erinnern kann, die ich vor 30 Jahren in der Zeitung gelesen habe!«

»Was haben Sie denn im Sinn?«, fragte Emma, denn der Arzt schien in Gedanken versunken.

McManus fing sich wieder. »Kurz vor Weihnachten wurden damals in einem Klinik-Abfallsack der Intensivstation massenhaft Ampullen von Digoxin-Präparaten gefunden, alle leer und sechs Patienten tot. Bestellt hatte das Zeug offenkundig zwei Tage zuvor ein Krankenpfleger. Der Kerl hieß auch noch ›Böse‹ mit Nachnamen. Deswegen erinnere ich mich überhaupt an den Fall. Ein Mörder, der Böse heißt ...«

»Und woher stammt das Zeug in unserem Fall?«, fragte Emma.

»Das wissen wir nicht«, mischte sich Kriminaltechniker Miles Munroe ein. »Krankenhausmüll wird heutzutage schnell und nachhaltig entsorgt. Ich konnte keine verdächtigen Spritzen oder Präparate mehr auftreiben, alles längst geschreddert und im Mikrowellen-Reaktor thermisch neutralisiert – also verbrannt.«

»Aber dieses Digizeug, oder wie das heißt, muss doch irgendwo herkommen? Hat sich jemand mit der Krankenhausapotheke unterhalten?«

»Yep«, sagte James. »Die schwören Stein und Bein, dass nichts fehlt. Auf den ersten Blick sieht das da alles normal aus.«

»Chef, was meinen Sie?«, fragte Emma, und alle Augen richteten sich auf Murry.

»Wir behandeln diese Todesserie als auffällig«, entgegnete Murry. »Emma, Sie leiten die Ermittlungen. Aber diskret. Sprechen Sie morgen als Erstes mit der Klinikleitung; den Staatsanwalt übernehme ich.«

Emma nickte. »Müssen wir uns um Exhumierungen bemühen?«

»Das wird kaum nötig sein. Vermutlich sind die Organe schon zu zersetzt, als dass sich darin noch Glykoside nachweisen ließen«, meinte der Doc. »Das ist nicht so einfach, wie mal eben bei einem lebenden Besoffenen den Blutalkoholspiegel zu bestimmen. Fürs Erste mach ich mit den Gewebeproben weiter, die McCaffrey im Kühlschrank hat.«

»Wenigstens der Ärger mit den Angehörigen bleibt uns also erspart«, sagte Murry, der aus Erfahrung wusste, dass »Grabschändung« in der Bevölkerung nicht gut ankam.

Kapitel 5

Pelztierchen

Wenn ich diese sogenannten Damen aus den Edelboutiquen kommen sehe, könnte ich kotzen. Jede mehr am Leib als ich je in einem Monat verdient habe – doch die meisten arbeiten ja gar nicht, sondern geben das Geld ihrer Väter, Ehemänner oder Liebhaber aus. Alles Pelztierchen, Sektglashalterinnen und Stehrümmchen. Kein Stolz im Leib, keine Würde. Was sind das bloß für Weiber, die sich von Männern aushalten lassen? Sich dem Willen eines Kerls hingeben? Die Beine breit machen für den regelmäßigen Zugriff auf seine Kreditkarte und seine Konten? Nutten.

Diese Tanten haben natürlich keinerlei Frauensolidarität, konkurrieren sie doch um die Gunst der Männer – für andere Frauen kann es daher keine Gnade geben. Vom Leben gezeichnete Frauen, die im Geschlechterkampf schlechte Karten haben, weil sie nicht hübsch, clever und sexy sind, ernten bei diesen Weibern nur Verachtung. Statt einander vor den Männern und ihren Übergriffen zu schützen, stecken sie die Nase lieber in Modemagazine. Wie viel weniger Elend gäbe es auf der Welt, wenn diese Ziegen die Energie, die sie brauchen, um auf ihren Stöckelschuhen zu balancieren, dafür aufwenden würden, anderen Frauen beizustehen?

Aber das geht nicht, denn da müssten sie sich ja mit den Kerlen anlegen – und genau die wollen die Pelztierchen doch keineswegs vergraulen. Wo kämen sie hin, wenn sie die Männer verjagen und folglich ihre Allüren selber finanzieren müssten? Dann müssten sie ja tatsächlich mal was arbeiten. Ha! Vorher friert die Hölle zu!

Da setzen diese gehirngewaschenen Idiotinnen lieber die Männer-Gesetze dieser Welt durch. All diese Schwiegermütter, Lehrerinnen, Betschwestern und Waschweiber, die die Moral der Pfarrer, Polizisten und Richter hochhalten: Sei lieb und artig! Gib keine Widerworte! Ein nettes Mädchen macht so was nicht!

Solidarisch mit den Angreifern, bis zum letzten Blutstropfen. Stockholm-Syndrom.

Das Beutetier imitiert den Jäger, bis es selbst zur Beute wird – aber das sehen diese albernen Weiber ja nicht. Oder erst, wenn es zu spät ist.

Kapitel 6

Dunkle Gedanken

Der Wind zerrte an den Bäumen im Vorgarten und an Emmas Nerven. Durch die Gardinen beobachtete sie, wie der Sturm in das Geäst vor ihrem Schlafzimmerfenster griff und ihm seinen Willen aufzwang. Halb zwei Uhr morgens – und sie konnte nicht schlafen. Diesmal hatte sie jedoch kein Alptraum geweckt, sondern ihr karussellfahrendes Gehirn hatte sie daran gehindert, überhaupt erst einzuschlafen.

Als sie nach Hause gekommen war, hatte Stevie am Küchentisch gesessen und auf sie gewartet. Das Gesicht zu dieser strengen, hart urteilenden Maske gefroren, die nur Teenager zustande bringen. Teenager, die noch nicht alt genug sind, um zu verstehen, dass fast nichts auf der Welt nur schwarz oder nur weiß ist. Erwachsenwerden hieß, Grautöne wahrzunehmen.

Strafend blickte er auf das Takeaway vom Chinesen, das Emma mitgebracht hatte. »Schon wieder kein richtiges Abendessen?«, sagte er vorwurfsvoll.

»Aber du magst doch Frühlingsrollen. Und gebratene Nudeln mit Huhn. Ich dachte, ich tu dir einen Gefallen … Sonst war das doch immer ein Lieblingsessen von dir?«

»Du kochst nie mehr selber, du gehst auch nicht einkaufen. Überhaupt bist du nie da.«

»Stevie, du weißt ganz genau, dass ich Geld verdienen muss. Wir wohnen hier in diesem schönen Haus am Fluss, du kriegst fast alles von mir, was du haben willst …«

»Die Mütter der anderen Jungs sind immer zu Hause. Und sie kochen!«

»Aber das stimmt doch gar nicht. Joes Mum arbeitet bei Tesco, und Seans Mum hat die Reinigung im Carraroe Retail Park.«

»Ja, aber die sind um fünf zu Hause. Oder um halb sechs.«

Stevies Stimme wurde immer anklagender, und Emma wurde es mulmig. Was war denn hier los? Vor lauter eigenen Sorgen hatte sie ganz offensichtlich nicht mitgekriegt, wie verunsichert ihr Sohn war. Also sagte sie: »Jetzt mal ganz langsam, Stevie. Du bist doch schon fünfzehn. Solche Klagen hatte ich erwartet, als du ein kleiner Junge warst. Aber damals warst du völlig gelassen, auch wenn es mal nur Kekse und Milch zum Abendessen gab. Jetzt bist du fast schon erwachsen, hast eine Freundin – und fängst an, mehr Bemutterung zu fordern? Was ist denn wirklich los? Worum geht es eigentlich? Was liegt dir so schwer auf der Seele?«

Stevie hatte vor Wut geschnaubt, war so schnell aufgesprungen, dass sein Stuhl hinterrücks auf den Boden knallte. Dann war er aus der Küche gerannt. Seufzend hatte Emma das Möbel wieder hingestellt und sich einen Whiskey eingegossen. Schnaps auf nüchternen Magen und zwei Oxys. Na wunderbar. Sie war wirklich eine Glanzleistung als Mutter und Polizeibeamtin.

Der Hunger war ihr vergangenen. Dennoch begann sie lustlos, sich etwas von dem mitgebrachten Essen auf einen

Teller zu packen und darin herumzustochern. Oben in Stevies Zimmer dröhnte Coldplay aus den Lautsprechern.

Eine halbe Stunde später – Emma hatte gerade angefangen, die traurigen Reste ihres Mahls zusammenzuräumen – stand Stevie in der Tür.

»Willst du was essen?«

Ihr Kind nickte, und Emma begann, alles wieder auszupacken und aufzuwärmen. Sie kannte Stevie gut genug, um jetzt die Klappe zu halten. Er musste selbst mit dem Reden anfangen, zwingen ließ der Junge sich nicht.

Die ersten Bissen taten ihm offensichtlich gut, er schien sich zu entspannen.

»Ich hab 'ne drei in Mathe. Dank Sophs Hilfe«, sagte er schließlich.

»Super. Das Mädel ist echt in Ordnung. Ich freue mich, dass du so eine begabte Freundin hast. Hübsch seid ihr ja alle in dem Alter, aber Sophie ist auch noch schlau. Und nett.«

Stevie aß einfach weiter, aber Emma konnte ihm ansehen, wie zufrieden er mit ihrem Urteil über seine Sophie war.

Emma wechselte das Thema. »Ich verstehe, dass du deinen Vater vermisst. Und dass ich jetzt besser mehr zu Hause sein sollte, um mich mehr um dich zu kümmern. Die Botschaft ist angekommen.«

Ihr Sohn blickte von seinem Teller auf, und hinter den Haarfransen, die ihm immer ins Gesicht hingen, konnte Emma sehen, dass er verdächtig feuchte Augen hatte.

»Ich hab einfach Angst, dass Dad nicht mehr zurückkommt. Dass sie ihn lange ins Gefängnis sperren. Und du jagst Verbrecher. Das ist gefährlich. Was ist, wenn dir was passiert? Dann hab ich gar niemanden mehr.«

War da etwa ein Schluchzen in seiner Kehle? Emma stand auf, ging um den Tisch herum und legte die Arme um ihren Sohn.

»Stephen, ich verspreche dir, dass ich alles tue, damit dein Vater einen guten Anwalt und einen fairen Prozess kriegt. Ich kann die Gesetze nicht ändern und keinen Einfluss auf eine Gerichtsentscheidung nehmen. Aber ich kann dafür sorgen, dass dein Vater die besten Karten in die Hand kriegt, die unter den Umständen möglich sind. Versprochen. Und mein Job – so gefährlich ist das gar nicht. Wir sind hier in Sligo, nicht in New York City. Ich hab das im Griff, glaub mir.«

»Was werden sie mit Papa machen?«

»Das weißt du doch. Er sitzt in Untersuchungshaft. Aber morgen kommt ein superguter Anwalt aus Dublin nach Sligo, um mit ihm zu reden. Der übernimmt den Fall und versucht, Paul rauszuhauen, so gut es geht.«

»Aber wenn der Papa wirklich Fehler gemacht hat? Stimmt es, dass er für die IRA gekämpft hat?«

»Für die IRA zu kämpfen, klingt viel glamouröser, als es in Wirklichkeit ist. Oft ging es bei dem vermeintlichen Freiheitskampf auch nur darum, Geld für Waffen aufzutreiben, und die Mittel dazu waren häufig keineswegs in Ordnung. Man wirft deinem Vater vor, einer der strategischen Köpfe der Provisional IRA zu sein.«

»Ich weiß nicht, ob ich mich für ihn schämen oder stolz auf ihn sein soll.«

»Stevie, ich hätte auch gerne eine vereinigte irische Republik unter der Führung von Dublin, und ich hab auch noch nie verstanden, wieso die in Belfast glauben, dass sie die olle Queen Elizabeth als Staatsoberhaupt brauchen. Aber es geht einfach nicht, die Wiedervereinigung Irlands als Republik mit Waffengewalt durchzusetzen. Entführungen, Bomben, Schmuggel – unendlich viele Menschen sind dabei zu Schaden gekommen. Das ist nichts, worauf man stolz sein könnte. Und dein Vater hat das am Ende auch so gesehen. Die Taten, die man ihm vorwirft, liegen mehr als 20 Jahre zurück.«

»Ich weiß.«

»Er ist Vater geworden, weißt du. Das verändert die Menschen. Seitdem du auf der Welt bist, hat er versucht, für dich das Richtige zu tun.«

Emma wusste, dass das so nicht ganz korrekt war – Paul war ein versoffener, egoistischer und gewalttätiger Ehemann gewesen und alles andere als ein Familienmensch. Aber immerhin hatte er sich nach der Trennung um Stevie gekümmert. Und der Junge liebte seinen Dad, auch wenn Emma den Kerl nur noch gruselig fand.

Nun lag sie im Bett und rekapitulierte das Gespräch mit ihrem Sohn. Seine Sorgen waren realer, als ihr lieb sein konnte. Der Vater als IRA-Entführer im Knast. Mit einem teuren Prozess am Hals – und eine Mutter mit Polizistengehalt, die sich den Anwalt dafür eigentlich nicht leisten konnte. Und vielleicht hatte sich auch das Beamtengehalt schon bald erledigt, je nachdem, wie Murry auf ihren medizinischen Test und das Oxycodon in ihrem Blut reagierte. Denn dass der Drogentest positiv ausfallen würde, war eigentlich sicher. Dass sie im Fitzpatrick-Fall nicht gerade gepunktet hatte, war ebenfalls keine rechte Hilfe.

Und schon stand ihr wieder der Anblick der Frau mit dem dicken, roten Zopf vor Augen: Catherine Payman. Heute hatte sie von einem Walter Payman in Newcastle gelesen, der in seinem Bett mit dem Kissen erstickt worden war.

Bestimmt nur ein Zufall. Vielleicht gab es ja auch mehr als einen pensionierten Pfarrer namens Walter Payman in Newcastle?

Aber wenn nicht, was dann?

Emma sah sich wieder auf dem Fußboden in Catherine Paymans Küche in Manchester sitzen. Sie hatte die Frau dort vor ein paar Wochen eigentlich als Mörderin von Charles Fitzpatrick stellen wollen, sie dann aber laufen lassen. Der Grund dafür war Catherines Lebensgeschichte – eine Geschichte von Misshandlung und Missbrauch, die Emma Tränen in die Augen getrieben hatte. Catherine hatte letztlich aus Notwehr gehandelt und war vom Leben schon genug gestraft. Was hätten ein Gerichtsverfahren und ein Richter daran noch ändern können? Deswegen hatte Emma am Ende einfach die Klappe gehalten und war ihrer Wege gegangen. Jetzt war also auch Walter Payman tot. Genauso mausetot wie Charles Fitzpatrick. Auch mit ihm hatte Catherine Kontakt gehabt. Seltsam. Und Emma hatte Catherine vertraut.

Mittwoch, 4.5.2005

Kapitel 7

Ungesundes Klima

Emma stand am Küchenfenster, einen Becher Tee in der Hand, als ihr Mobiltelefon ging. »Nervensäge« stand auf dem Display. Das war James.

»Guten Morgen, Herr Kollege!«

»Tach, Chefin«, gab der zurück. »Schöner Morgen, nicht wahr?«

Es regnete nicht, was in Sligo wohl für einen schönen Frühlingsmorgen herhalten musste.

»Was gibt's?«, wollte Emma wissen.

»Staatsanwalt Seamus Sheridan hat den Durchsuchungsbefehl für Sligo General gerade unterschrieben.«

»Auch für die offizielle Sichtung der Patientenakten?«

»Auch das.«

»Gut. Wir treffen uns zur Konferenz auf der Wache. Ruf Miles an, und bring auch David und Sarah mit. Sagen wir neun Uhr?« Gemeint waren Dave Lovelock, ein junger, relativ unerfahrener Polizist, der erst vor ein paar Monaten in die Serious Crime Unit nach Sligo versetzt worden war, und Sarah Reynolds, eine ältere Kollegin, die sich meist mit Drogengeschäften beschäftigte.

»Sarah?«, fragte James überrascht.

»Die Patienten im Sligo General sind alle vergiftet worden – aber es fehlen, soweit wir sehen können, keine Medikamente. Jemand, der sich mit Drogen auskennt, kann uns da nur helfen. Drogen sind Drogen, ob man sie nun aus medizinischen Gründen schluckt oder um einen Rausch zu erleben.«

»Okay. Ist diese Personalanforderung mit Murry so abgesprochen?«

»Yep, habe ich gestern schon mal vorab geklärt«, entgegnete Emma – die sich ärgerte, dass James so überrascht auf ihre gute Planung reagierte.

Eine Stunde später begann Emma in der Pearse Road Jobs zu verteilen.

»Miles, du nimmst dir die Krankenhausapotheke vor. Du weißt ja, worum es geht. Digoxin oder Digitoxin und andere Herzglykoside in jeder Form. Was ist verschrieben worden? Wer hat es bekommen? Wer hat es verabreicht? Ist das sauber dokumentiert? Wer hat das dokumentiert – du weißt schon. Such nach allem, was nicht klar nachzuverfolgen ist, und nach möglichen Wegen, das Zeug zu verabreichen. Wie wird das gemacht? Tabletten, Spritzen … was sonst? Was passiert mit benutzten Spritzen oder Tablettenverpackungen? Kurz und gut – sammle alles ein, was mit Digoxin und Co zu tun hat.«

»Aye, aye, Mylady!« Miles schnappte sich seine Kopie des Durchsuchungsbefehls und machte sich auf, der internen Apotheke der Klinik und ihren Geheimnissen auf die Spur zu kommen.

»Sarah und David. Nehmt euch alle Apotheken im Umkreis von 50 Kilometern vor. Auch hier – Glykoside. Ist irgendwo eingebrochen und Digoxin oder Digitoxin geklaut worden? Wurde irgendwo ungewöhnlich viel von dem Zeug verordnet? Von wem – für wen? Ist irgendwem irgendwo irgendwas aufgefallen, was mit dem Zeug zu tun hat?«

Dave nickte.

»Ich kann mich ja mal in der Szene und bei den üblichen Verdächtigen umhören, wer Interesse an dem Zeug hat«, bot Sarah an. »Allerdings habe ich noch nie von Digoxin als Erlebnisdroge gehört …«

»Trotzdem, gute Idee. Hör dich um, vielleicht experimentiert ja ein Irrer mit dem Zeug als Freizeitbeschäftigung. James und ich fahren in die Höhle des Löwen und präsentieren der Klinikleitung den Durchsuchungsbefehl. Wir müssen alle Dienstpläne einsehen. Wer war zum Zeitpunkt der Todesfälle auf den in Frage kommenden Stationen eingesetzt? Wer hatte Zugang zu Patienten und Medikamenten und war zum fraglichen Zeitpunkt vor Ort? Um vier treffen wir uns wieder hier und vergleichen unsere Notizen.«

Auf der Fahrt zum Krankenhaus schwieg Emma. James hatte offenbar auch kein Bedürfnis zu plaudern. Er fuhr und summte vor sich hin. »Love is in the air, lalalalalala!« Ausgerechnet. John Paul Youngs Schmachtfetzen aus den späten 70er Jahren. Emma beobachtete James unauffällig. Oft war er wie ein Kind: wühlte wild in seinen Locken, wenn er nicht weiterwusste, kaute auf einem Bleistift, wenn er sich beim Aktenstudium konzentrieren wollte, und murmelte beim Nachdenken vor sich hin wie ein Schüler beim Rechnen. Und nun begann er auch noch, mit dem Radio ein Duett zu singen. Als James den Wagen Richtung Garavogue River lenkte, um dann nach dem Fluss rechts Richtung Klinik abzubiegen, konnte sich Emma dann doch nicht mehr zurückhalten:

»Ach komm, der Song ist doch Asbach. Der ist doch bald älter als du.«

James lachte nur.

Das Lachen verging ihm bald, war die Aufmachermeldung in den Nachrichten des Lokalsenders Ocean FM nach dem Song doch das Sligo General: »Gardaí untersuchen verdächtige Todesfälle im Krankenhaus Sligo General. Seit dem Jahreswechsel sind dort ungewöhnlich viele Patienten an Herzversagen gestorben.« Die Stimme des Radiosprechers klang so aufgeregt, als hätte er im Lotto gewonnen. »Vermutet wird die missbräuchliche Verabreichung von herzwirksamen Glykosiden. Die Staatsanwaltschaft will keinen Kommentar abgeben, hat aber offenbar einen weitreichenden Durchsuchungsbefehl für die Klinik ausgestellt …«

»Verdammt! Irgendwer quatscht! Woher haben die das?« Emma war entsetzt. Die Presse war grundsätzlich nervig, aber solche Meldungen rauszublasen, bevor eine Untersuchung wirklich angelaufen war, fand sie das Allerletzte.

»Scheiße! Diese Aasgeier«, stöhnte sie.

»Na, das wird ja super«, sagte James. »Falls es noch Beweise gab, ist der Täter jetzt gewarnt und vernichtet alles, was ihn verraten könnte.«

»Aber wer tut so was? Wer lässt so eine Information raus? Die Klinik selbst?« Emma war fassungslos.

»Das glaube ich nicht, die hat doch kein Interesse dran, ihren Ruf derart zu schädigen.«

»Ja, aber wer dann?«

James zog die Schultern hoch. »Einer bei uns. Oder jemand von der Staatsanwaltschaft … Keine Ahnung. Aber warum sollten die unsere Ermittlungen gefährden wollen?«

Der Klinikdirektor, ein gewisser Michael Brennan, hatte offenbar an diesem Morgen kein Radio gehört. Seine Sekretärin hatte Emma und James aufzuhalten versucht, was Emma nur mit einem strafenden Blick quittiert hatte, um dann schnurstracks ins Büro des Managing Directors zu stapfen, James und die Sekretärin im Schlepptau. So beschäftigt, wie seine Assistentin getan hatte, war der gute Mann nämlich keineswegs. Er widmete sich seinem Kaffee und der Irish Times, Füße auf dem Tisch. Sein Scheitel war mit chirurgischer Präzision gezogen, die Bügelfalte an seiner Hose so scharf, dass man sich fast daran schneiden konnte. Spontanität war vermutlich nicht seine Stärke.

Kaum waren sie durch die Tür gekommen, stotterte die Sekretärin: »Sorry, Chef, die haben mich einfach …«

Brennan hatte die Füße vom Tisch genommen und herrschte seine Besucher an:

»Was fällt Ihnen ein, hier einfach so reinzuplatzen?«

»Ihnen auch einen recht guten Morgen, Herr Brennan. Ich bin Emma Vaughan von der Garda, und das ist mein Kollege James Quinn. Wir platzen nicht herein, wir arbeiten. Wir haben einen Durchsuchungsbefehl.« Und nach einer kleinen, süffisanten Pause: »Gemütlich haben Sie es hier.«

Brennan wurde blass und wedelte seine Sekretärin aus dem Raum. »Suzy, das wäre vorerst alles.«

Dann starrte er abwechselnd Emma und James an. »Was ist los? Durchsuchungsbefehl? Wer hat das veranlasst? Und wieso?«

Emma legte das Dokument vor ihn auf den Tisch. »Der Staatsanwalt hat das angeordnet. Das ist so üblich. Dürfen wir uns setzen?«

»Bitte, bitte«, sagte Brennan und deutete abwesend auf

die zwei Stühle vor seinem Schreibtisch, während er verständnislos das Papier studierte.

»Ich verstehe nur Bahnhof«, sagte er schließlich.

»Wir verstehen auch so manches nicht. Zum Beispiel wieso es bei Ihnen in der Klinik seit Jahresbeginn zu einer Häufung von Sterbefällen gekommen ist und Sie als Klinikdirektor offenbar völlig ahnungslos sind«, sagte Emma. »Ist es nicht Ihr Job, so etwas zu bemerken?«

»Wer behauptet denn so was?«

»Wer behauptet was? Dass es Ihr Job ist, zu registrieren, wenn bei Ihnen auf der Chirurgischen und der Onkologischen innerhalb von wenigen Wochen acht Herrschaften an Herzversagen sterben, die bislang keine Herzprobleme hatten? Das behaupte ich.«

»Wer behauptet, dass wir solche Todesfälle zu verzeichnen haben? Dr. McCaffrey?«, entgegnete Brennan.

»Tut das was zur Sache?«, mischte sich nun James ein. »Wir haben den Auftrag von der Staatsanwaltschaft, uns mit vier Fällen genauer auseinanderzusetzen, die in den vergangenen Wochen an höchst unterschiedlich hohen Dosen von … Moment mal.« James begann, in seinem Notizblock hin und her zu blättern. »Die an unterschiedlichen, aber hohen Dosen von herzwirksamen Glykosiden verstorben sind.«

»Aber das sind doch uralte, gut bekannte und in der Regel sehr sichere Medikamente!«, sagte Brennan.

»Das schon, aber nicht in der 20-fachen Dosis des Üblichen«, sagte Emma. »Kurz und gut, wir brauchen alle Patientenunterlagen von Annie Cooper, David Boland, Jane McCullogh und Tom McGuinness. Dazu alle Gewebeproben und Ähnliches, die sich noch in der Klinik befinden. Das muss alles forensisch untersucht werden.«

»Das sind persönliche Patientendaten, die sind geschützt!«

»Ja, aber nicht, wenn es einen gerichtlichen Beschluss zur Herausgabe gibt, Herr Brennan – und den haben wir. Das hier ist schließlich eine Mordermittlung.«

»Außerdem brauchen wir die Dienstpläne«, sagte James. »Wir müssen wissen, wer zu den jeweiligen Todeszeitpunkten auf der betreffenden Station war. Schwestern, Pfleger, Ärzte, Besucher … einfach alle.«

»Ich kann das nicht glauben«, sagte Brennan. »Ein Todesengel? Bei uns?«

»Dieses Wort haben Sie ausgesprochen, nicht wir.« Für Emmas Geschmack schlussfolgerte der Mann etwas zu eilig.

»Lassen Sie sich von meiner Sekretärin Gutscheine für die Krankenhauskantine geben, und gehen Sie einen Kaffee trinken. Ich werde derweil die Oberschwester und leitenden Ärzte der jeweiligen Station informieren.«

»Das geht leider nicht, danke«, sagte Emma. »Wir müssen dabei sein, wenn Sie die Betroffenen informieren. Andernfalls besteht die Gefahr, dass Beweismittel vernichtet werden. Haben Sie einen Konferenzraum? Bitte bestellen Sie alle dorthin, die im Haus sind.« Dass alle, die Radio gehört hatten, schon Bescheid wussten, brauchte sie Brennan ja nicht auf die Nase zu binden.

»Wie stellen Sie sich das denn vor?« Brennan klang abweisend. »Wir haben laufend Operationen und schwerkranke Pflegefälle. Es können nicht alle das Skalpell und die Bettpfanne fallen lassen, bloß weil Sie sich das so einbilden, meine Dame!«

»Kein Problem, dann gehen wir auf die Stationen und reden selber mit den Leuten.«

»Schon mal was von Brendan Behan gehört?«, knurrte Brennan.

»Ja, ja, ich weiß schon«, sagte Emma. »›Ich habe noch nie eine Situation gesehen, die ein Polizist nicht noch schwieriger machen konnte‹«, sagte Emma. Diesen Spruch des irischen Journalisten und Dramatikers Behan, der in seiner Jugend auch IRA-Aktivist gewesen war, hörten Gardaí in Irland öfter mal.

Die Oberschwester war groß, dick, von oben herab und schlecht gelaunt. Kurz: ehrfurchtgebietend. Ellie Dowd warf kaum einen Blick auf den Durchsuchungsbefehl, hörte Emma aber konzentriert zu.

»Ich hab's schon im Radio gehört«, sagte sie, »und die Kollegen in der Apotheke haben ja auch schon Besuch von eurem Forensiker.«

»Das geht aber schnell hier mit den Buschtrommeln«, bemerkte James.

»Krankenhäuser sind eine einzige Gerüchteküche. Mich wundert, dass die Garda das nicht weiß«, entgegnete Schwester Ellie düster.

»Wann kriegen wir die Dienstpläne?«, sagte Emma.

»Die sind kein Problem. Schwieriger wird es schon, zu rekonstruieren, wer wann Besuch hatte und von wem. Wir dokumentieren den Publikumsverkehr nicht.«

»Das ist okay, wir fangen ohnehin erst mal mit dem Personal an«, sagte Emma. »Hatten Sie mit den Patienten Cooper, Boland, McCullogh und McGuinness persönlich zu tun? Ist Ihnen irgendwas im Rahmen der Behandlung dieser Patienten aufgefallen, das ungewöhnlich war?«

»Ja, die waren bei uns – Onkologie oder Chirurgische. Da bin ich die Pflegeleitung.«

»Und?«, fragte James.

»Diese Patienten sind verstorben. Ja. Ungewöhnlich? Nein. Ich arbeite schon sehr lange in der Pflege. In Krankenhäusern werden Menschen geboren und Menschen sterben. Per se ist das nichts Außergewöhnliches.«

»Wie viele Schwestern und Pfleger arbeiten hier?«, wollte Emma wissen.

»Zehn. Eigentlich sollten wir zwölf sein, aber zwei Stellen sind nicht besetzt. Dazu der verantwortliche Chefarzt, Dr. McCaffrey, die Assistenzärzte, dazu die Konsultarärzte für die verschiedenen Bereiche – Nephrologie, Hämatologie und so weiter – und dann noch die drei NCHDs.«

»Aha – und was ist das? Klingt wie der Roboter aus Star Wars«, sagte James.

»Junger Mann, das sind Non-consultant Hospital Doctors. Trainees, wenn Sie so wollen. Anfänger in der Ausbildung. Also so was, wie Sie es bei der Polizei sind.«

Angesichts von James' verblüffter Visage musste Emma lachen, Schwester Ellie Dowd war gar nicht so übel!

»Ist darunter jemand, der unprofessionell auftritt? Jemand, dem Sie es zutrauen, den Patienten aktiv und absichtlich zu schaden?«, fragte James, als er sich wieder gefangen hatte.

»Nein. Unprofessionelles Pflegepersonal bleibt hier nicht lange, dafür sorge ich schon. Aber – ich würde mich mal mit Dr. Raj Vikram beschäftigen. Der kann immer gut mit alten Damen ...«

»Haben Sie das ein bisschen genauer, Schwester Ellie?«, fragte James.

»Ich will ja niemandem was Böses nachsagen, aber Dr. Vikram hat vor ein paar Jahren sehr viel Geld geerbt. Angeblich von einer verstorbenen Patientin.«

James schrieb die Aussage mit.

»Hatte er was mit Cooper oder McCullogh zu tun?«

»Er arbeitet auf der Chirurgischen, unter Dr. McCaffrey.«

»Und die Dienstpläne?«, fragte Emma.

»Ich suche sie Ihnen raus. Wie lange zurück wollen Sie die haben?«

»Seit Weihnachten.«

Emma und James waren gerade dabei, sich zu verabschieden, als die hagere Frau mit den langen grauen Haaren, den Hippie-Klamotten und dem selbstgestrickten Beutel den Flur entlanggelaufen kam.

»Wer ist denn das?«, fragte Emma die Oberschwester und deutete mit dem Kinn auf die seltsame Erscheinung. »Die Dame ist mir neulich schon mal aufgefallen. Genau genommen habe ich sie umgerannt«, sagte Emma.

»Das ist Mary Moran. Die hat einen Besuchsdienst für unsere Patienten aufgebaut. Sie geht hier ständig ein und aus.«

»Und was sind das für Fläschchen in ihrem Beutel?«, wollte Emma wissen, die sich an all die Salben und Wässerchen in kleinen Glasbehältern erinnerte, die nach ihrem Zusammenstoß über den Klinikboden gerollt waren.

»Ach, das sind ihre Tinkturen. Die macht Mary selber, sie hat einen Kräutergarten bei sich zu Hause. Sie besucht besonders die älteren Herrschaften, liest ihnen vor oder massiert ihnen mit ihren Mixturen den Rücken und die Füße, wenn die Patienten vom vielen Liegen Schmerzen haben oder wundzuliegen drohen«, erklärte Schwester Ellie.

»Ist euch das recht?«

»Das Zeug ist harmlos. Und Mary auch. Wenn die Massagen dazu beitragen, die Durchblutung der Patienten zu fördern und das Wundliegen zu verhindern, soll mir das nur recht sein. Wir drücken hier schon mal ein Auge zu, wenn es um den Besuchsdienst geht. So viele der älteren Patienten stehen ganz alleine in der Welt, und wenn Mary und ihr Besuchsdienst nicht wären, würde sich um die gar niemand kümmern.«

Als die Oberschwester sich verabschiedet hatte, um sich wieder ihrem Dienst zu widmen, sagte Emma: »Mann, was bin ich froh, dass ich bei der Polizei bin und nicht Medizin studiert habe.«

»Du hättest eine gute Pathologin abgegeben«, entgegnete James.

Emma musste lachen. »Was für ein Kommentar zu meinen sozialen Fähigkeiten! Das heißt ja wohl, dass ich neugierig genug bin, um mit Gewebeproben und Leichen umzugehen, von Lebenden aber besser die Finger lasse!«

James grinste, wie immer unwiderstehlich. »Das hast jetzt du gesagt.«

Emma und James trennten sich. Emma wollte nach Dr. Vikram suchen, James im Schwesternzimmer mit den ersten Interviews beginnen. Wie üblich verlief sich Emma im Sligo General. Endlich hatte sie Dr. Vikrams winzige Bude gefunden, klopfte an und trat ein.

»Ah, Sie müssen die neue Sozialarbeiterin sein«, ließ sich der gutaussehende Mann hinter dem Schreibtisch vernehmen.

Emma grinste, schon wieder wollte ihr ein Kerl einen neuen Job andrehen. Erst Pathologie, jetzt Sozialarbeit. Laut sagte sie: »Seh ich aus wie eine Maus mit Helferkomplex und einem Abschluss in Teekochen?«

Der Arzt guckte überrascht und lächelte zurück. In seinem Mund blitzten die goldenen Kronen mit seinen übermäßig weißen Zähnen um die Wette. Emma beneidete ihn um seinen gebräunt wirkenden Hautton – so von der Sonne verwöhnt sahen in Irland nicht viele aus. Schon gar nicht Anfang Mai nach einem langen Winter.

»Entschuldigen Sie den blöden Spruch. Ich bin Emma Vaughan von der Garda.«

Emma erklärte, warum sie im Haus war und wedelte mit ihrer Kopie des Durchsuchungsbefehls.

»Und da hat man Sie gleich zu mir geschickt?«, sagte Vikram mit dem für Inder typischen leichten Singsang in der Stimme. Das Lächeln in seinem Gesicht war verschwunden. »Dieses rassistische Pack.«

»Wie bitte?«, fragte Emma.

»Die Iren sind ausländerfeindlich, wussten Sie das nicht?«, sagte Vikram, und Emma musste an die Kollegen in der Wache denken, für die sie auch nach 15 Jahren noch »die Fremde« war, weil sie in der amerikanischen Diaspora aufgewachsen war. Zwar als Kind irischer Eltern, aber halt eben doch »woanders«.

»Für die meisten Iren sind schon die Briten verdächtig – und was außerhalb der eigenen Kirchengemeinde liegt, ist aus der Sicht vieler Iren quasi so fremd wie Uganda. Wer dazu noch eine andere Hautfarbe hat oder wie ich Hindu ist, hat hier wenig zu lachen. Wir Ausländer sind sozusagen hauptberuflich verdächtig.«

»Aber was hat das mit meiner Frage nach den Todesfällen auf der Chirurgischen Station zu tun?«

»Alles. Irgendwas geht schief, und dann zeigen sie mit dem Finger auf mich.«

»Stimmt es, dass Sie schon einmal die Erbschaft einer Patientin angetreten haben?«

Vikram lehnte sich in seinem Stuhl zurück. »Ja. Und es

hat auch einen Prozess dazu gegeben. Und bevor ich weiter mit Ihnen rede, möchte ich mit meinem Anwalt sprechen.«

Emma machte sich auf den Weg ins Schwesternzimmer, um zu hören, wie weit James mit seinen ersten Gesprächen gekommen war. Im Flur der Onkologie traf sie auf aufgeregt herumrennende Weißkittel.

»Was ist denn hier los?«, rief Emma einer vorbeieilenden Schwester zu.

»Ein Ex! Eine Schwester hat den Alarmknopf gedrückt!«

Emma fing ebenfalls an zu rennen und drängte sich in das Patientenzimmer, wo der Ursprung des Aufruhrs lag. Zuerst traf sie der Gestank nach Erbrochenem, sie musste kurz mit dem eigenen Brechreiz kämpfen, den sie bei dem Geruch von Magensäure immer verspürte. Dann sah sie einen älteren Herrn mit verdrehten Augen und offenem Mund in seinem Krankenbett liegen. Sein Gesicht war so weiß, dass die Lippen fast bläulich wirkten. Er hatte sich erbrochen, das Kopfkissen war mit grünlich wirkendem Auswurf verschmiert. Am Bett standen Dr. McCaffrey, Schwester Ellie und ein Pfleger, den Emma nicht kannte. Im zweiten Bett des Krankenzimmers dämmerte ein uralter Herr vor sich hin. Der hatte nichts mitbekommen und würde wohl auch nicht mehr viel mitbekommen. Im dritten Bett erholte sich ein Mann in den besten Jahren schwer sediert von einer OP. Als Zeuge war vermutlich auch er Fehlanzeige.

»Es ist wieder passiert. Exitus. Brian Feeney, 63. Schwer zuckerkrank mit Nierenkrebs. Sieht aus wie Herzversagen – er hat blaue Lippen. Vorher keine Herzbeschwerden bekannt«, sagte McCaffrey.

»Scheiße«, zischte Emma. »Direkt unter unserer Nase!« Sie warf einen kurzen Blick in die Runde. »Ich ruf meine

Leute an, die müssen den Tatort sichern!« Dann wandte sie sich an Michael McCaffrey. »Was schätzt du? Wie lange ist der Mann schon tot?«

»Keine Ahnung, er ist noch warm. Als Schwester Ellie hier hereinkam, hat er noch geröchelt, sie hat den Alarm ausgelöst und mit der Wiederbelebung begonnen.«

»Wann war das?«

»Vielleicht vor zehn Minuten oder so«, sagte McCaffrey, und Schwester Ellie nickte.

»Und du bist sicher, dass er keines natürlichen Todes gestorben ist?«

»Das wäre höchst ungewöhnlich. Heute Morgen bei der Visite war er den Umständen entsprechend fit. Ängstlich, aber ansprechbar und nicht in unmittelbarer Gefahr.«

Hektisch rief Emma James' Nummer in ihrem Handy auf.

»James, es ist wieder passiert. Auf der Onkologie. Vor zehn Minuten oder so. Versuch, die Klinik abzuriegeln, keiner raus oder rein! Ich halte hier die Stellung und hol die Spurensicherung.«

Danach rief Emma Miles an und Dr. McManus. Und Murry.

Minuten später schwirrte das ganze Gebäude vor Polizei – doch ein so verzweigtes und verbautes Haus mit all seinen Ausgängen abzuriegeln, erwies sich als unmöglich. Als der Cordon um das Krankenhaus endlich stand, waren fast 20 Minuten vergangen, und Dutzende von Leuten hatten das Gebäude verlassen, waren in der Notaufnahme erschienen, mit der Ambulanz davongebraust, hatten den Müll aus den Katakomben der Klinik entfernt oder Lebensmittel in der Küche angeliefert. Die Klinik ließ Menschen und Waren ein- und austreten wie ein Sieb das Wasser.

Inzwischen war auch Klinikdirektor Brennan auf der Onkologie erschienen und tobte. »Sie können hier doch nicht alles zum Erliegen bringen! Wir sind ein Krankenhaus! Wir arbeiten 24 Stunden am Tag, 365 Tage im Jahr. Sie können doch nicht einfach das Haus dichtmachen!«

»Das können wir sehr wohl«, erklang da eine ruhige Stimme in Emmas Rücken. Sie wirbelte herum und war selten zuvor so froh gewesen, ihren Chef zu sehen. Murry hatte sich wie immer die Brille auf die Glatze geschoben und blinzelte kurzsichtig, strahlte aber dennoch die Autorität eines alten Ermittlers aus.

»Mr. Brennan, Sie gehen jetzt am besten wieder in Ihr Büro, und wir erledigen hier unsere Arbeit. Sorgen Sie dafür, dass sich alle, die heute hier Dienst hatten oder haben, zu unserer Verfügung halten. Danke.«

Brennan zog kopfschüttelnd von dannen, und Emma und Murry hatten endlich Zeit, sich dem Tatort zuzuwenden. Dort waren Miles und sein Team in ihren Ganzkörperanzügen zugange – der komplette Raum wurde abfotografiert und analysiert. Überall klebte schwarzes Puder, das Fingerabdrücke sicherstellen sollte.

»Und?«, fragte Murry, und Emma duckte sich, weil sie wusste, was jetzt kommen würde.

»Verdammt noch mal, ich kann doch nicht hexen!«, schimpfte Miles, der sich immer aufregte, wenn die Kollegen drei Minuten nach einem Verbrechen Informationen von ihm haben wollten, die er unmöglich liefern konnte. »Ihr glotzt alle zu viele Ami-Serien. Forensische Arbeit im richtigen Leben braucht Zeit!«

»Miles, reg dich ab!«, bat ihn Emma. »Wir wollen doch nur wissen, ob dir schon was Merkwürdiges ins Auge gesprungen ist.«

»Nein, nichts. Außer, dass es hier vor Fingerabdrücken

nur so wimmelt. Ist ja auch kein Wunder in einem Raum, in dem ein ganzes Krankenhaus herumrennt.«

»Von der Tatwaffe keine Spur?«, fragte Emma.

»Was soll das sein? Die Tatwaffe?«, blaffte Miles. »Gebrauchte Spritzen oder so liegen hier keine.«

»Ich vermute mal, wir müssen auf die Obduktion warten, um herauszufinden, was den guten Mann tatsächlich getötet hat«, versuchte Murry, die Situation etwas zu entspannen, und Miles nickte.

»Wann können wir die Leiche bewegen?«

»Wir sind hier gleich durch«, sagte Miles und wandte sich wieder seinem Job zu.

»Vielleicht gibt es irgendwelche Fasern oder so, die hier nicht hingehören? Haare?«, gab Emma eine Vermutung zum Besten.

Miles sah aus, als würde er gleich platzen.

»Schon gut, schon gut«, Emma winkte ab, »ich weiß ja, dass du deinen Job beherrschst.«

Murry sah Emma an. »Ich veranlasse sofort die staatsanwaltliche Anordnung der Autopsie. Hoffen wir, dass Doc McManus für die Fallkonferenz auf der Wache um vier schon erste Erkenntnisse vorliegen hat. Wir werden uns auch für die Presse wappnen müssen. Ich sehe die Schlagzeilen schon vor mir: ›Killer tötet unter den Augen der Polizei!‹«

»Was machen wir derweil mit denen, die unten im Foyer hocken und nicht rausdürfen? Und mit den Lieferanten und Angehörigen, die nicht reinkönnen?«, fragte Emma.

»Ich fürchte, unsere Abriegelung war sensationell erfolglos. Die Ambulanz zum Beispiel ist wie ein Bienenstock, da rennen permanent Leute hin und her …«

»Also lassen wir alle gehen?«, fragte Emma ungläubig.

»Wir konzentrieren uns auf das Personal. Was anderes bleibt uns gegenwärtig kaum übrig. Wir können nicht 200 Leute interviewen ... dafür habe ich nicht die Mittel. Und Staatsanwalt Sheridan reißt mir den Kopf ab, wenn ich hier die halbe Stadt festsetze, ohne auch nur einen konkreten Verdacht formulieren zu können.«

Am Ende waren Emma und James mit der Leiche alleine im Zimmer, den sterbenden alten Herrn im zweiten Bett und den frisch Operierten im dritten hatte eine pietätvolle Seele inzwischen in einen anderen Raum verlegt.

»Also – ein friedlicher Tod sieht anders aus«, meinte James.

»Irgendwas geht uns hier gründlich durch die Lappen. Das hätte nicht passieren dürfen«, entgegnete Emma.

»Ist es aber.«

»Und was jetzt? Der Boss will, dass wir uns auf die Weißkittel konzentrieren.«

»Das sind eine ganze Reihe von Schwestern, Pflegern und Ärzten. Wir müssen das systematisch aufziehen«, meinte James. »Reiheninterviews – und dann Aussagen vergleichen.«

»Den Eindruck habe ich auch«, entgegnete Emma. »Raj Vikram hat übrigens gleich nach seinem Anwalt geschrien. Dem müssen wir gründlich auf den Zahn fühlen.«

Nicht zum ersten Mal fiel Emma die Einäugigkeit von Mordermittlungen auf. Bei denen spielte das Opfer eigentlich kaum eine Rolle – außer als Datenquelle für die Kriminaltechniker. Alle Energie der Detektive konzentrierte sich auf den Täter. Wer war er? Wie war er? Wo war er? Warum agierte er so und nicht anders? Warum jetzt? Im Jagdfieber rückte das Opfer rasend schnell in den Hintergrund.

Das war mehr als die professionelle Kälte des Ermittlers oder gar Selbstschutz, es war ganz einfach so, dass aus der Sicht der meisten erfahrenen Polizisten jeder Mörder von seiner Struktur her irgendwann töten würde – das Opfer war einfach die Person, die ihm vor die Flinte oder das Messer gelaufen war, als der Zeitpunkt gekommen war, an dem einem Mörder der Film riss. Ein Täter war ganz einfach jemand, der dazu neigte, Probleme mit Gewalt zu lösen. Irgendwann ging das schief, und das Opfer hatte das Pech, vor Ort zu sein, wenn aus einem potentiellen ein De-facto-Mörder oder -Totschläger wurde.

Da klingelte Emmas Mobiltelefon. Die Wache. Aoife von der Rezeption.

»Yep, was gibt's?«

»Hallo Emma. Hier ist ein Andrew Sharrow oder so ähnlich für dich, er sagt, ihr habt einen Termin.«

»Ups, den hatte ich komplett vergessen. Bitte setz ihn in mein Büro – oder lieber nicht, da herrscht Chaos. Haben wir einen freien Konferenzraum?«

»Der sieht auch nicht viel einladender aus. Aber vermutlich besser als in ein Verhörzimmer …«, entgegnete die junge Frau.

»Bring ihn irgendwo unter, wo es nicht völlig peinlich aussieht, und gib ihm eine Tasse irgendwas. Tee, Kaffee, was auch immer. Ich bin gleich da!«

Emma steckt ihr Telefon weg. »James, kannst du dir bitte von Schwester Ellie die Dienstpläne geben lassen und gucken, wer im Haus war, als die fünf Todesfälle eingetreten sind? Wann genau ist Feeney heute gestorben, und wer zum Teufel war zu dem Zeitpunkt in seiner Nähe? Geh auch an die Rezeption unten im Foyer, vielleicht ist denen einer aufgefallen, der sich seltsam benommen hat.

Langsam werde ich sauer. Die bringen hier die Leute um, während die Bullen schon im Haus sind. Das schlägt dem Fass den Boden aus.«

»Aye, aye, Chefin.«

»Und bitte Brennan von der Klinikleitung um ein Büro hier im Haus, da können wir dann alle der Reihe nach befragen, wann immer die Ärzte und Schwestern Dienst haben – ohne Brennans kostbaren Pflegeablauf zu stören. Und bitte: alles genau aufzeichnen!«

»Okaaaay«, kam die langgezogene Antwort, die Emma als unausgesprochene Frage interpretierte: Und du? Machst du dir einen schönen Lenz?

»Nee, ich mach mir keinen schönen Lenz. Ich hab einen Termin mit Pauls Anwalt in der Pearse Road. Du hältst hier die Stellung, und ich seh dich um vier zur Besprechung!«

Als Emma in der Wache ankam, stand ein großer, hagerer Mann in einem teuren dunklen Anzug mit einem zerknautschten Burberry-Regenmantel über dem Arm an der Rezeption und flirtete mit Aoife Leonard. Die Kleine verdrehte wirklich allen den Kopf.

»Hallo, ich bin Emma!« Sie streckte ihm die Hand hin, Aoife kriegte nur ein Kopfnicken.

»Andrew Shannon. Erfreut!«

»Sollen wir in einen der Konferenzräume gehen?«

»Hmm, wenn es Ihnen nichts ausmacht, würde ich lieber irgendwo anders hingehen …«

»Sie haben die Qualität unseres Kaffees also schon am eigenen Leib erfahren«, lachte Emma. »Dann gehen wir eben in die Stadt.« Sie drehte auf dem Absatz um und trat auf die Straße zurück. Gemeinsam liefen sie die Pearse Road runter, am Gericht vorbei, Richtung Fluss und Rockwood Parade. Emma war schlank, groß und drahtig, doch Andrew überragte sie um fast einen Kopf. Verstohlen beobachtete sie ihn von der Seite – ein attraktiver Mann. Dunkles Haar, an den Seiten schon grau, helle Augen. Tiefliegend. Entschlossenes Kinn, aber sensibler Mund. Keine Schönheit, aber ein Gesicht, dem man Erfahrung und Intelligenz ansehen konnte. Ganz nach Emmas Geschmack.

Als hätte er ihre Gedanken gelesen, sagte er plötzlich: »An aged man is but a paltry thing, a tattered coat upon a stick.«

»Wie bitte?«

»Yeats. Das ist William Butler Yeats«, sagte Andrew. Ihr nennt die Gegend hier doch Yeats Country, oder nicht?«

»Ja, Sligo ist sozusagen sein Salley Garden … Sie wissen schon? Sein berühmtes Gedicht? ›Down by the salley gardens my love and I did meet …‹? Und wenn man über den Lough Gill guckt, kann man das Inselchen Innisfree sehen, wo er seine Bohnen anbauen wollte. Aber das meine ich nicht«, sagte Emma.

»Sondern?« Andrew war abrupt stehen geblieben, und Emma bekam einen kleinen Eindruck von seinem Aftershave in die Nase. Wie angenehm in einer Ecke der Welt, wo die meisten Männer entweder nach Bier oder Schafmist rochen, oder nach beidem.

»Sie sehen weder so schäbig noch so alt aus wie der Stock im Mantel bei Yeats«, sagte Emma und lächelte ihr Gegenüber an. »Für einen teuren Anwalt aus der großen Stadt sehen Sie sogar sehr nett aus.«

Andrew wurde tatsächlich rot. »Wissen Sie was, das ist das Netteste, was ich in den vergangenen drei Jahren oder so gehört habe.«

Emma wechselte das Thema. »Auf der anderen Seite des

Flusses ist das Grappa, ein kleines Café, das guten Kaffee kocht und immer einen ganz ordentlichen Mittagstisch anbietet. Sandwiches, Suppen, Salate – so was.«

Als sie im Grappa saßen und bestellt hatten, änderte sich der Ton des Gesprächs. Andrew wurde sachlich. »Ich habe mit Laura McDern telefoniert. Ihren Ex-Mann Paul habe ich auch in der U-Haft besucht. Es sieht nicht gut aus, der Generalstaatsanwalt will ihn unter dem OAS anklagen.«

»OAS?«

»Offences Against the State Act von 1939. Darunter fällt alles, was gegen die öffentliche Ordnung gerichtet ist – also gegen den Staat.«

»Was immer Paul da veranstaltet hat – das ist doch alles 20 Jahre her. Können Sie nicht versuchen, auf Verjährung zu plädieren?«, fragte Emma.

»Ich glaube nicht. Die Behörden werden es sich nicht entgehen lassen, gegen einen alten IRA-Recken Härte zu zeigen.«

»Aber ist er das wirklich – ein alter IRA-Recke?«

»Sagen Sie es mir, Sie waren mit Paul verheiratet.«

»Wo wird denn verhandelt werden?«, wollte Emma wissen.

»Da er der organisierten Kriminalität im Rahmen der IRA verdächtigt wird, geht das vor den Special Criminal Court. Um dort zu landen, reicht schon die Aussage von einem Chief-Superintendent der Garda. Aber zum Glück ist das Gericht meistens nicht gewillt, sich allein auf das Wort eines Polizisten zu verlassen, wenn es darüber hinaus keine weiteren Beweise gibt.«

»Und – gibt es die?«

»In der Fitzpatrick-Sache wohl nicht, aber sie versuchen,

ihm ein paar andere Straftaten nachzuweisen. Banküberfalle. Kidnappings. Was genau sie gegen ihn in der Hand haben, weiß ich noch nicht.«

»Was ist Ihre Strategie?«, fragte Emma.

»Das Ganze möglichst schnell und im Vorfeld so weit aufzuklären, dass der Fall gar nicht erst vor dem Special Criminal Court oder SCC landet.«

»Okay. Und was sagt Paul zu den Vorwürfen? Kann er sie ausräumen? Hat er Ihnen genug Material zu seiner Entlastung gegeben, damit Ihre Strategie aufgeht?«

»Das kann ich Ihnen nicht beantworten. Sie sind schließlich Polizistin. Und ich weiß nicht, auf welcher Seite Sie stehen. Auf der der Behörden oder der des Angeklagten?«

»Ich stehe auf der Seite meines Sohnes, der nicht will, dass sein Vater im Knast alt wird«, sagte Emma, die sehr genau wusste, dass sie seine Fragen genauso wenig beantwortet hatte, wie er die ihren.

»Nun, wenn wir den Fall hier in Sligo und weit weg vom SCC halten … Vielleicht kriege ich ihn ja auf Kaution raus. Würden Sie denn aussagen, dass er in den vergangenen 15 Jahren ein fabelhafter Ehemann und Vater war? Und ein rechtschaffener, Steuern zahlender Bürger?«

»Wegen der Steuern müssen Sie Revenue Irish Tax & Customs fragen, und ich bin seit Jahren von dem Kerl geschieden. Und das nicht, weil er ein so fabelhafter Ehemann war. Eher einer, der lieber seine Fäuste benutzte als sein Hirn. Aber ja – wenn es Paul hilft, werde ich sagen, was der Richter hören will.«

»Dann haben wir vielleicht eine Chance, Paul auf Kaution rauszukriegen, bis es dann wirklich zur Verhandlung kommt.«

»Was würde diese Kaution wohl kosten?«

»Na ja, vielleicht 350 000 oder 500 000 Euro?«

Emma blieb der Atem weg. »So viel Geld habe ich nicht.«

»Wir werden sehen«, sagte Andrew.

»Apropos Geld – was berechnen Sie eigentlich?«

»400 Euro die Stunde.«

»Das ist nicht Ihr Ernst.«

»Doch.«

»Wissen Sie, was eine Polizeibeamtin verdient?«

»Nicht genug, auf keinen Fall genug.«

Der Rückweg verlief schweigend. Offenbar hatten sowohl Emma als auch Andrew zu viel im Kopf, um zu plaudern. Dann standen sie wieder vor der Wache in der Pearse Road. »Ich bin auch geschieden. Oder sagen wir mal: Ich stecke mitten in einer Scheidung«, verkündete Andrew plötzlich.

»Autsch«, sagte Emma.

»Ja, aua. Meine Frau lebt jetzt mit meinem ehemaligen besten Freund und Squash-Partner zusammen. Wenn es nicht so weh täte, müsste man über solche Klischees fast lachen.«

»Kinder?«

»Zwei Töchter. Leben bei ihrer Mutter. Ich muss darum kämpfen, dass ich sie jedes zweite Wochenende zu sehen kriege.«

Emma guckte diesem hochbezahlten Erfolgsmann ins Gesicht und nahm plötzlich wahr, dass seine Augenringe und fahle Haut wohl nicht nur die Folge von viel Arbeit und wenig Schlaf waren, sondern auch die von Kummer. Sie legte ihm die Hand auf den Arm. »In so einer Situation kriegt man all die Sprüche um die Ohren gehauen, ›andere Mütter haben auch schöne Töchter‹ und so weiter … Ich erspare Ihnen das. Aber eine dieser Banalitäten stimmt tatsächlich – Zeit heilt. Mehr Trost habe ich leider auch nicht anzubieten.«

»Doch«, nickte Andrew, »Sie könnten mit mir essen gehen, wenn ich das nächste Mal in der Stadt bin.«

Er stieg in ein Taxi, und Emma machte sich auf den Weg zur Obduktion von Brian Feeney. 400 Euro die Stunde? Wie sollte sie das bloß finanzieren? Vermutlich mussten sie Pauls Firma verkaufen. Aber was würden sie für die schon kriegen, wenn alle wussten, dass der Laden dringend versilbert werden musste?

Dr. McManus stand in der Leichenhalle über den Körper von Brian Feeney gebeugt und sprach in ein Mikrophon, das über dem Stahltisch hing: »Rigor mortis hat noch nicht eingesetzt ...«

Noch keine Totenstarre, und Emma wusste, dass Feeney noch keine drei Stunden tot war, denn erst nach diesem Zeitraum setzte das Erstarren der Leiche ein, erreichte etwa nach zwölf Stunden den Höhepunkt und klang nach rund 72 Stunden wieder ab.

McManus hatte mit seiner Sektion offenbar gerade erst begonnen, startete er doch wie jeder gute Pathologe seine Untersuchungen mit der Feststellung der äußeren Merkmale, also von Gewicht und Größe einer Leiche, Zahnstatus, Hautverfärbungen, Totenflecken und eben der Totenstarre.

Feeneys Zuckerkrankheit und die daraus folgende schlechte Durchblutung seiner Füße und Zehen wurde ebenso registriert wie das Tattoo eines Ankers auf seinem rechten Bizeps. Im Brustmuskel steckte ein medizinischer Port, eine von Ärzten verlegte Dauerkanüle zum Verabreichen von Medikamenten.

Erst nach der externen Begutachtung fing McManus an

zu schneiden und sich um den toxikologischen Medikamentenspiegel zu kümmern. Emma war eigentlich nicht verpflichtet, der Autopsie beizuwohnen, tat es aber dennoch oft, besonders dann, wenn sie sich von dem Termin ermittlungsrelevante Erkenntnisse erhoffte. Sie war kein Fan der Metzgerei, wie sie das Procedere bei sich bezeichnete, und wäre dabei gerne kühl und gelassen aufgetreten. Stattdessen kämpfte sie regelmäßig mit Übelkeit, wenn McManus zum Skalpell griff, um Schädel-, Brust- und Bauchhöhle zu inspizieren.

Besonders die Öffnung des Torsos machte Emma zu schaffen. Das Desinfektionsmittel und die Raumdeodorants, deren Gestank in der Leichenhalle hing wie alter Rauch, und das andere – die Gerüche menschlicher Überreste. Am schlimmsten war es, wenn die Garda Ertrunkene oder Selbstmörder erst nach Tagen oder gar Wochen aus dem Wasser gezogen oder am Strand gefunden hatte.

McManus wusste sehr wohl, wie sehr Emma bei diesen Sitzungen litt, war aber höflich genug, ihre Pein komplett zu ignorieren, selbst wenn sie aus dem Raum rennen musste, um sich zu übergeben. Als er den Y-Schnitt von den Schlüsselbeinen schräg zum Brustbein und dann weiter bis zum Schambein absetzte, fröstelte Emma in dem unterkühlten Raum. Am liebsten wäre sie weggelaufen, also rief sie sich selbst zur Ordnung. Konzentrier dich auf die Fakten! Du bist ein Profi!

McManus begann systematisch, die inneren Organe zu entnehmen, sie zu begutachten und zu wiegen. Dabei sprach er sein mit lateinischen Fachbegriffen versetztes Kauderwelsch ins Mikro und damit auf Band. Interessiert entnahm und wog er die Niere, um sie schließlich zu zerteilen.

»Sehen Sie hier, Emma, das ist der Krebs …«

Emma drehte sich der Magen um. Diesmal schaffte sie es nicht bis zu den Toiletten, sondern musste sich in eines der Stahlwaschbecken der Leichenhalle übergeben. McManus arbeitet ungerührt weiter.

Schließlich bat Emma den Doc, ihr seine Erkenntnisse – am besten zusammen mit dem Medikamentenspiegel – so schnell wie möglich zukommen zu lassen. Dann floh sie.

Kapitel 8

Kunstfehler

Um vier versammelte sich das komplette Team im Fallraum. Murry war da – und hatte auch Seamus Sheridan mitgebracht, den Staatsanwalt. Murry will nicht alleine verantwortlich sein, dachte sich Emma. Der alte Feigling. Dieser Fall wird die komplette Stadt in Aufruhr versetzen, vielleicht sogar das ganze Land.

Murry sagte düster: »Wir haben einen fünften Fall. Brian Feeney. Wird gerade vom Doc obduziert. Der Mann war 63, keine Herzprobleme. Jetzt ist er tot, Herzversagen. Immer dieselbe Nummer – und das vor unseren Augen. Es ist zum Kotzen!«

Dann nickte er Emma zu, die das Wort ergriff: »Am besten fangen wir damit an, dass alle vom heute recherchierten Stand der Dinge berichten. Wissen wir, wo die Mordwaffe in den anderen Fällen herkam, Sarah?«

Sarah Reynolds schüttelte den Kopf. »Wie besprochen haben Dave Lovelock und ich alle Apotheken im 50-Kilometer-Umkreis nach fehlenden Glykosiden abgeklappert. Erst sah es so aus, als wären wir in Ballina fündig geworden. Als wir angerufen haben, war die Apothekerin in Mulligan's Pharmacy völlig verblüfft. Da fehlte tatsächlich eine ganze Charge von einem Digitoxin-Produkt, sie war aufgeregt und heftig am Suchen. Und ziemlich besorgt dazu. Wir sind dann ins County Mayo rübergefahren. Als wir durch die Tür kamen und unsere Polizeimarken gezeigt haben, hat eine junge PTA zu heulen angefangen. Ihr war eine ganze Packung runtergefallen, und dabei sind die meisten Ampullen zerbrochen. Sie hatte gerade neu angefangen bei Mulligan's und wollte bei der Chefin im neuen Job nicht gleich blöd auffallen. Kurz und gut, sie hat die ganze Kiste hinten im Besenschrank versteckt, hinter den Eimern. Ich weiß auch nicht, was die Kleine sich gedacht hat ... dass so was nicht auffällt? Oder dass sie es der Putzfrau in die Schuhe schieben kann? Für uns ist das alles jedoch irrelevant. Wir haben das fragliche Zeug gefunden. Die Apothekerin hat die Scherben gezählt. Es fehlt nichts.«

»Das heißt aber nichts«, sagte Dave Lovelock. »Medikamente kann man heute auch online bestellen. Auch verschreibungspflichtige. In Großbritannien, Deutschland, Island, Malta, den Niederlanden oder Schweden geht das zum Beispiel. In Irland und den meisten anderen EU-Ländern ist das gegen das Gesetz, aber es gibt immer Schlupflöcher.«

»Aber wie recherchieren wir das? Ob irgendwer in diesen Ländern massenhaft Glykoside nach Sligo verschifft hat?«, stöhnte Emma.

»Das lässt sich so ohne weiteres nicht recherchieren«, mischte sich Sheridan ein. »Ohne konkreten Anfangsverdacht kann ich nicht gegen eine ganze Klinik solche Durchsuchungen veranlassen. Das geht nicht.«

»Können wir nicht einfach mal in die Computer unserer Verdächtigen gucken?«

»Wie ich schon sagte, nur mit entsprechenden Durchsuchungsbeschlüssen – und ohne konkrete Verdachtsmomente erteile ich die nicht«, sagte Sheridan.

»Die Alternative ist ein guter Hacker, der einfach mal unverbindlich und unentdeckt bei unseren Kandidaten reinschaut …«, kam es von Dave.

»Das ist illegal. Das will ich nicht gehört haben«, kam es streng von Murry.

Betretenes Schweigen.

»Und bei dir, Miles?«, wandte sich Emma dann an den forensischen Techniker, der den Tag in der Klinikapotheke und im Krankenzimmer des jüngst verstorbenen Brian Feeney zugebracht hatte. »Hast du irgendwas, das uns weiterhilft?«

»Jede Menge Fingerabdrücke. Im Moment ordnen wir die einzelnen noch zu. Was dabei rauskommt, kann ich euch nicht sagen – vermutlich finden wir die Pfoten von jedem Mitarbeiter der ganzen Klinik in der Bude«, antwortete Miles. »Dazu Haare und Fasern – es wird dauern, bis ich das analysiert habe.«

»Und alle haben gute Gründe dafür, in diesem Raum gewesen zu sein«, meinte Emma. »Irgendwo sonst das Mordmittel entdeckt?«

»Bei denen herrscht Chaos. In der Krankenhausapotheke hat zuletzt ständig das Personal gewechselt, die sind nicht aufeinander eingespielt«, sagte Miles. »Zudem kann dort jede Schwester oder jeder Pfleger Medikamente bestellen. Auf formlosen Zetteln – und ohne die Einbeziehung eines Arztes. Es gibt natürlich ein kontrollierbares Bestellsystem, aber wenn es hoch hergeht, wird das nicht genutzt. Außerdem sagte mir die verantwortliche Apothekerin, dass einige Stationsschwestern mit dem System sowieso nicht zurechtkommen. Kurz und gut, im Grunde kann da jeder, der einen Kittel anhat und so tut, als wüsste er, was er treibt, Medikamente bestellen. Die dann ein paar Stunden später oft einfach so im Schwesternzimmer der entsprechenden Station abgelegt werden. Da liegen sie dann auf dem Tresen. Ohne Quittungen, Unterschrift oder Empfangsstempel. Wirklich unter Kontrolle oder konsequent unter Schloss und Riegel ist da gar nichts.«

Die alte Geschichte, dachte Emma. Regeln hatten für die Iren entweder nur beratenden Charakter oder waren dazu da, umgangen zu werden. Teil der Kolonialgeschichte vermutlich. Solange die britischen Besatzer die Regeln bestimmten, war es geradezu erste Bürgerpflicht für einen Iren, sie nicht ernst zu nehmen. Und irgendwann waren dann Unordnung und Chaos Teil des Nationalcharakters geworden. Das behielt sie aber für sich.

»Das heißt also, per se kann sich jeder in der Klinik Digoxin- oder Digitoxin-Produkte beschafft haben?«

»Ja, das schon. Aber ich habe mir die Bestelllisten angeguckt. Die Mengen variieren über die Monate etwas, aber es ist nicht so, dass seit Neujahr ungewöhnlich hohe Mengen nachbestellt wurden. Meine Theorie ist also, dass die Medikamente eher nicht aus der Klinikapotheke stammen. Denn dann müsste sich das in den Bestellmengen spiegeln. Tut es aber nicht.«

»Es sei denn, unser Todesengel agiert schon länger – und ist jetzt erst aufgefallen«, sagte Murry düster.

Inzwischen hatte sich McManus in den Raum geschoben und Platz genommen. Offenbar hatte er sich mit seiner Sektion beeilt, um noch zur Fallkonferenz zu erscheinen.

Emma sah zu ihm und fragte ihn wortlos nach seinen Ergebnissen. McManus, in seiner üblichen, eher umständlichen Art, umkreiste sein Thema wie ein Hund einen neuen Knochen.

»Was mir nicht aus dem Kopf geht, sind die unterschiedlich hohen Dosen, die ich aus der obduzierten Leiche von Annie Cooper und den Gewebeproben der drei anderen Patienten errechnet habe«, sagte der Doc. »Jemand, der halbwegs was von Medizin versteht, kennt die tödliche Dosis. So jemand gibt nicht einmal die vierfache und dann die fünfzehnfache tödliche Menge.«

Vielleicht wollte ja auch einer, dass es so aussieht, als verstünde er nichts von Medizin?, dachte sich Emma im Stillen.

»Kann diese Divergenz nicht daher stammen, dass McCaffrey die Gewebeproben unterschiedlich lange nach dem Ableben der Patienten genommen hat? Das Zeug baut sich doch ab«, fragte James.

»Herzglykoside haben eine relativ lange Halbwertszeit, so rund 30 Stunden, je nach Produkt natürlich. Aber selbst wenn ich ein paar zeitlich bedingte Varianzen herausrechne und mit einbeziehe, dass Reaktionen mit anderen Medikamenten bei einigen der Patienten eine Rolle gespielt haben könnten, die die nachweisbare Dosis im Körper beeinflussen, verstehe ich trotzdem nicht, warum unsere jüngste Leiche – Brian Feeney – das Fünffache einer tödlichen Dosis im Blut hatte. Und die Leiche davor, Annie Cooper, das Zwanzigfache. Wenn derart viel verschwindet, wäre das wohl trotz allem Chaos selbst in dieser Apotheke aufgefallen.«

»Herrje, das hilft uns alles nicht weiter«, seufzte Emma. »Wissen wir denn wenigstens, wie das Zeug verabreicht wurde? Spritze, Pille oder was?«

»In Feeneys Mageninhalt war das Frühstück. Toast, Rührei und eine grüne Masse. Könnte Spinat gewesen sein oder so was. Da sitzen wir noch dran. Der Wirkstoff könnte aber auch gespritzt worden sein … Feeney hatte einen Port für

Medikamente, weil er so viele bekommen hat«, sagte der Doc.

»Einen Port?«, fragte James.

»Einen Portkatheter, also einen subkutanen, dauerhaften Zugang zum Blutkreislauf. Da ging alles Mögliche durch in den vergangenen Stunden und Tagen. Wir arbeiten noch daran.«

»James, ist denn wenigstens bei deinen ersten Gesprächen mit dem Personal was herausgekommen?«, wechselte Emma das Thema.

»Jein. Alle machen sie Andeutungen, keiner will so recht mit der Sprache heraus. Da ist von Kunstfehlern die Rede, von schlecht ausgebildetem Personal aus dem Ausland, die keine Ahnung haben, und so weiter. Jede Menge Geschwätz. Einen polnischen Pfleger, Miroslav Mnich, haben alle auf dem Kieker. Ich kann dir nur nicht sagen, ob es das übliche Misstrauen der Iren gegen Fremde ist, oder ob was dran ist an den Klagen, dass der Mann keine Ahnung hat.«

»Okay, den werden wir uns genauer anschauen«, sagte Emma, die diese Phase der Ermittlungen immer die »Nixen-Phase« nannte: Die Leute wussten nix Genaues, sagten nix Genaues und wollten sich auch auf nix Genaues einlassen.

»Außerdem hacken alle auf Dr. Vikram herum – der gilt als Frauenversteher«, fuhr James fort. »Aber auch da weiß ich nicht, ob das Eifersüchteleien sind, weil er mit der einen Schwester mehr flirtet als mit der anderen, oder ob der Kerl wirklich fragwürdig ist.«

»Den müssen wir uns auch genauer angucken«, hakte Emma ein. »Herr Staatsanwalt – gegen den Mann muss es auch schon einen Erbschaftsprozess gegeben haben. Offenbar hat ihm eine Patientin Geld vermacht. Ich finde das in diesem Kontext auffällig. Hinzu kommt, dass er schon bei der ersten Kontaktaufnahme heute nach seinem Anwalt verlangt hat. So richtig solide scheint mir der Herr nicht zu sein.«

»Ich sehe zu, dass ich die Prozessakten finde und melde mich«, sagte Sheridan und nickte Emma zu.

»James, noch was?«

»Ja, eine Frau Doktor Emmett – die engagiert sich aktiv für Sterbehilfe. Würdiges Sterben und so. Sie arbeitet als Radiologin und ist daher nicht wirklich auf den fraglichen Stationen vertreten, aber reden sollten wir mit ihr auf jeden Fall.«

»Ja, klingt so. Die wird die ganze Katholikenschar in der Klinik schwer gegen sich aufgebracht haben. Aktive Sterbehilfe – in Irland? Das ist ja, wie in Saudi-Arabien den Minirock zu fordern«, sagte Emma.

Murry hüstelte. »Frau Kollegin, das Thema Religion lassen wir hier mal lieber beiseite.«

Emma zuckte nur mit den Schultern. In Irland hatten sich Katholiken und Protestanten gegenseitig über Jahrzehnte mit Bomben, Feuer und Gewehren bekämpft – aber drüber reden durfte man nicht. Sie würde dieses verrückte Land wohl nie ganz begreifen.

Laut sagte sie: »Okay, dann haben wir unsere Arbeit ja schon auf dem Zettel. Sarah und Dave reden mit Angehörigen und versuchen herauszukriegen, ob denen etwas aufgefallen ist. Fragt bitte unbedingt nach, wer erbt. Folgt dem Geld – wenn jemand in der Klinik von den Verstorbenen testamentarisch bedacht worden ist, will ich das wissen. James und ich studieren die Dienstpläne und prüfen, wer überhaupt zu dem fraglichen Zeitpunkt als Täter in Frage kommt. Wenn ein paar Leute zu allen Todeszeitpunkten in der Klinik anwesend waren, wissen wir, wo wir in den Interviews die Daumenschrauben anlegen müssen. Tja, und dann sollten wir natürlich mit dem Polen, Miro irgendwas, mit Dr. Emmett und Dr. Vikram reden. Letzteren bestellen wir am besten auf die Wache – dann kann er seinen Anwalt gleich mitbringen. Aber erst, nachdem uns der Staatsanwalt die Prozessakten besorgt hat.«

»Vielen Dank, Emma«, sagte nun Murry. »Ich bitte um konzentriertes Arbeiten. Ich hab die Presse im Nacken und zudem diesen Klinikdirektor Brennan, der ein fürchterliches Theater macht. Rufschädigung und so weiter. Das übliche Gejaule in so einem Fall. Es kann auch nicht mehr lange dauern, bis die Bevölkerung unruhig wird. Alle haben irgendeinen Freund, Nachbarn oder Kollegen, der gerade im Krankenhaus ist oder bald reinmuss. Oder die Oma ist vor drei Wochen dort verstorben, und die Leute denken, sie ist umgebracht worden. Wenn dieser Fall nicht bald geklärt ist, wird das ein Alptraum für alle Beteiligten.«

Seltsam, dachte Emma. Irland war wie ein einziges, großes Dorf. In der Regel hatte die Polizei schnell eine Vorstellung davon, wer was angestellt hatte, und musste nur noch die entsprechenden Beweise zusammentragen. Aber bei diesem Fall hüllte sich das Dorf in dicken, undurchsichtigen Nebel.

»Heute Morgen gab es übrigens schon eine Radiomeldung zu unseren Fällen bei Ocean FM. Gespickt mit Details. Wissen wir, wer die Presse informiert hat?«, fragte Emma.

Schweigen in der Runde.

»Wird es eine offizielle Pressekonferenz geben, um demjenigen den Wind aus den Segeln zu nehmen, der da so gerne quatscht?«, fragte Emma und blickte Murry in die Augen.

»Ja, Seamus und ich machen das zusammen. Morgen

früh um elf. Wir werden allerdings so wenig sagen wie möglich – außer: Alles wird gut. Garda und Staatsanwaltschaft haben das im Griff. Ab sofort wird niemand mehr im Sligo General zu Schaden kommen. Was sollen wir sonst verkünden? Dass heute unter unseren Augen schon wieder jemand umgekommen ist? Dass wir keine Mordwaffe und kein Motiv haben? Eine chaotische Krankenhausapotheke und fremdenfeindliche Krankenschwestern?«

Donnerstag, 5.5.2005

Kapitel 9

Nächtlicher Besuch

Emma wurde wach. Sie hatte im Traum nach ihrem Handy gesucht und konnte es nicht finden. Konnte die Tasten nicht richtig sehen. Vertippte sich immer wieder. Kam nicht durch. Dann hatte sie ihr Handy fallen gelassen und dabei zugesehen, wie es in eine bodenlose Schwärze fiel. Da wusste Emma, dass nun alles verloren war, und schreckte hoch.

Irgendetwas schabte an der Tür. Unten an der Eingangstür. Profi-Panzerknacker würden doch nicht so dämlich sein, bei einer Polizeibeamtin einzubrechen? Wenn, dann waren das irgendwelche Kids mit Drogenproblemen, die zu bedröhnt waren, um einen gutorganisierten Gig durchzuziehen. Emma öffnete leise die Nachttischschublade, in der sie abends ihren Dienstrevolver – eine deutsche Sig Sauer – einschloss, nahm die Waffe aus dem Holster, entsicherte und kroch aus dem Bett.

Vorsichtig und auf nackten Füßen ganz leise schlich sie sich nach unten.

Im Wohnzimmer brannte Licht – Emma war sich sicher, dass sie das ausgemacht hatte, bevor sie nach oben ins Bett gegangen war. Ihr Herz pumpte jetzt noch schneller. Sie nahm die Waffe in beide Hände, zog sie auf Augenhöhe hoch und trat mit dem rechten Fuß gegen die Tür. Die knallte nach hinten gegen die Wand. Auf dem Sofa saß, von ihrem Auftritt scheinbar ungerührt, ein Mann, der sich eine Skimütze übers Gesicht gezogen hatte. Aus dem Sehschlitz der Wollmütze blickten Emma zwei dunkle Augen an. Die Körperhaltung des Kerls blieb trotz der auf ihn gerichteten Waffe entspannt, aber auf seinem Schoß lag etwas quer, das wie eine halbautomatische Maschinenpistole aussah.

»Wer sind Sie? Was tun Sie hier?«, fauchte Emma ihn an.

Der Mann hob beide Hände hoch und sagte fast tonlos: »Emma, da bist du ja. Reg dich ab, ich bin ein Freund.«

»Freunde kommen nicht uneingeladen mitten in der Nacht, und sie haben auch keine AK-47 dabei. Sie sagen mir jetzt sofort, was Sie hier wollen, oder es kracht!«

»Paul war immer stolz auf seinen temperamentvollen Feuerkopf aus den USA«, kam es zurück. Der Kerl klang fast amüsiert. »Wie ich sehe, hast du wirklich Mumm!«

Da ließ sich oben im ersten Stock Stevies verschlafene Stimme hören: »Mama, ist alles okay bei dir?«

Emma ließ den Mann auf dem Sofa nicht aus den Augen und rief zurück: »Ich kann nur nicht schlafen. Alles okay. Geh wieder ins Bett!« Oben fiel eine Tür ins Schloss.

»Der kleine Stevie«, kam es vom Sofa, und nun hörte Emma deutlich den Belfaster Akzent heraus, »immer noch so schlecht in Mathe?«

»Was zum Teufel ist hier los? Sie verlassen jetzt sofort mein Haus!« Emma hörte selber, dass sie fast hysterisch klang. AK-47, nordirischer Zungenschlag, Maske. Der Kerl war von der IRA, und Emma war es unheimlich, aber sie wollte nicht, dass der Eindringling ihr das anmerkte.

»Nur die Ruhe, Emma. Ganz ruhig. Setz dich. Ich habe dir einen Vorschlag zu unterbreiten. Ein Geschäft, wenn du so willst.«

Emma blieb stehen und fauchte: »Mit der IRA mache ich keine Geschäfte.«

»Schnell im Kopf ist sie auch noch, die kleine Emma. Hat mal eben kombiniert! Nur leider ist sie nicht reich. Nicht reich genug jedenfalls, um einen teuren Anwalt wie Andrew Shannon zu bezahlen. Und genau hier setzt mein Vorschlag an.«

Zum Teufel noch mal, wusste diese Schweinebande denn über alles genau Bescheid? Wer informierte diese Leute? Paul saß schließlich in Untersuchungshaft. Irgendwo musste es im Präsidium eine undichte Stelle geben, einen Kontakt zur IRA.

Emma ließ die Waffe sinken, blieb aber weiter stehen und rieb sich den einen kalten Fuß an der warmen Wade des anderen Beins.

»Vergangenes Jahr haben wir gutes Geld gemacht, das hast du sicher in der Zeitung gelesen«, fuhr die leise Belfaster Stimme hinter der Maske fort. »26 Millionen britische Pfund.«

Emma erinnerte sich genau: Im Dezember 2004 hatte die IRA bei einem Überfall auf die Zentrale der Northern Bank am Donegall Square in Belfast eine Unsumme erbeutet. Der Fall war ungeklärt – und im Kollegenkreis vieldiskutiert. 26 Millionen Pfundnoten zu waschen und in den normalen Geldkreislauf zu schleusen, war selbst für die organisierten Kriminellen der IRA keine Kleinigkeit.

»Na, kriegt ihr eure Knete nicht gewaschen, ohne aufzufallen? Aber wenn du glaubst, dass ich euch dabei helfe, dann hast du dich geschnitten. Nur weil mein Ex vor 20 Jahren idiotisch genug war, sich eurer Bande anzuschließen, heißt das noch lange nicht, dass ich denselben Fehler mache.«

»Idiotisch? Paul ist und bleibt ein guter Freund. Er war uns immer treu. Jetzt ist es an uns, unsererseits Loyalität zu beweisen. Paul braucht einen guten Anwalt, und Andrew Shannon scheint einer zu sein. Aber der will 400 Euro die Stunde … und wie willst du das mit deinem Polizistengehalt bezahlen?«

»Paul hat sich selber in die Scheiße reingeritten, wie er es finanziert, sich da wieder rauszureiten, ist sein Problem, nicht meines.«

»Ach, Kindchen – du willst doch nicht den Vater deines einzigen Sohnes im Knast sehen? Da wirst du dir schon was einfallen lassen müssen. Alles, was wir anbieten, ist ein wenig Unterstützung für einen treuen Mann und Gefährten.«

»Ich will euer Scheißgeld nicht.« Emma war überrascht, wie ruhig sie plötzlich klang. »An allem, was ihr anfasst, klebt Blut. Ich hätte auch gerne ein vereintes Irland – aber eure Methoden sind wirklich das Allerletzte. Und jetzt raus hier – oder ich wecke Stevie und sag ihm, er soll die Gardaí anrufen!« Mit diesen Worten zog sie die Dienstwaffe wieder hoch und richtete sie erneut auf den Kopf des Maskenträgers.

»Wie du meinst«, sagte der und erhob sich behände wie eine Katze von seinem Sitzplatz. Er bewegte sich so geschmeidig und schnell, dass Emma nicht umhinkam wahrzunehmen, dass sie es mit einem im Nahkampf voll durchtrainierten Operativen der Terroristen zu tun hatte.

»Überleg es dir. Ich komme in ein paar Tagen noch einmal wieder!«, sagte er, als er schon in der Tür stand.

»Wag das ja nicht, du Arschloch!«

Leise lachend verschwand der Maskenmann durch Emmas Haustür in der Dunkelheit. Draußen startete ein Automotor. Emma war, als hätte sie wieder schlecht geträumt. Nicht mal Einbruchsspuren gab es an ihrer Tür, der Mann war ein Profi.

Erschöpft ließ sie sich aufs Sofa sinken. Ihr Herz hämmerte wie verrückt. Nun hatte sie den Beweis, dass Paul tatsächlich IRA-Dreck am Stecken hatte. Auch das noch. Mit irgendwem musste sie jetzt reden, sonst würde sie hysterisch werden. Noch keine zwei Uhr morgens. Egal! Sie wählte James Quinns Mobiltelefonnummer. Es klingelte ewig, Emma wollte schon auflegen, da klang eine verschlafene Stimme aus dem Hörer:

»Hallo?«

Das war nicht James' Stimme, sondern die einer Frau. Emma schwieg verdutzt.

»Hallo? Wer ist denn da?«, fragte die Frau erneut. Und nun hörte Emma James im Hintergrund.

»Verdammt, Aoife, gib mir mein Telefon!«

Emma legte auf.

James und Aoife Leonard. Nachts um zwei in einem Bett. Und so vertraut, dass sie an sein Telefon ging. Das tat mehr weh, als Emma sich das hätte vorstellen können.

Ein paar Minuten später rief James zurück. Emma ließ es ein paar Mal klingeln und tat dann verschlafen. »Was?«, krächzte sie in das Gerät.

»Emma, es ist zwei Uhr morgens, und du hast gerade bei mir angerufen. Was ist los?«

»Oh. War ein Versehen. Bin mit dem Telefon im Bett eingeschlafen. Muss mich draufgelegt haben. Entschuldigung.«

»Schon gut. Schlaf weiter. Wir sehen uns morgen.«

Kapitel 10

Die Badewanne

Ich habe Angst. Ständig denke ich, dass jemand kommt. Höre Schritte, knallende Türen. Aber das ist Einbildung. Ich muss aufpassen, dass mich die Angst nicht übermannt.

Muss mir bewusst machen, wie frei man wird, wenn man sich von den üblichen Denkmustern verabschiedet.

Du darfst! Du darfst nicht! Wieso eigentlich?

Manche würden sagen, ich bin paranoid. Das Gegenteil ist der Fall. Ich bin gesünder als die meisten. Hellsichtiger. Und mutiger sowieso.

Es ist kalt, und der Flur riecht nach Sozialschwäche und öffentlicher Einrichtung. Nach dem Essen von heute Mittag, Desinfektionsmitteln und Urin.

Ich schließe die Augen, um mich zu beruhigen. Es gibt keinen schwarzen Mann in der dunklen Ecke, der es auf mich abgesehen hat.

Vor ihrer Tür bleibe ich stehen. Stille. Ich drücke die Klinke runter. Leises Schnarchen. Die alte Hexe lebt also noch. Gut. Aber nicht mehr lange. Ich blicke in ihr Gesicht – hart, kalt. Nicht mal das Alter konnte ihre Selbstgerechtigkeit milder zeichnen.

Ich drücke ihr den Lappen mit Chloroform ins Gesicht, und sie strampelt noch ein bisschen. Aber das macht nichts.

Ihr grauer Zopf sieht aus wie eine dünne Schlange. Das Klebeband verschließt ihren Mund.

Ich gehe ins Bad, inspiziere die Wanne, so wie vor zwei Tagen, als ich das alte Miststück besucht habe, um die Lage zu peilen. Sie hat mich nicht mal erkannt und sich über die Abwechslung vom Alltag in Altenheim gefreut.

Ich lasse Wasser ein. Kalt, so kalt es geht.

Hoffentlich wundert sich keiner, dass um zwei Uhr morgens die Hähne laufen.

Mein Mund ist ganz trocken! Doch alles bleibt still. Hier leben nur alte Leute, die interessieren sowieso keinen mehr.

Ich hole das widerliche Stück Fleisch aus seinem Bett und setze es neben die Wanne. Nun heißt es warten, bis sie wieder wach wird. Die Alte soll doch mitkriegen, wie sich das anfühlt, rückwärts in kaltes Wasser gedrückt zu werden. Keine Luft mehr zu kriegen. Ausgeliefert zu sein.

Endlich fängt sie an, sich zu bewegen. Grunzt. Ich hebe sie hoch – sie wiegt fast nichts, nur Haut und Knochen. Um den Hals das obligatorische Kreuz. Ekelhaft.

Als ihre Beine in das kalte Nass eintauchen, versucht sie, sich zu wehren. Doch dafür ist es jetzt zu spät. Als ich ihren Torso und Kopf unter Wasser drücke, weiten sich ihre Augen in Erkenntnis. So ist das also, bestraft zu werden.

Sie zappelt ein wenig. Dann ist endlich Ruhe. Als es vorbei ist, setze ich sie aufrecht in die Wanne, reiße ihr das Klebeband vom Mund und die Kette mit dem Kreuz vom Hals. Letzteres stopfe ich ihr in die Schnauze, das Klebeband nehme ich wieder mit.

Ich gehe – aufrecht und nicht mal besonders leise, so wie ein Handwerker, der einen notwendigen Job ordentlich erledigt hat. Nur, dass ich mit meiner Arbeit noch längst nicht fertig bin.

Kapitel 11

Radio Ga Ga

Morgens um kurz vor acht räumte Emma ihre vernachlässigte Küche auf und tat sich selber leid. Heute Morgen half ihr nicht mal das Oxy, den nötigen Abstand zu ihren Problemen zu gewinnen. Nachts hatte ein Fremder mit einer halbautomatischen Waffe auf ihrem Sofa gesessen – oder hatte sie das nur geträumt? Der Job war unübersichtlich, Sligo General ein Minenfeld, ihr Privatleben ein Trauerspiel. Sie war in ihren Kollegen James verknallt, der seinerseits mit einer kleinen Angestellten im öffentlichen Dienst herummachte.

James war ihr Partner, verdammt noch mal. Jemand, auf den sie sich hundertprozentig verlassen können musste, und das nicht nur, wenn es bei einer Festnahme hoch herging und irgendein Irrer zur Waffe griff. Partner, das bedeutete gemeinsam verbrachte Nächte auf Beobachtungsposten mit literweise lauwarmem Kaffee aus der Thermoskanne, Besuche bei Bürgern, denen sie Todesnachrichten überbringen mussten, und gelegentliche Lügen beim Chef, um den anderen nicht in Verlegenheit zu bringen, weil der verspätet war, verkatert oder zu wütend auf das Leben und den Job, um höflich zu bleiben. Ein Partner war jemand, den man fast besser kannte als sich selbst. Einer, dem man bei Gefahr sein Leben anvertrauen konnte. In so einen verliebte man sich gefälligst nicht – und Geheimnisse hatte der schon gar nicht zu haben.

Wo war der Kerl überhaupt – er müsste jeden Moment da sein, um Emma für einen langen Ermittlungstag abzuholen. Wie sollte sie ihm bloß in die Augen gucken?

Obendrein war der Kühlschrank leer, sie musste einkaufen, das Haus brauchte dringend mal wieder eine gründliche Reinigung, in den Schlafzimmern stapelte sich die dreckige Wäsche. Und keiner, der ihr bei irgendwas half. Stevie saß übellaunig über seinen Cornflakes, löffelte und machte noch schnell die Hausaufgaben, die er eigentlich gestern hätte erledigen müssen. Ihn zu bitten, auch mal den Feudel zu schwingen, würde nicht viel bringen. Im Gegenteil, sein Gemaule würde Emmas Tag eher noch schwieriger machen.

Selbstmitleid ist ein widerliches Gefühl, fand Emma, gegen das sie sich an diesem Morgen aber auch so gar nicht wehren konnte.

Im Radio verklangen gerade die letzten Töne von Queens über fünf Minuten langem »Radio Ga Ga«, dann begannen die Nachrichten. Meist hörte Emma BBC Radio Ulster, das sich in Sligo meist noch ganz gut empfangen ließ. Sie fand den britischen Sender ein bisschen weltoffener und internationaler als das, was der irische RTE oder Sligos Ocean FM so von sich gaben. Das übliche parteipolitische Gequatsche brandete über Emma hinweg, was die in Londons Westminster trieben oder im Stormont Castle in Belfast, war ihr ziemlich gleichgültig. Doch plötzlich schien Emmas Unterbewusstsein etwas zu registrieren, das sie zwang, aufmerksamer hinzuhören.

»... Todesfall ereignete sich in Newcastle upon Tyne. Am

frühen Morgen wurde dort im Altenheim Woodviews eine 91 Jahre alte Frau entdeckt, die offenbar beim Baden ertrunken ist. Die Northumbria Police hat die Ermittlungen aufgenommen, da die Pflegepatientin zu schwach war, um alleine in die Wanne zu steigen. Der Tod von Geraldine Cairns, der früheren Oberschwester im Kinderheim Eagle Lodge, ist schon der zweite auffällige Todesfall in Newcastles Altenpflegeheimen, wo Mitte Februar bereits Vikar Walter Payman im Haus Comfort Residential in seinem Bett erstickt aufgefunden worden war. Die Polizei bittet um Mithilfe …«

Emma fröstelte. Die Namen kamen ihr nur zu bekannt vor. Erst Walter Payman, nun Schwester Geraldine Cairns. War das die Schwester Geraldine aus dem Kinderheim Eagle Lodge, in dem Catherine Payman als Mädchen so gequält worden war? Seitdem sie Catherine ihre Freiheit gelassen hatte, hatten sich in deren Umfeld bereits zwei seltsame Todesfälle ereignet.

Emma sank auf einen Küchenstuhl und rekapitulierte erneut, was Catherine ihr in Manchester vor ein paar Wochen erzählt hatte: Sie war im Juli 1965 als Tochter der unverheiratet schwangeren Irin Kaitlin Fitzpatrick auf die Welt gekommen. Kaitlins Familie hatte sie gezwungen, in ein Heim für unverheiratete Mütter zu gehen, um die Familienehre zu schützen – insbesondere die Karriere ihres Bruders Charles, einem Vikar in der protestantischen Church of Ireland. In diesem Heim wurde Catherine ihrer Mutter, der »gefallenen Sünderin«, schnell abgenommen und nach England in ein Kinderheim verschafft. Im diesem Heim – der Eagle Lodge in Newcastle upon Tyne – führte die sadistische Schwester Geraldine das Regiment und behandelte ihre Schützlinge wie Kindersklaven. Für kleinste Vergehen wurden die Kinder rückwärts in einer eiskalten Badewanne unter Wasser gedrückt, bis sie fast ertrunken waren.

Am Ende wurde Catherine mit Schwester Geraldines Hilfe von einem Vikar adoptiert – und kam vom Regen in die Traufe. Dieser Mann, ein Walter Payman, war ein Päderast und vergewaltigte die Kleine regelmäßig, seine Frau Martha sah weg. Erst nach einem Selbstmordversuch griff eine Sozialarbeiterin ein. Diese Frau, Sue Ramsey, verhalf Catherine schließlich zu einem Neustart in Manchester.

Und nun waren sowohl Walter Payman als auch Geraldine Cairns in Newcastle unter seltsamen Umständen ums Leben gekommen. Emma fröstelte. Was war aus Catherine geworden? Hatte die etwa die Hände im Spiel?

Als Emma Catherine kennenlernte, arbeitete die in einer Klinik für Demenzkranke in Manchester. Dort war Catherine unter ihren Patientinnen auf eine Irin namens Margaret gestoßen und hatte herausgefunden, dass diese alte Dame ihre Tante war. Ein Blick in Margarets Familienalbum beseitigte sämtliche Zweifel. Alles passte zusammen, sie war Kaitlins Tochter – der sie mit ihrem kupferroten Schopf zudem auch noch sehr ähnlich sah.

Beim Versuch, mit ihrer biologischen Familie Kontakt aufzunehmen, war Catherine schließlich auf ihren Onkel in Sligo gestoßen, Charles Fitzpatrick. Der unterstellte ihr jedoch, bloß eine Erbschleicherin zu sein und nur an das Vermögen der Familie zu wollen. Schließlich forderte er Sex von ihr, der »kleinen Betrügerin«, sonst würde er die Polizei rufen. Als Catherine daraufhin einfach das Haus verlassen wollte, attackierte Charles sie, um sich zu nehmen, was er wollte – und Catherine wehrte sich. Am Ende saß Fitzpatrick erdrosselt in seinem Sessel, und Catherine verschwand zurück nach England.

Emma wusste nur zu genau, wie sich Gewalt und Missbrauch anfühlten. Schließlich hatte ihr Mann Paul sie jahrelang verdroschen und sie bei dem von ihm verursachten Unfall beinahe umgebracht. Also war Emma schweigend ihrer Wege gegangen, und die Fitzpatrick-Akte war ins Archiv gewandert.

Doch jetzt musste sie den Fall und Catherine in neuem Licht betrachten. Hatte sie sich von einer Psychopathin manipulieren lassen? Hatte sie eine Massenmörderin laufen lassen … aus Mitleid und falsch verstandener weiblicher Solidarität?

Wo zum Teufel war Catherine überhaupt? Lief sie jetzt Amok? Brachte sie der Reihe nach ihre früheren Peiniger um? Erst den Vikar, dann Schwester Geraldine? Hatte Emmas Entscheidung, sie davonkommen zu lassen, in Catherine etwa erst die Überzeugung gestärkt, dass das Gesetz für sie nicht mehr galt?

Emma wurde schlecht, sie rannte aufs Klo und begann zu würgen. Hoffentlich würde Stevie nichts merken! Doch der war auf dem Weg in die Schule schon halb durch die Tür und rief: »Tschüss, Mama, ich bin dann mal weg!«

Schließlich saß Emma schwer atmend und in Schweiß gebadet wieder an ihrem Küchentisch. Verdammte Scheiße. Sie war eine miserable Polizistin. Das kam dabei heraus, wenn ein Bulle das Recht selber in die Hand nahm. Sie hatte sich erpressbar gemacht! Und dann dämmerte es ihr: Es war noch viel schlimmer. Sie war möglicherweise der Beihilfe zum Mord schuldig. Hätte sie Catherine in dieser schicksalhaften Nacht in Manchester festgenommen, wäre die alte Geraldine Cairns in ihrem Altenheim in Newcastle heute Nacht nicht im Bad ertränkt worden.

Und was, wenn Catherine noch nicht fertig war? Wer

zum Teufel stand möglicherweise noch auf der Abschussliste dieser Irren?

Emma musste Catherine schnellstmöglich dingfest machen. Aber wie – ohne sich selber zu belasten? Wenn sie nämlich wegen Beihilfe dran war und Paul wegen seiner IRA-Vergangenheit, dann stünde Stevie ganz alleine auf der Welt.

Mit wem konnte Emma reden? Wen um Hilfe bitten? Murry? Der würde sie sofort suspendieren und möglicherweise sogar festnehmen lassen. James? Der war viel zu beschäftigt mit Aoife.

Da klingelte wie auf Kommando das Mobiltelefon – die Nervensäge.

»Bin gleich da!«, ließ James sie wissen. »Sorry, dass ich so spät dran bin!«

Mit einem knappen »Guten Morgen!« stieg Emma ins Auto. James grinste sie mit seinem Filmstarlächeln an und lenkte den Wagen summend zum Sligo General Hospital. Emma schwieg. Sie war dankbar, dass der Kollege ihr Schweigen offenbar für ihre übliche Morgenmuffeligkeit hielt und sie in Ruhe ließ. Emmas nächtlicher Anruf blieb unerwähnt.

In der Klinik hatte Direktor Brennan im Administrationstrakt einen kleinen Konferenzraum für die Garda vorbereiten lassen. Außer ein paar schäbigen Tischen und Stühlen befand sich jedoch nichts im Raum. Brennan hätte keinen besseren Weg finden können, um der Polizei zu zeigen, wie unerwünscht sie war. James hatte schließlich Brennans Sekretärin Suzy gebeten, ihnen ein Flipchart bringen zu lassen.

»Um die Ecke ist die Teeküche«, hatte Suzy die Polizisten wissen lassen und war verschwunden, um das Flipchart zu organisieren. Immerhin, die Dienstpläne lagen nun vor, und Emma und James begannen, sie zu studieren und nach Mustern zu suchen. Irgendwann kam ein Mann in einem blauen Overall und brachte einen überdimensionalen Papierblock auf einem Gestell und ein paar dicke Filzstifte.

»Meinst du, Dr. McCaffrey könnte seine Finger da drinhaben?«, brach James das Schweigen. »Das wäre zwar perfide, selbst die Polizei zu rufen, aber der Mann ist clever genug für so eine Finte.«

Dann stand er auf und notierte die Namen der Opfer auf dem Block.

Emma unterdrückte den Impuls, Michael in Schutz zu nehmen.

»Wir behandeln ihn wie alle anderen hier im Haus. Keine Freifahrtscheine, für niemanden. Ich persönlich bin jedoch der Meinung, dass wir ihn vermutlich bald aussortieren können. Michael ist viel zu nüchtern, um die Menschen erst zu operieren und sie dann umzubringen. Wenn er das wollte, könnte er den Exitus ja schon im OP herbeiführen.«

»Guter Punkt«, meinte James und machte sich wieder an den Papierkram.

Michael?, dachte sich Emma im Stillen. Der gelassene, höfliche, kultivierte Michael? Lindas Mann? Das konnte nicht sein. Oder doch?

Eine Stunde später hatten Emma und James auf dem Flipchart ein Diagramm und eine Zeitleiste zu Papier gebracht.

Eine Schwester, Bridie Maloney, war bei dreien der Todesfälle im Haus gewesen – Cooper, Boland und McGuinness.

Der polnische Pfleger Miroslav Mnich bei zweien – Boland und McCullogh. Und bei Brian Feeney stand er im Zimmer, als Emma dazustieß.

Dr. Vikram bei den beiden Frauen – Cooper und McCullogh.

Dr. Sarah Emmett bei McGuinness und Cooper.

Eine ganze Reihe von Schwestern, Pflegern und Doktoren waren nur bei einem der Abgänge in der Klinik anwesend gewesen. Bei Feeneys Exitus jedoch hatten sich irgendwie alle in der Nähe aufgehalten – Bridie, Miroslav, Vikram, McCaffrey und Emmett. Und dazu so ziemlich der ganze Rest der Krankenhausbelegschaft, schließlich hatte sich sein Tod am hellen Vormittag ereignet, als es in der Klinik zuging wie in einem Bienenstock an einem warmen Sommertag. Dr. McCaffrey war ständig im Haus gewesen, allerdings auch häufig im OP. War es möglich, dass einer so viel arbeitete wie Michael und dabei nicht durchdrehte?

Ohne anzuklopfen, stand plötzlich Brennan im Zimmer und pfefferte den Sligo Champion vor Emma auf den Tisch.

»Das haben wir jetzt davon. Sie haben ja keine Ahnung, was so etwas unter Patienten und Klinikpersonal ausmacht!«, fauchte er, das Gesicht vor Ärger verzerrt.

Emma las die Schlagzeile: »Todesengel im Sligo Hospital.« Und den Vorspann: »Acht ungeklärte Todesfälle. Gardaí ahnungslos.« Mehr musste sie nicht lesen, um Bescheid zu wissen.

»Das Wort Todesengel haben Sie gestern verwendet, nicht wir«, sagte sie zu Brennan. »Und im Übrigen ist das erst der Anfang. Polizeichef Murry und Staatsanwalt Sheridan haben für heute elf Uhr eine Pressekonferenz angesetzt. Sie können mal davon ausgehen, dass Sie in den kommenden Tage einige Anrufe kriegen werden.«

Brennan schnaubte nur und verließ türenknallend den Raum.

»Irgendwer quatscht«, sagte James. »Und ausgerechnet bei der Presse. Entweder hier – oder im Präsidium. Und noch bevor wir wussten, dass es auch Feeney erwischt hat.«

»Im Moment ist das egal, noch gibt es ja wenig Infos, die wir unter Verschluss halten könnten«, sagte Emma. »Mittelfristig allerdings wäre eine undichte Stelle im Präsidium scheiße. Dann wissen wir nicht mehr, wem wir was anvertrauen können.«

Was ich ja sowieso schon nicht mehr weiß, fügte Emma im Geist hinzu und dachte an Aoifes Stimme an James' Telefon in der vergangenen Nacht.

Als Erstes baten Emma und James Miroslav Mnich zum Gespräch. Den Sligo Champion hatten sie auf dem Tisch liegen lassen, weil sie die Reaktion ihrer Interviewpartner sehen wollten. Der Pfleger war etwa 30 Jahre alt, hatte ein freundliches, rundes Gesicht und lachte offenbar gerne, zumindest sah er mit seinem nach oben gebürsteten Schopf ein bisschen aus wie Tim aus den »Tim und Struppi«-Comics. Mnich deutete auf die Zeitung. »Stimmt das? Haben wir einen Todesengel im Haus?«

»Das fragen wir Sie«, entgegnete Emma trocken.

»Ich habe keine Ahnung.«

»Sie arbeiten auf der sechsten Etage?«

»Ja, zumeist in der Chirurgie.«

»Und da ist Ihnen nicht aufgefallen, dass dort seit Jahresbeginn immer wieder Menschen an Herzversagen gestorben sind, die vorher gar nicht wegen Herzbeschwerden in Behandlung waren?«

»In Krankenhäusern sterben Menschen. Das ist normal«, sagte Mnich in seinem etwas verwaschenen, osteuropäisch eingefärbten Englisch.

»Seit wann arbeiten Sie hier?«, fragte James.

»Seit drei Jahren.«

»Und da sterben immer so viele?«

»Worauf wollen Sie hinaus?«

»Zu den Todeszeitpunkten von David Boland und Jane McCullogh waren Sie auf Station. Es hat Sie nicht verwundert, dass diese Patienten plötzlich tot waren, obwohl sie dem Befund nach eigentlich bald hätten nach Hause gehen können?«

Mnich schwieg.

Emma blätterte in ihren Notizen. »Boland. Schlaganfallpatient. Mitte März haben sie ihn in die Intensivstation von Sligo General gebracht, vier Tage später wurde er auf die Chirurgische verlegt, weil in der Inneren kein Bett frei war. Zwei Wochen später konnte er aufrecht sitzen und wieder feste Nahrung zu sich nehmen. Boland war auf dem Weg der Besserung, auch sind keine Herzprobleme im Krankenblatt vermerkt. Weitere zwei Tage später war er tot: Herzversagen.«

Und nach weiterem Geblättere: »Jane McCullogh. 65. Langjährige Brustkrebspatientin. Der Krebs war zum zweiten Mal ausgebrochen, aber nach OP und Chemo war sie eigentlich so weit, dass sie zu ihrer Tochter nach Hause hätte gehen können. Doch dann: Tod durch Herzversagen. Und auch hier kein Verweis auf frühere Herzprobleme im Krankenblatt. Stattdessen hatten beide hohe Dosen von Herzglykosiden im Blut. Und gestern standen Sie auch im Raum, zehn Minuten nachdem Feeney, ein Diabetiker mit Nierenkrebs, an Herzversagen stirbt.«

»Haben Sie mal über Kunstfehler nachgedacht?«, sagte Mnich. »Es ist hier zum Beispiel kein Geheimnis, dass die Chirurgen auf der Intensivstation Herzglykoside grundsätzlich höher dosiert verabreichen als die Internisten. Oft die doppelte Menge.«

»Ja, aber nicht, wenn jemand gar keine Herzprobleme hat«, sagte James.

Mnich zuckte mit den Achseln. »Reden Sie doch mal mit Bridie. Wenn die da ist, häufen sich die Todesfälle. Es gibt Kollegen, die nennen die nur die Hexe, weil so viel Exitus ist, wenn sie in der Nähe ist.«

»Das ist eine ziemliche Anschuldigung, die Sie hier formulieren«, sage Emma.

»Tja, ich habe niemanden umgebracht. Ich nehme meinen Job ernst und versuche, die Leute wieder auf die Beine zu kriegen. Aber wenn Sie recht haben und es hier nicht mit rechten Dingen zugeht, muss ja einer ein schmutziges Spiel spielen. Ich war es nicht ... Also, wer dann? Und da fällt mir nur Bridie ein, die alte Hexe.«

Bridie war keinesfalls alt, sondern so um die 40. Nach ihrem Eintritt ins Verhörzimmer schob sie die Zeitung weit von sich. »So ein Quatsch! Bei uns doch nicht!«

Sie wirkte wie ausgebleicht. Emma wusste aus Erfahrung, dass viele blonde Frauen so farblos wurden, wenn sie nicht genug Schlaf bekamen. Da gähnte Bridie wie auf Kommando.

»Entschuldigung. Zu viele Nachtdienste in letzter Zeit. Bei uns sind ein paar Stellen nicht besetzt. Personalprobleme an allen Ecken und Enden.«

Mit der Tatsache konfrontiert, dass sie bei dreien der fraglichen Todesfälle Dienst hatte und im Haus war – McCullogh, Boland und McGuinness – und dass gerade schon wieder ein Exitus direkt unter ihrer Nase zu beklagen war, wurde Bridie giftig.

»Und da fragen Sie mich? Fragen Sie doch den Mnich! Der ist aus Polen. Keine Ahnung, was der für eine Ausbildung hat. Jedenfalls nicht so eine gute, wie wir sie hier in Irland haben. Und dann singt der immerzu diese osteuropäischen Schlager vor sich hin. Und wenn er nicht singt, dann pfeift er. Würde mich nicht wundern, wenn der Mist gebaut und die Leute ins Jenseits befördert hätte! Fragen Sie doch den!«

»Wir sprechen selbstverständlich mit allen im Haus«, gab James ihr geduldig zur Antwort.

»Ich halte das alles für aufgebauschte Zufälle. Bei uns gibt es keinen Todesengel. Das ist doch bloß Marktschreierei der Journalisten.«

»Bridie, Sie wissen schon, dass Ihre Kollegen Sie hier im Haus ›die Hexe‹ nennen?«

Bridie wurde noch blasser, und Emma empfand beinahe Mitgefühl mit ihr. Wenn Bridie unschuldig sein sollte, dann war es grausam, was sie hier gerade veranstalteten. Aber sie hatte wenig Zeit, sich Gedanken zu machen; anderen ohne Mitgefühl zu begegnen, gehörte zu einer Mordermittlung wie Salz zum Frühstücksei.

Bridie rang um Fassung. »Das ist ja ungeheuerlich. Wer sagt denn so was Gemeines?«

»Nun, Fakt ist, dass seit Neujahr auf der Chirurgischen und der Onkologischen, auf der Sie arbeiten, ungewöhnlich viele Patienten, die vorher keine Herzprobleme hatten, sterben, weil ihr Ticker aufgibt. Und der gibt auf, weil sie jede Menge Herzglykoside im Blut haben. Und bei dreien der Todesfälle, die wir uns gerade genauer ansehen, hatten Sie Dienst.«

Bridie schwieg.

»Dazu fällt Ihnen gar nichts ein?«, fragte Emma.

»Doch. Der Name Emmett. Die engagiert sich für Sterbehilfe, würdevolles Sterben und so weiter.« Bridie holte ein Kreuz hervor, das sie unter dem Schwesternkittel um den Hals trug, und küsste es. »Sünde ist das. Sünde. Wir nennen die hier auch Doktor Death.«

Bridie war ganz offenbar eine gute Katholikin. Und bei denen wurde gefälligst bis zum bitteren Ende gelitten.

Angesichts Bridies kleingeistiger Bigotterie musste Emma wie schon so oft an Samuel Beckett denken und an seinen berühmten Ausspruch zu Beginn des zweiten Weltkriegs, als Frankreich von den Nazis überfallen wurde und Irland neutral blieb: »Frankreich im Krieg ist mir lieber als Irland im Frieden.«

Dr. Emmett war beschäftigt und konnte nicht zum Interview kommen, beschied ihnen Suzy, Brennans Sekretärin. James nutzte die Zeit, um in seinen alten Notizen zu wühlen, neue anzulegen und grübelnd um das Flipchart mit der Zeitleiste herumzuschleichen. Emma starrte aus dem Fenster. Was zum Teufel war das Motiv? Ohne das Warum zu klären, würden sie sich hier endlos im Kreis drehen und den Weißkitteln dabei zuhören, wie sie sich gegenseitig beschuldigten. Warum tötete jemand Patienten?

»Ich finde es seltsam, dass ausgerechnet Ärzte oder Pfleger solche wahnsinnigen Dosen verschrieben haben sollen«, sagte James in die Stille. »Ich kann einfach nicht glauben, dass die so auffällige Fehler machen würden, die kennen sich doch aus. Außerdem verfügen die doch über mehr als eine Möglichkeit, um jemanden zu töten. Wenn du Arzt wärst und jemanden um die Ecke bringen wolltest, würdest du dann immer den gleichen Modus Operandi wählen?«

»Nee, vermutlich nicht.«

»Was für hohe Dosen? Wovon?« Vor ihnen stand eine schlanke, große Frau im weißen Kittel, das feine blonde Haar zu einem eleganten Bob geschnitten, wie Emma auffiel, die sich immer über die eigenen, ungebändigten Locken ärgerte.

»Oh, wir haben Sie gar nicht kommen hören«, sagte James.

»Hallo, ich bin Sarah Emmett. Heute werden so viele Operationen abgesagt, dass ich nun doch vorbeikommen konnte.« Die Frau stammte aus England. Aus einer guten Familie. Und sie hatte teure Schulen besucht. All das erschloss sich James und Emma aus dem glasklaren Upperclass-Englisch, das die Dame sprach.

»OPs werden abgesagt?«, fragte Emma. »Wieso das denn?«

Die Ärztin deutete auf den Sligo Champion – und fragte: »Hatten Sie was anderes erwartet, bei den Schlagzeilen? Die Leute haben Angst, dass Jack the Ripper hier in der Klinik wiederauferstanden ist und ihnen die Kehle durchschneidet.« Dabei huschte die Spur eines Lächelns über Emmetts Gesicht, und Emma war klar, warum die Radiologin vielen hier suspekt war: Engländerin. Gebildet. Humorvoll. Skeptisch. Eloquent.

»Das hat die Presse erfunden, nicht wir!«, protestierte James, der Sarah offensichtlich ebenfalls durchaus ansehnlich fand.

»Was für Dosen also? Und wovon?«, wechselte die Ärztin das Thema.

Emma tauschte einen langen Blick mit James. Eigentlich wäre es wohl klüger, der Dame nichts vom Befund des forensischen Pathologen und den bis zu zwanzigfachen Überdosen zu erzählen. Andererseits ... wer wusste, was sie sowieso schon zufällig mitgehört hatte. Emma entschloss sich für die Minimalversion: Acht – seit heute neun – Tote seit Neujahr auf der Chirurgie und Onkologie, alles ohne Herzgeschichten und durchaus mit Chancen auf Besserung, und dann Exitus mit hohen Dosen von Glykosiden im Blut.

Emmett setzte sich unaufgefordert. »Ich arbeite nicht auf den Stationen. Ich bin Radiologin, wie Sie wissen, und sitze hinter meinen Geräten. Aber ich weiß schon, warum die Garda mich auf dem Radar hat. Mein Engagement für ›Right to Die‹, die Legalisierung der kontrollierten Sterbehilfe. Viele hier nennen mich Doktor Death.«

»Auch waren Sie bei zwei von vier Todesfällen, die wir uns genauer ansehen, im Haus«, sagte James. »McGuinness und Cooper.«

»Kann schon sein, aber ich war mit an Sicherheit grenzender Wahrscheinlichkeit nicht auf der fraglichen Station. Wie gesagt, ich bin in der Radiologie.«

»Wo waren Sie denn gestern Mittag, als Brian Feeney ums Leben kam?«

»Brian Feeney? Nie gehört.«

»Diabetes, Nierenprobleme. Er ist gestern Mittag überraschend an Herzversagen gestorben.«

»Ich war seit Dienstantritt um 7.30 Uhr nur in der Radiologie. Es gibt mehrere Schwestern und die Rezeptionistin, die das bezeugen können.«

»Warum das Engagement für Sterbehilfe?«, fragte Emma, und Emmetts Gesicht wurde dunkel.

»Meine Mutter hatte ein Plattenepithelkarzinom. Da, wo die Speiseröhre auf den Magen trifft. Inoperabel. Sie hatte schlimme Schmerzen, und trotz aller Bemühungen breitete sich der Krebs immer mehr aus. Zum Schluss war er in ihren Knochen und ihrem Gehirn. Sie bat mich, ihr zu helfen. Aber als junge Ärztin war ich noch voll der Selbstüberschätzung, die mit unserem Job so oft einhergeht. Ich habe fest geglaubt, dass wir sie wieder hinkriegen.« Emmett hatte Tränen in den Augen. »Vielleicht wollte ich das ja auch nur glauben. Meine Mutter hat förmlich gebettelt, dass ich ihr beistehe, ihren Körper zu verlassen und die Schmerzen loszuwerden, doch ich blieb stur. Am Ende ist sie uns dann langsam verblutet. Der Tumor in ihrem Magen war aufgebrochen, und wir haben Blutkonserve nach Blutkonserve in sie reingepumpt, aber der Blutfluss war nicht zu stoppen. Ich schulde ihr was. Verstehen Sie das?«

Emma nickte. Jede Gesellschaft auf der ganzen Welt hatte eine Religion entwickelt. In den reichen Ecken der Erde fielen diese Glaubensgebäude jedoch zurzeit ziemlich auseinander, sogar in Irland – und die Menschen ersetzten nun das abgelegte, alte Glaubenssystem durch ein anderes, neues. Für viele war es Konsum; statt in die Kirche gingen sie nun eben zum Shoppen. Andere verehrten das Geld in seiner reinen Form – folgerichtig sahen die Gebäude der großen Banken aus wie Kathedralen. Die New-Age-Yuppies predigten Vegetariertum und Meditation und richteten sich die Bude nach Feng-Shui-Kriterien ein. Die Sportler erhoben ihren Körper zum Tempel – wer nicht den richtigen Körperfettindex aufweisen konnte, war ein Sünder und musste zur Buße ins Fitnessstudio. Und Leute wie Emmett fraßen sich an einer guten Sache fest – im konkreten Fall eben Sterbehilfe. Andere engagierten sich in politischen Parteien, privaten Tierschutzeinrichtungen oder der Ahnenforschung. Offensichtlich brauchte fast jeder irgendwas, das größer war als er selbst und ihm irgendwie Halt gab.

»Und da kommen Sie ausgerechnet ins erzkatholische

Irland, um die frohe Botschaft der Sterbehilfe zu verbreiten?«, sagte James, den der Ausbruch der Ärztin offenbar kaltgelassen hatte.

»Ich bin nicht deswegen nach Sligo gekommen, sondern weil man mir hier einen guten Job mit viel Verantwortung angeboten hat. Aber ja – egal, wo ich bin, ich engagiere mich für das Recht der Patienten, in Würde zu sterben.«

Als Dr. Emmett durch die Tür war, schimpfte James: »Mensch, Emma, lass dich doch nicht so einwickeln von der Tante. Die hat ein Motiv. Soweit ich sehen kann, ist sie bisher die Einzige mit einem Motiv!«

»Mag schon sein, aber die Emmett geistert nicht auf den Stationen herum. Wenn immer jemand stirbt, nachdem eine auftaucht, die sowieso schon Doktor Death genannt wird – also wirklich, das wäre sogar in diesem Saftladen hier früher aufgefallen.«

»Keine Ahnung. Vielleicht war sie jedoch clever genug, das Zeug so zu verabreichen, dass es zeitversetzt wirkt? Geht das überhaupt mit herzwirksamen Glykosiden?«, fragte James.

»Keine Ahnung, das muss ich Dr. McManus fragen. Aber wenn das geht, ist unsere ganze Arbeit hier, den Todeszeitpunkten nachzujagen, ohnehin für die Katz. Aber das Thema Motiv sollte uns in der Tat mehr beschäftigen. Warum sind diese Patienten umgekommen – und nicht andere? Wir müssen mit Reynolds und Lovelock reden und hören, was die Angehörigen sagen«, sagte Emma. »Und dann wäre da noch Dr. Vikram. Der erbt offenbar gerne – Geld ist immer ein Motiv.«

Da knallte die Tür zu dem provisorischen Ermittlungsraum gegen die Wand, so hart war sie aufgestoßen worden.

Im Türrahmen stand eine kleine, kräftige Frau mit roten Wangen, dahinter wurde Suzy sichtbar, die Kliniksekretärin, die wie immer hilflos die Hände rang.

»Sie sind schuld!«, begann die Frau zu schreien und zeigte mit dem Finger auf Emma.

»Aber das geht doch nicht«, jammerte Suzy im Hintergrund.

»Ihr wisst genau, dass hier ein Mörder herumläuft, und tut nichts! Und jetzt ist Brian tot! Wie könnt ihr es wagen!« Dann begann die kleine, dicke Frau zu schluchzen.

Emma stellte ihr einen Stuhl hin. »Bitte setzen Sie sich doch, Mrs. Feeney.«

Die Frau sank in sich zusammen und weinte hemmungslos. Suzy zog sich zurück.

»Gestern war Brian noch guter Dinge und voller Hoffnung, und heute ist er tot. Wie kann das sein? Und die Polizei steht sich die Beine in den Bauch und tut nichts.«

Offenbar wurde die Dame erneut wütend – eine Reaktion, die James und Emma von Opferangehörigen nur zu vertraut war. Irgendjemand musste schuld sein an so einer Katastrophe, und solange der wahre Täter nicht festgesetzt war, mussten eben die Bullen herhalten. Das Beste in solchen Fällen war Ablenkung, und so begann Emma, ihr sachliche Fragen zu stellen, erkundigte sich nach Namen und Beziehung zum Opfer – Bridget Feeney, Schwester – und wann sie ihren Bruder zuletzt gesehen hatte. War ihr etwas aufgefallen? Hatte ihr Bruder in den vergangenen Tagen Besucher gehabt, die er nicht kannte? Hatte ihm jemand gedroht?

Nein, nein und nein, lauteten die Antworten.

»Gibt es jemanden, der Ihrem Bruder Böses wollte?«, mischte sich James ein.

»Wir haben eine Farm in Ballygawley. Wir leben sehr zurückgezogen, sind aber mit den Nachbarn immer gut klargekommen. Ich wüsste nicht, wer Brian etwas antun könnte … Oh Gott, die Farm … Wie soll ich das denn alles alleine …« Sie fing erneut an zu weinen.

Wie sich herausstellte, waren die Geschwister beide unverheiratet und hatten zusammen auf der ererbten Farm gelebt, wo sie vor allem Schafe züchteten. Ihr einziger Gefährte war der Schäferhund, ein irischer Collie.

»Wer profitiert vom Tod Ihres Bruders?«, fragte Emma.

»Niemand. Ich. Keine Ahnung. Wir haben kein Testament gemacht, außer uns ist ja niemand mehr da.«

Bridget Feeney würde jetzt die Herrin der Farm werden, aber Emma konnte sich nicht vorstellen, dass sie ihren Bruder umbringen würde, mit dem sie schon jahrzehntelang dort gelebt hatte. Dennoch – auszuschließen war eine geschwisterliche Hassliebe auch nicht. James dachte offenbar in ähnlichen Bahnen, das sah sie ihm an. Die Pathologie würde zeigen, ob Brian auch ein Opfer der Glykoside war.

Der letzte auf Emmas vorläufiger Liste war Michael McCaffrey – aber laut Brennan war der Chirurg »unabkömmlich«.

»Komm, wir gehen ihn auf seiner Station besuchen«, sagte Emma zu James. »Wenn die heute tatsächlich so viele Operationen ausfallen lassen, ist er vielleicht in seinem Büro.«

Als Emma und James Michaels Zimmer endlich gefunden hatten, saß Michael tatsächlich am Schreibtisch und grinste müde. »Ihr habt mir mit euren Ermittlungen eine unerwartete Pause verschafft. Die Leute haben offenbar Angst, dass ich sie um die Ecke bringe …«

»Und? Tun Sie das?«, fragte James angriffslustig.

Was ist das bloß mit den Männern?, dachte sich Emma. Zwei Alphatierchen in einem Raum, und schon geht der Kampf um die Hackordnung los.

Michael jedoch blieb gelassen, so leicht ließ er sich nicht provozieren.

»Das kommt einem durchaus mal in den Sinn«, sagte er nach einer kurzen Pause. »Manchmal kann ich für einen Patienten nichts mehr tun, und wir verlieren ihn während oder kurz nach einem Eingriff. Da fragt man sich schon gelegentlich, ob man dem einen oder anderen die OP nicht besser von vornherein erspart hätte. Doch heute ist das keine Option mehr, den Menschen zu sagen: ›Gehen Sie nach Hause und bereiten Sie sich aufs Sterben vor.‹ Das lässt das System kaum noch zu. Die Kliniken haben Angst, dass die Angehörigen Rabatz machen und Anwälte in Stellung bringen, und so wird auf Teufel komm raus therapiert, ob es sinnvoll ist oder nicht. Also operieren wir, auch wenn wir wissen, dass es eigentlich für den Betroffenen nur noch mehr Schmerz und Stress bedeutet. Und gleichzeitig werden die Wartelisten mit den Patienten, die wirklich dringend und schnell operiert werden müssten, immer länger. Die Krankenhauswelt ist längst nicht so rational, wie sie wirkt.«

»Und da helfen Sie dann halt einfach gelegentlich ein bisschen nach?«, ließ sich James vernehmen.

»Wie meinen Sie das?«

»Ich rede von den auffälligen Todesfällen seit Neujahr. Deswegen sind wir doch hier!«

Emma wartete gespannt auf Michaels Reaktion.

Der lachte. »Ich? Sie meinen, ich spiele hier den Todesengel? Das ist nicht Ihr Ernst!«

»Warum nicht?«, entgegnete James. »Wenn Sie schon

wissen, dass so ein Eingriff aussichtslos ist und nur gemacht wird, damit die Angehörigen nicht klagen können … da erscheint es doch nur logisch, gelegentlich einfach eine Abkürzung zu nehmen und den Weg frei zu machen für diejenigen, bei denen sich eine OP noch lohnt.«

Michael schwieg und starrte aus dem Fenster.

»Ich muss zugeben, dass es Fälle gab, wo ich in Versuchung war, Leiden abzukürzen«, sagte er schließlich.

Emma hielt den Atem an.

»Das geht wohl jedem verantwortungsbewussten Arzt so, wenn er lange genug praktiziert«, fuhr Michael fort. »Aber bei den Patienten Cooper, Boland, McGuinness, Feeney und den anderen war das nicht der Fall. Diese Herrschaften hätten gute Chancen gehabt, noch einige Zeit ein lebenswertes Dasein zu leben. Das waren alles keine Fälle, in denen man über Sterbehilfe nachdenken musste. Und genau deswegen habe ich Verdacht geschöpft und die Garda in Person Ihrer Kollegin Emma Vaughan hier informiert. Warum hätte ich das tun sollen, wenn ich selbst der Täter wäre? Da schweigt man doch lieber!«

»Oder aber es war Ihnen klar, dass diese Serie seltsamer Todesfälle irgendwann auffallen würde, und Sie wollten den Verdacht von sich ablenken, indem Sie den Alarm auslösten.«

»Es muss Ihnen doch klar sein, wie unlogisch das klingt«, sagte Michael müde. »Und jetzt hätte ich gerne meine Ruhe. Ich würde die frei gewordene Zeit gerne nutzen, um einigen Papierkram zu erledigen.«

»Eines noch«, mischte Emma sich nun zum ersten Mal ein. »Fällt dir zum Thema Digoxin etwas ein? Warum dieses Medikament und nicht ein anderes? Was ist der Vorteil von dem Zeug als Mordwaffe?«

»Keine Ahnung«, entgegnete Michael. »Ihr seid die Detektive. Solche Fragen zu beantworten, ist euer Job.«

Emma ging nicht darauf ein. »Hast du eine Vorstellung, wo das Zeug herkommen könnte?«

»Auch diese Frage müsst ihr beantworten. Aber Glykoside sind keine Wunderdroge und so ziemlich überall erhältlich.«

»Auch online?«, fragte Emma.

»Vermutlich.«

»Oh je, dann müssen wir wirklich die Onlineshopping-Gewohnheiten der halben Klinik überprüfen«, sagte Emma nachdenklich.

Zum ersten Mal verlor Michael die Contenance. »Tut, was ihr nicht lassen könnt! Aber jetzt raus hier. Mir reicht es jetzt!« Dass seine so ruhigen Chirurgenhände zu zittern begonnen hatten, fiel offenbar nur Emma auf, die Michael schon lange kannte, denn James reagierte nicht.

Als sie wieder auf dem Gang standen, knurrte der nur: »Was für ein arroganter Arsch!«

Emma war zu verstört für eine Replik.

Kapitel 12

Cui bono?

Vor dem Krankenhaus standen die Reporter. Alle waren sie da – die Lokalmatadoren vom Sligo Champion und vom Western People, von Ocean FM, dazu der staatliche Rundfunk RTE sowie die Vertreter der nationalen Presse, vom Irish Independent und der Irish Times. Einen Massenmörder hatte es in Irland schließlich so noch nicht gegeben. Musste ja auch nicht sein, wer töten wollte, ging zur IRA, dachte Emma, wer sadistisch veranlagt war, zu den Katholiken.

Die Journalisten drängten sich um die Polizisten, schoben ihnen Mikrophone ins Gesicht und ließen die Fragen nur so hageln:

»Gibt es Verdächtige?«

»Steht eine Festnahme bevor?«

»Gibt es neue Opfer?«

Emma rief zurück: »Um elf war doch eine Pressekonferenz. Warum haben Sie Ihre Fragen nicht dort gestellt?«

»Die Staatsanwaltschaft sagt doch nichts!«, und »Murry hat doch keine Ahnung!«, schallte es zurück.

»Sie glauben doch nicht, dass ich das mit einer Antwort würdige?«, sagte Emma, schob die Herrschaften zur Seite und machte sich auf den Weg zum Auto. Die Meute folgte ihnen, musste aber nach einigen Metern einsehen, dass hier nichts zu holen war.

Zurück auf der Wache rief Emma Dave an und schickte ihn nach Ballygawley, er solle sich bei den Nachbarn umhören, wie das Verhältnis der Geschwister Feeney zueinander war. Dann ging sie schnurstracks zu Murry.

»Chef, ich glaube, wir haben einen im Revier, der quatscht. Erst die Meldung auf Ocean FM, und dann kommt der Sligo Champion mit dem ›Todesengel‹ vorne drauf. Woher haben die das?«

»Mach mal halblang, Emma«, sagte Murry. »Das kann auch einer aus dem Krankenhaus gewesen sein.«

»Ja, aber in der Klinik hat keiner ein Interesse dran, den Skandal an die große Glocke zu hängen. Hier im Haus hingegen findet sich immer einer, der Spaß hat, wenn seine Vorgesetzten alt aussehen …«

»Und wer soll das sein? Nur mal so zum Beispiel?«

»Paddy Sloan zum Beispiel. Seiner Meinung nach haben Frauen in einem Serious Crime Unit nichts zu suchen – und schon gar keine protestantischen, alleinerziehenden, geschiedenen Mütter. Der Todesengel-Fall liegt bei mir, und er würde mir nur zu gerne eine verpassen, um seine Theorie von der Unfähigkeit der Weiber zu beweisen.«

»Emma, Sie leiden unter Verfolgungswahn. Schluss damit! Und nun zurück zum Fall.«

»Aber Chef!«

Murry schnitt ihr mit einem entschlossenen Handkantenschlag in die Luft das Wort ab.

»Genug jetzt. Ich will das nicht hören. Zum Fall: Sheridan hat mir die Akten zu Dr. Vikram besorgt, und ich habe ihn in die Wache vorladen lassen. Um drei Uhr sollte er hier sein. Bis dahin haben Sie die Unterlagen zu seinem Prozess studiert. Danach bitte Bericht bei mir.«

Auf dem Flur lehnte sich Emma an die Wand, um tief durchzuatmen. Was für ein beschissener Tag. Ein bewaffneter Besucher in ihrem Wohnzimmer, eine schlaflose Nacht, gekrönt von der Erkenntnis, dass Kollege Quinn was mit der kleinen Aoife vom Empfang hatte und dass Catherine möglicherweise mit ihren alten Peinigern in England aufräumte, weil Emma zu blöde gewesen war, sie dingfest zu machen. Emma stöhnte auf.

Sie wühlte in ihrer Handtasche nach dem Mobiltelefon. Drei verpasste Anrufe von einer Dubliner Nummer. Wer war denn das? Egal, Emma hatte andere Sorgen. Sie suchte im Logbuch ihres Telefons nach einer Nummer in Manchester: Oak Gardens, das Altenpflegeheim, in dem Catherine Payman arbeitete. Nach dem dritten Klingen meldete sich die Verwaltung, und Emma bat darum, mit Catherine Payman sprechen zu dürfen.

»Mrs. Payman ist nicht mehr bei uns.«

»Schon nach Hause gegangen?«

»Nein, Sie haben mich missverstanden. Mrs. Payman arbeitet hier nicht mehr. Sie hat vor einigen Wochen überraschend gekündigt, und da sie jede Menge Resturlaub hatte, ist sie schon seit einiger Zeit nicht mehr im Haus.«

Emma bedankte sich und legte auf. Nach kurzer Überlegung wählte sie die Auslandsauskunft und ließ nach einer Catherine Payman in Manchester suchen. Sie bekam die Information, dass es einen Anschluss in der Oswald Road gegeben habe, der aber seit Ende März abgemeldet sei. Ob sie die Mobiltelefonnummer haben wolle? Natürlich wollte Emma. Aber als sie jedoch diese Nummer wählte, kam die

Ansage, dass der Anschluss vorübergehend nicht erreichbar war. Auch das noch, Catherine war wie vom Erdboden verschluckt.

Der Knoten in Emmas Magen verhärtete sich, der Tag wurde immer dunkler.

Erneut wählte sie die Nummer von Catherines Mobiltelefon. Ohne Erfolg.

Schließlich ließ sie sich mit einem Stöhnen in ihren Bürostuhl fallen. Der Schlafmangel machte sich bemerkbar. James musste das gespürt haben, denn er hatte ihr schon einen Becher mit dem schwarzen Bullen-Gebräu auf ihren unordentlichen Tisch gestellt. Nun sah er sie erwartungsvoll an, und Emma musste sich konzentrieren, um den Faden wiederzufinden.

»Ach ja – Murry hat Dr. Vikrams Prozessunterlagen von der Staatsanwaltschaft bekommen und den Mann einbestellt. Um drei ist der hier. Also in einer Stunde. Bis dahin müssen wir die gelesen haben.«

»Mittagessen fällt also wieder mal aus?«, knurrte James.

»Warum gehst du nicht und holst uns ein paar Sandwiches, und ich fange an, dieses Zeug hier zu studieren?«

Als James durch die Tür war, schluckte Emma zwei ihrer geliebten Tabletten und griff zum Telefon. Sie rief in Dublin beim General Register Office an, einer Art irischem Einwohnermeldeamt, in dem alle Geburten, Todesfälle und Hochzeiten im Land aufgezeichnet wurden. Sie fragte nach der Geburt einer Catherine, Tochter von Kaitlin Fitzpatrick, in 1965.

Bingo! Aufmerksam hörte sie zu und machte sich Notizen: Catherine war im County Galway auf die Welt gekommen, im Haus Bon Cœur, einem Heim für gefallene Mädchen. Gemeldet hatte die Geburt eine Schwester Magdalena.

Bon Cœur, Bon Cœur … Wieso kam Emma dieser Name bloß so bekannt vor?

Sie grübelte. Ging online, klickte, las die Medienberichte und presste die Lippen aufeinander. Bon Cœur hatte vor einiger Zeit traurige Berühmtheit erlangt, weil dort in einem Abwassertank fast 800 Kinderskelette entdeckt worden waren.

Die Medien schilderten den Leidensweg der ehemaligen Bewohnerinnen, in den Berichten tauchte immer wieder ein Name auf: Schwester Magdalena, auch »die Metzgerin« genannt. Den Namen hatte sie bekommen, weil sie den jungen Frauen beim Gebären nicht beistand, sondern sie stundenlang alleine mit den Wehen kämpfen ließ. So sollten die »gefallenen Mädchen« büßen für ihre Sünden. Die Schwestern hatten die Babys, die dort zur Welt kamen, als Abfall betrachtet und sie ins Klo geworfen, wenn sie die schlechte Behandlung im Heim nicht überlebten. Kinder, die durchkamen, wurden ihren Mütter abgenommen und meistbietend an Adoptiveltern verkauft. Vor allem nach England. Bon Cœur, das gute Herz, war ein trauriger Witz.

Emma lehnte sich erschrocken in ihrem Sessel zurück. In diesem Heim war Catherine zur Welt gekommen. Emma rekapitulierte noch einmal, was sie wusste: Catherines Mutter Kaitlin Fitzpatrick war nach einer Vergewaltigung schwanger dort gelandet. Kurz nach der Geburt waren Mutter und Tochter voneinander getrennt worden, und die Schwestern hatten das Baby nach England ins Waisenhaus verbracht, wo die kleine Catherine schließlich in den Händen des pädophilen Pastors Walter Payman und seiner Frau Martha gelandet war.

Und was war aus dem Haus der herzlosen Schwestern geworden? Ein paar Mausklicks weiter wusste Emma Bescheid: Bon Cœur war immer noch eine protestantische Einrichtung – eine Art spirituelles Wellness-Center. Mit Yogakursen und Meditationsklassen. Viele der Schwestern lebten noch dort, unterrichteten religiös verbrämte Selbstfindungskurse oder organisierten »Schweigewochenenden« zur »Besinnung«. Ab 130 Euro pro Person am Tag, vegetarische Vollpension inklusive. Wäre das alles nicht so abartig, müsste man darüber lachen. Emma griff zum Hören und wählte eine Nummer in Galway. Ein paar Minuten später wusste sie, was sie wissen musste.

Emma griff erneut zum Hörer. Auf der Wache in Enniskillen ließ sie sich mit dem Kollegen Alan O'Donnell verbinden. Wie durch ein Wunder war der sogar ihm Haus.

»Alan, Emma hier, An Garda Síochána, Sligo.«

»Emma. Was verschafft mir die Ehre?«

Emma war das kurze Zögern in Alans Stimme nicht entgangen.

»Erinnerst du dich noch an mich? Wir waren doch gemeinsam bei diesem Seminar zur verbesserten Zusammenarbeit zwischen der Garda und dem Police Service Northern Ireland im Grenzschutz? Thema Menschenhandel, Zigarettenschmuggel und Drogenverkehr?«

Alan hatte bei dieser Konferenz gnadenlos mit Emma geflirtet, und nun hoffte sie, dass der Kollege gerne noch ein zweites Mal sein Glück versuchen würde.

»Emma, na klar, tut mir leid. Gerade viel los hier, ich war mit meinen Gedanken woanders.«

»Ich wollte dich fragen, ob du morgen eine Stunde Zeit für mich hast. Ich muss was mit dir besprechen.«

»Wie ich schon sagte, viel los hier …«

»Ich weiß, aber ich will ja nur eine Stunde deiner Zeit und komme auch zu dir auf die Wache, wenn du willst. Du bist mich schneller wieder los, als du ›hau ab‹ sagen kannst.«

Schließlich akzeptierte Alan O'Donnell eine Verabredung für Freitagvormittag, elf Uhr.

Danach versuchte sie es erneut bei Catherine. Ohne Erfolg.

Da klingelte ihr Mobiltelefon, und vor Schreck ließ Emma es fallen. Schon wieder die Dubliner Nummer: Andrew Shannon, der Anwalt ihres Mannes.

»Emma, ich bin morgen in Sligo. Gehst du mit mir essen?« Andrews Stimme klang ganz vertraut, und Emma stellte verdutzt fest, dass sie das überhaupt nicht störte. Im Gegenteil. Sie sagte lachend: »Schon wieder?«

»Es gibt einen Antrag vom Office des Director of Public Prosecutions, Paul nach Dublin zu überstellen. Der Generalstaatsanwalt will den Fall tatsächlich vor dem Special Criminal Court verhandeln. Ich muss das mit Paul diskutieren und eine Strategie festlegen.«

Schließlich verabredete sie sich mit Andrew für Freitag, sieben Uhr, im Austies Bar & Restaurant in Rosses Point, einem Strandvorort von Sligo. Die hatten feinen Fisch und eine noch feinere Aussicht über Sligo Bay.

Dr. Vikram und sein Anwalt, ein gewisser Arthur Gillick, saßen schon im da, als Emma und James eintraten. Die Begrüßung war frostig.

»Dr. Vikram, 2003 mussten Sie sich vor Gericht verantworten. Eine Erbschaftsangelegenheit«, eröffnete Emma die Partie.

»Mein Mandant ist freigesprochen worden – nur um das von vorne herein klarzustellen«, mischte sich Gillick ein. Der Anwalt war klein und dick und wirkte wie ein überdimensionales Baby, das aus Versehen in einen dunklen Anzug gesteckt worden war.

»Ich würde gerne Dr. Vikrams Version der Geschichte hören, die des Gerichts kennen wir nämlich schon«, sagte Emma und klopfte auf die vor ihr liegende Akte. Dass sie die aus Zeitmangel bestenfalls oberflächlich studiert hatte, musste ja keiner wissen. Emma log nicht gerne – schließlich war es ihr Beruf, die Wahrheit herauszufinden –, aber etwas wegzulassen, Fakten nicht auszusprechen oder Zusammenhänge, die Emma nur ahnte, so darzustellen, als hätten sie Beweiskraft, war eine Art Berufskrankheit. Die Wahrheitssuchende als Schleiertänzerin – was taten Polizisten nicht alles, um Täter zu überführen.

»Meine Patientin Saoirse Tuffy aus Enniscrone hat mir ihr Haus vermacht«, hob Vikram an. »Ihre Tochter Sandy fand das nicht akzeptabel und hat dagegen geklagt. Doch das Testament war wasserdicht, und der Fall war schnell entschieden.«

»Was war die Bude denn wert?«

Vikram tuschelte mit dem Anwalt. »Ein Jahr nach Antritt der Erbschaft habe ich das Objekt für 230 000 Euro verkauft.«

James pfiff durch die Zähne.

»Pier Street in Enniscrone … mit Aussicht. Das ist schon ein paar Euro wert.« Vikram klang defensiv.

»Und warum ist das Haus der Mutter an Sie gegangen und nicht an die Tochter?«, wollte Emma wissen.

»Weil Sandy ein Biest ist und sich um ihre alte Mutter nicht gekümmert hat.«

»Wohingegen Sie der hilfreiche Engel der alten Damen sind, nicht wahr?«, sagte James.

»Ich verbitte mir diesen Ton«, schoss Gillick dazwischen, »wir sind schließlich freiwillig hier. Wenn Sie sich nicht benehmen können, gehen wir augenblicklich.«

Emma musste fast lachen. Wenn das Dickerchen sich aufregte und mit seinen zu kurz geratenen Armen wedelte, wirkte er noch mehr wie ein aufgeblasenes Kleinkind.

Da hob Vikram beschwichtigend die Hände. »Nun mal langsam. Ich verstehe ja, wie das alles aussieht, besonders im Licht der jüngsten Ereignisse. Aber ich hatte wirklich einen guten Draht zu Saoirse. Sie war als junge Frau ein Jahr lang als Touristin in Indien unterwegs und sprach gerne über ihre Erinnerungen an diese Reise. Wir haben auch viel über Hinduismus und Spiritualität geredet. Sie hat sogar die Bhagavad Gita studiert, den Gesang des Erhabenen, der uns Mitgefühl mit allen Menschen lehrt.«

»Mitgefühl? Da müssen Sie als Arzt ja Spezialist sein.«

Vikram ging nicht auf die Provokation ein. »Am Ende waren Saoirse und ich tatsächlich sehr befreundet. Ich hab sie als ihr behandelnder Arzt kennengelernt, als ihr der linke Lungenflügel entfernt werden musste – aber im Verlauf der Zeit hat sich auch privat eine Beziehung entwickelt. Saoirse war mir eine mütterliche Freundin.«

»Und eine großzügige dazu«, ätzte James.

»Am Ende wollte Saoirse vermutlich vor allem ihrer Tochter eins auswischen«, entgegnete Vikram. »Die hat ihre Mutter mit ihrem Krebs nämlich ziemlich alleine gelassen und sich einen Dreck gekümmert. Erst als Sandy bewusst wurde, dass sie von Saoirses Geld wohl nicht viel sehen würde, entwickelte sich spontanes Interesse an den mütterlichen Belangen.«

»Sandy unterstellte Ihnen böse Absicht«, mischte sich Emma ein. »Ihrer Ansicht nach haben Sie sich bewusst das Vertrauen von Frau Tuffy erschlichen, um an das Erbe zu gelangen. Sie ging nicht so weit, Ihnen vorzuwerfen, Sie hätten ihre Mutter zu einer Änderung des Testaments bewegt und sie dann umgebracht, um zu erben. Aber wenn man die Verhandlungsprotokolle liest, ist ziemlich klar, dass Sandy Tuffy genau das von Ihnen denkt.«

»Ich wusste nicht einmal, dass Saoirse ihren letzten Willen geändert hatte. Ich war wirklich überrascht, als ich zur Testamentseröffnung gebeten wurde«, sagte der Arzt.

»Am Ende stand Aussage gegen Aussage«, antwortete Emma.

»Genau deswegen ist mein Mandant auch freigesprochen worden«, sagte Gillick und erhob sich. »In dubio pro reo. Und im Übrigen gehen wir jetzt. Wenn es noch was zu besprechen gibt, wenden Sie sich an meine Kanzlei.«

»Unterschätz diesen Gillick nicht«, sagte James, nachdem die beiden gegangen waren. »Er sieht aus wie eine junge Bulldogge, ist aber kein Idiot. Der ist hier im Westen ein gefragter Strafverteidiger und ein echter Fuchs.«

Emma war skeptisch. »Wenn Vikram wirklich ein reines Gewissen hat, warum bringt er dann von vornherein einen weit und breit bekannten Rechtsverdreher mit?«

»Vikram kennt die latente Fremdenfeindlichkeit der Iren und fürchtet sich vermutlich davor, dass die Klinik ihm was anhängt, um den Todesengel so schnell wie möglich zu den Akten zu legen. Und außerdem haben die Behörden ihn ja schon einmal durch die Mangel gedreht. Da wird er gelernt haben, dass es sich lohnt, besser schnell einen guten Anwalt zu konsultieren. Egal, was es kostet.«

»Dann hören wir doch mal, was die Kollegen sagen, die mit den Angehörigen gesprochen haben. Wenn Vikram jetzt wieder erbt, dann haben wir ihn am Wickel.«

Bei der Teambesprechung kam jedoch nicht viel Brauchbares raus. Sarah Reynolds und David Lovelock hatten die Angehörigen der jüngst verstorbenen Patienten befragt, aber nicht viel zutage gefördert. Die Familien beschuldigten abwechselnd die Klinik, die Polizei und das Gesundheitssystem der Pflichtvergessenheit. Wenn es jedoch ums Geld ging, schien alles mit rechten Dingen zuzugehen. Niemand, der im Sligo General arbeitete, schien bislang von einem der Todesfälle zu profitieren.

»Und was hast du in Ballygawley über die Feeneys herausgefunden?«, wandte sich Emma an Dave.

»Nicht viel. Die auf dem Land sind nicht gerade scharf auf Einmischung. Wenn ich die spärlichen Kommentare der Nachbarn richtig auslege, war Brian ein guter Farmer, aber ein ziemlich missmutiger Geselle, der nicht viel redete, aber immer half, wenn einer im Dorf etwas brauchte. Bridget hingegen hasst das Bauerndasein und will die Farm am liebsten verkaufen. Seitdem Brian so krank war, musste sie ihn deswegen ziemlich bedrängt haben.«

»Nun ist er weg – und sie kann alleine entscheiden und verkaufen«, sagte Emma.

»Ja, das schon, aber warum dafür morden? Brian hatte Nierenkrebs und hätte die Farm vermutlich ohnehin bald aufgeben müssen«, sagte Dave. »Das zumindest meinen die Nachbarn. Ein paar von denen scheinen schon das Scheckbuch in der Hand gehabt zu haben, die Feeneys besitzen ein paar fruchtbare Ländereien.«

»Dr. McManus, was hat die Obduktion ergeben?«

Der kratzte sich am Kopf. »Also – die verwirrt mich etwas. Feeney ist auch an Herzglykosid gestorben. Fünffache Überdosis. Ihm ist das Zeug gespritzt worden, es gibt Spuren des Präparats an dem Port in seinem Brustmuskel.«

»Und bei den anderen Fällen?«, fragte Emma.

»Das wissen wir nicht so genau, aus den Gewebeproben kann ich nicht schließen, wie das Zeug verabreicht wurde. Bei Annie Cooper allerdings haben wir Abbauprodukte im Mageninhalt gefunden – ihr wurde die tödliche Dosis also oral verpasst.«

»Das heißt, wir reden von zwei unterschiedlichen Vorgehensweisen?«, fragte James.

McManus nickte.

»Das ist ja seltsam.«

Nachdenkliches Schweigen in der Runde.

»James, du meinst, Bridget hat die Finger im Spiel? Aber wie sollte so eine Bauersfrau an die Medikamente gekommen sein?«

Dave Lovelock meldete sich zu Wort. »Bridget Feeney hat einen Job als Packerin in Sligo. Sie arbeitet für einen Pharmahersteller, der als Subkontraktnehmer Medikamente für große Konzerne produziert. Keine Ahnung, ob die auch Digoxin oder Digitoxin machen. Aber das ist ja leicht rauszukriegen. Ich ruf da einfach mal an.« Dave verließ den Raum, um zu telefonieren.

»Eigentlich bräuchten wir hier einen richtigen Profiler«, sagte Emma. »Aber an so etwas Neumodisches wie Psychologie glauben unsere Vorgesetzten ja leider nicht. Freud ist ja auch erst seit 100 Jahren tot.«

»Ach, ich weiß nicht«, mischte sich McManus ein, »ich halte dieses Getue des FBIs und seiner Behavioral Analysis Unit für übertrieben.«

»Ach ja – und warum genau?«, wollte Emma wissen.

»Aus einem theoretischen und einem praktischen Grund«, sagte McManus. »Die ganze schöne FBI-Analyse basiert immer nur auf den Tätern, die geschnappt worden sind – und jeder, der sich mit Pathologie beschäftigt, weiß, wie viele Morde unentdeckt bleiben. Ich habe Kollegen, die glauben, dass jeder zweite unnatürliche Tod nicht als ein solcher erfasst wird – darunter sind natürlich auch Suizide und Kunstfehler, aber eben auch Morde. Das legt die Vermutung nahe, dass so einige Mehrfachkiller den Behörden durchs Netz gehen. Das war der theoretische Grund.«

»Und der praktische?«

»Erinnert sich hier noch jemand an Peter Sutcliffe, den Yorkshire Ripper?«

»Ja, klar, in den 1980er Jahren in Großbritannien. Der hat 13 Prostituierte umgebracht oder so«, sagte James.

»Genau. Und zwar mit Hammerschlägen auf den Kopf.«

»Ich verstehe nicht, worauf Sie hinauswollen.« Emma war verwirrt.

»Das FBI hat diese Listen mit auffälligen Merkmalen von Serienmördern erstellt. Demnach sind sie nahezu ausnahmslos männlich, meist ungebildete Arbeiterklasse, schlecht in der Schule, haben schon seit ihrer Jugend ein langes Vorstrafenregister, kommen aus schwer kaputten Familien mit Missbrauch, haben Probleme, Beziehungen einzugehen oder aufrechtzuerhalten, und eine psychopathische Persönlichkeit. Peter Sutcliffe jedoch hatte eine Ausbildung als Koch und nutzte die Abfindung des Arbeitgebers nach einer Entlassung zur Fortbildung. Er hatte keine Vorstrafen, zudem war er seit 1967 verheiratet. Hätte es das FBI-Profiling damals schon gegeben und hätten die Briten sich darauf verlassen, wäre Sutcliffe wohl heute noch frei.«

»Und warum haben sie ihn geschnappt?«, fragte James.

»Glück – und gute Polizeiarbeit«, entgegnete McManus. »Sutcliffe geriet in einem Auto mit falschen Nummernschildern in eine Polizeikontrolle. Neben ihm saß eine Prostituierte. Die Kollegen haben ihn dann festgesetzt, weil er äußerlich den Beschreibungen des Yorkshire-Killers glich. Der Sergeant, der ihn festgenommen hatte, fuhr noch einmal an den Ort der Festnahme zurück, weil Sutcliffe darum gebeten hatte, sich hinter einem Öltank erleichtern zu dürfen. Das hatte er auch – aber nicht von Urin. Dort lagen nämlich ein Hammer, ein Messer und ein Seil. Bei dem Modus Operandi – Hammerschläge und immer Huren – war die Sache schnell klar. Sutcliffes Geständnis war so detailreich, dass es einen ganzen Tag gedauert haben soll.«

Da ging die Tür auf. Dave kam gar nicht erst herein, sondern rief nur aufgeregt: »Die Firma von der Feeney stellt in der Tat auch Glykosid-Produkte her.«

»Wir fahren da gleich hin und klären das«, entschied Emma. Die kleine Bridget Feeney? Unvorstellbar.

Eine halbe Stunde später standen Emma und Dave vor einer Farm, die heruntergewirtschaftet und ärmlich wirkte. Aber das musste nichts heißen. In Irland gab es so manch einen Farmer, der durchaus sein Auskommen fand, aber von Ordnung und frisch gestrichenen Fensterrahmen nicht viel hielt. Nicht alle, die arm aussahen, waren es auch. Dafür hatten viele der guten Bürger in Sligo, die sich zum Ausgehen gerne aufmotzten und dicke, geleaste Autos fuhren, keineswegs wirklich so viel Geld, wie sie vorgaben.

Ein Border Collie bellte wütend und raste auf die beiden Polizisten zu.

»Rex! Halt die Schnauze!« Hinter dem Hund kam Bridget Feeney in Gummistiefeln und Kopftuch um die Hausecke gestapft. Als sie die Gardaí sah, erstarrte sie. Dann drehte sie sich auf dem Absatz um und begann zu rennen. Weglaufen war eigentlich schon fast ein Schuldeingeständnis – zumindest sahen Polizisten das so.

Bridgets Versuch allerdings, mit ihren kurzen, dicken Beinen Strecke zu machen, erinnerte Emma mehr an ein herumstolperndes Hundebaby als an eine Kriminelle auf der Flucht.

Der langbeinige, dünne Dave setzte sich in Bewegung und begann ebenfalls zu rennen, der Matsch im Hof spritzte unter seinen Schritten. Da verhedderte sich Bridget in ihren Gummistiefeln, die ihr ganz offensichtlich zu groß waren, und fiel hin. Mit wenigen Sätzen war Dave bei ihr und zog sie wieder hoch. Seine Schuhe waren ruiniert, die Hosen starrten fast bis zum Knie vor Schmutz. Bridget sah aus, als hätte sie ein Schlammbad genommen.

Emma ging auf sie zu. »Guten Abend, Bridget. Sie erinnern sich an mich? Emma Vaughan von den Gardaí. Das ist mein Kollege Dave Lovelock. Können wir ins Haus gehen, oder sollen wir auf die Wache fahren?«

Bridget fing sich und bat sie ins Haus. Das war lieblos eingerichtet, aber halbwegs gepflegt. Nachdem Bridget sich notdürftig gesäubert hatte, setzten sie sich in ein abgewohntes Wohnzimmer mit der in Irland üblichen Mutter Maria plus Plastikblumenschmuck im Fenster. Emma hatte schon wesentlich Schlimmeres gesehen.

Ein gutes Verhör war wie ein Fechtduell mit eigener Eleganz und Energie. Ein blutrünstiges Ballett zwischen mächtigen Gegnern. Rhythmisches Hin und Her, ein Pas de deux der Intelligenz, in dem es darum ging, wer wem den entscheidenden Hieb versetzte. Wer war schneller, wendiger, einfallsreicher?

Doch heute gab es keinen Tanz. Bridget Feeney versank fast in ihrem Sessel, weinte vor sich hin und erzählte von ihren Mädchenträumen. Von denen keiner wahr geworden war, weil die Eltern ihr und Brian die Farm jeweils zur Hälfte vermacht hatten, Brian aber nicht in einen Verkauf einwilligen wollte. Also saß sie da, gekettet an das Land, den Bruder, die Farm, die Schafe. Seit ihrem 25. Lebensjahr. Geheiratet hatte sie auch keiner – denn was sollten die jungen Männer auch mit einer halben Farm?

»Und dann haben Sie das mit dem Todesengel und den Glykosiden im Radio gehört … und Brian war doch gerade im Krankenhaus. Da bot sich eine Lösung an«, sagte Dave.

Bridget verstummte und fing wieder an, lautlos zu weinen.

»Und Sie wussten, wie Sie an das Zeug kommen, nicht wahr? Das lag doch da herum bei Ihnen in der Fabrik«, sagte Dave.

Bridget schwieg.

»Ihr Bruder war schwerkrank. Konnten Sie nicht einfach noch ein paar Monate warten?«

Brigdet schwieg.

»Lassen Sie mich raten«, sagte Dave. »Sie wollten nicht mehr warten und haben hier sowieso Spritzen herumliegen, entweder vom Tierarzt für die Schafe oder aus der Firma. Da habe Sie einfach eine saubergemacht und sind ins Krankenhaus gefahren. Dann haben Sie gewartet, bis Brian eingeschlafen war, und haben ihm fünf Ampullen in den Port in seiner Brust gesetzt. Das hat gereicht. Dann sind Sie gegangen.«

Bridget schwieg.

»Aber warum die anderen?«, fragte Dave.

»Welche anderen?« Jetzt kam Leben in Bridget.

»Ms. Feeney, wir haben eine ganze Reihe von ungeklärten Todesfällen im Sligo General. Wer sagt mir, dass Sie die nicht alle auf dem Gewissen haben …«

Bridget drehte ihr nass geweintes, verdrecktes Kopftuch hin und her. »Welche anderen? Es ging immer nur um Brian und um die Farm …«

»Dieses Theater, dass Sie mir und James im Krankenhaus vorgespielt haben, das war wirklich bühnenreif … Wieso sind Sie überhaupt zu uns gekommen?«, mischte sich da Emma ein.

»Weil ihr schuld seid. Da läuft ein Mörder rum im Sligo General und ihr tut nichts?«

Wildes Schluchzen. »Ach, Brian! Jetzt, wo er tot ist, fehlt er mir so.«

Auch das erlebte Emma nicht zum ersten Mal: Schuld waren immer die anderen. Jemandem den Schädel eingeschlagen? Ja, hätte der nicht so böse Sachen gesagt! Eine Oma vermöbelt? Die hätte doch bloß freiwillig ihre Rente rausrücken müssen! Die Freundin vergewaltigt? Die frigide Kuh hätte ja nur mitmachen brauchen!

Und dann auch noch heulen. Wir fahren jetzt auf die Wache, entschied Emma. Sie hatte genug.

»Bridget, ich verhafte Sie unter dem dringenden Tatverdacht, Ihren Bruder ermordet zu haben.« Emma klärte Bridget über ihre Rechte auf, empfahl ihr, ein paar saubere Sachen zusammenzupacken und sich einen guten Anwalt zu nehmen.

Als Bridget in der Pearse Road in einer Zelle und ihr Hund beim Tierschutz untergebracht war, machte sich Dave ans

Protokoll der Verhaftung und Emma ging zu Murry, um Bericht zu erstatten.

Der war begeistert. Endlich eine Verhaftung, die er der Presse und seinen Chefs präsentieren konnte.

»Bridget ist nur eine Trittbrettfahrerin«, nahm ihm jedoch Emma den Wind aus den Segeln. »Vermutlich hat sie ihren Bruder umgebracht, aber die anderen Opfer gehen nicht auf ihr Konto. Darauf verwette ich ein Monatsgehalt, für acht oder neun Morde hatte die weder die Nerven noch die Intelligenz.«

»Aber sie hat gestanden?«

»Das schon, indirekt zumindest. Nicht offiziell, nur vor mir und Dave. Und nur den Mord an ihrem Bruder.«

»Sie hatte ein Motiv und die Mittel. Wer weiß, vielleicht hat sie die anderen umgebracht, um von sich selber abzulenken?«

»Schon möglich, aber ich glaube nicht an diese Theorie«, sagte Emma. »Es gibt meiner Meinung nach zwei Täter. Der Todesengel verabreicht die Herzglykoside oral – Bridget hatte jedoch Ampullen zur Verfügung und hat die benutzt. Ganz einfach, weil sie sie hatte. Reiner Opportunismus. Dass der eigentliche Todesengel anders vorgeht, konnte Bridget nicht wissen. Außerdem fehlt ihr jeder medizinische Hintergrund. Die Frau ist Bäuerin und jobbt nebenher als Packerin. Auch ist die Zeitschiene ungeklärt. War sie wirklich bei allen Morden in der Klinik?«

»Na, dann klär die Zeitschiene, und stell wenigstens sicher, dass wir den Feeney-Fall sauber beweisen können«, knurrte Murry.

»Ja, denn der geht ohnehin auf unsere Kappe. Hätte es kein Leck gegeben und folglich keine unautorisierte Radiomeldung, wäre das alles nicht passiert. Wir hätten in unseren offiziellen Pressemeldungen verschwiegen, wie der Täter vorgeht, Bridget hätte nie von den Herzmitteln als Tatwerkzeug erfahren und wäre folglich auch nicht auf die blöde Idee gekommen, den Todesengel mit den Medikamenten aus ihrem Job zu kopieren«, sagte Emma. »Bei uns im Revier kann einer nicht die Klappe halten – und das ist das Ergebnis.«

Murry schwieg und blätterte in seinen Unterlagen. Emma war ganz offenbar aus dem Gespräch entlassen.

Bevor sie sich auf den Weg nach Hause machte, versuchte Emma erneut, Catherine Payman zu erreichen. Fehlanzeige. Sie hinterließ ihr eine Nachricht auf der Mailbox:

»Hier ist Emma aus Sligo. Ruf mich an, es ist dringend.«

In Emmas Wohnzimmer saßen Stevie und Sophie und spielten an der PS2, die Paul seinem Sohn zu Weihnachten geschenkt hatte.

»Hallo ihr zwei«, sagte Emma. »Soll ich Pizza bestellen?«

Abwesendes Nicken.

»Sophie, wissen deine Eltern, wo du bist?«

»Mein Vater ist auf so einer blöden Dienstreise in Dublin, meine Mutter weiß Bescheid. Solange ich vor zehn Uhr zu Hause bin, ist das okay«, sagte das Mädchen, ohne die Augen auch nur eine Sekunde vom Bildschirm zu nehmen.

Emma griff zum Hörer, bestellte Pizza, setzte sich dazu, guckte den Kids beim Daddeln zu und dachte über ihren Fall im Krankenhaus nach.

»Was treibt ihr da eigentlich?«, fragte sie schließlich. Stevie hatte ganz offensichtlich Mühe, mit Sophie mitzuhalten. Die Kleine war schnell mit den Fingern und sehr geschickt.

»Das ist project.hack«, sagte Stevie. »Ein Online-Game. Wir finden heraus, wo die Welt herkommt.«

Bevor Emma genauer fragen konnte, was es mit dieser virtuellen Alternativwelt auf sich hatte, klingelte es an der Tür – zwei Pizza Hawaii für die Kids und eine mit scharfer Salami und Chilis für Emma. Hungrig machten sich die drei über das Essen her.

»Project.hack. Soso. Kennt ihr eigentlich jemanden, der wirklich hacken kann?«, fragte Emma in das gefräßige Schweigen hinein. Ihr Sohn und seine Freundin hörten abrupt mit dem Kauen auf und guckten Emma mit großen Augen an.

»Wie meinst du das?«, fragte Stevie schließlich vorsichtig.

»Kennt ihr jemanden, der weiß, wie man in Computer eindringt? Legal und nicht ganz so legal?«

Stevie und Sophie guckten sich an.

»Das ist jetzt eine Fangfrage, oder?«, sagte Stevie.

»Nee, warum?«, sagte Emma. »Habt ihr etwa Dreck am Stecken?«

Dass dieser Satz bei den Kids nicht als Witz ankam, wurde Emma klar, als Sophie die Farbe wechselte. Weiß wie die Wand hauchte sie:

»Woher wissen Sie das?«

Was war denn hier los? Emma wurde es unheimlich.

»Ich weiß alles, ich bin bei der Garda«, schwindelte sie und fand sich grausam. Aber was zählte eine Notlüge, wenn sie es ihr erlaubte, hinter die Stirn ihres Sohnes und seiner Freundin zu gucken? Was hatten die zwei nur angestellt?

»Ohne meine Hilfe wär Kate im Abitur durchgefallen«, begann Sophie herumzustottern. »Ehrlich! Ich hab die Prüfungsfragen auch nicht verkauft, ich hab sie nur meiner großen Schwester gegeben!«

»Also, jetzt mal von vorne«, sagte Emma. »Du hast die Prüfungsfragen fürs Abi besorgt. Wo und wie denn bloß?«

»Im Department of Education and Science.«

»Du hast den Computer im Bildungsministerium in Dublin gehackt, um deiner Schwester die Fragen für das Irische Leaving Certificate in der Schule zu geben?«

Emma konnte es nicht glauben.

»Ja.« Sophie hauchte mehr, als dass sie sprach.

»Wann genau war das?«

»Vergangenes Jahr.«

»Da warst du 14.«

Sophie nickte, und Emma hoffte, dass die Kleine nicht bemerkte, wie viel Respekt ihr diese frühreifen Fähigkeiten abnötigten.

»Und du hast das gewusst, Stevie?«

»Damals noch nicht, Mama. Sophie hat mir das erst vor ein paar Wochen erzählt.«

»Aber du hast die Prüfungsfragen nicht in der ganzen Schule verteilt?«, hakte Emma nach.

Sophie schüttelte den Kopf. »Ich hab die Fragen nur Kate gegeben. Aber die ist trotzdem nur knapp durchgekommen, die hat so eine Prüfungsangst, die wird völlig hysterisch, wenn sie Tests schreiben muss.«

»Also, du kannst dich wirklich in Computer hacken?«, fragte Emma. »Sogar in welche, die in Ministerien stehen?«

Sophie nickte.

»Sollen wir den Polizeicomputer hacken und dein Gehalt verdoppeln?«, fragte Stevie hoffnungsvoll.

»Schön wär's!« Emma zwinkerte ihrem Sohn zu und wandte sich dann erneut an Sophie: »Du bist also wirklich eine Hackerin?«

»Na, nicht so wie James Kosta. Der hat mit 13 in den USA Banken geknackt und IBM und so. Richtig cooles Zeug. Erst wollte das FBI ihn einsperren, dann ist Kosta aber zur

CIA gegangen, und jetzt hilft er denen, Computer sicherer zu machen.«

Das Ganze klang wie ein Hollywoodfilm.

»Na, da bin ich aber froh, dass du nicht die irischen Banken gehackt hast.«

Doch Sophie bekam Emmas Ironie gar nicht mit. »Ich kann nur ein bisschen im Netz herumgraben. Und auch nur, wenn die Leute ihre Computer nicht richtig geschützt haben. Die meisten Typen sind total gutgläubig und haben keinerlei Abwehrmechanismen installiert, wenn sie online gehen.«

»Das will ich sehen«, sagte Emma. »Geht dieses Hacken von jedem beliebigen Computer aus?«

»Na klar.«

Schließlich bat Emma Stevie, das Laptop aus seinem Zimmer zu holen.

Sophie klappte das Gerät auf. »Was wollen Sie wissen?«

»Kannst du beispielsweise herausfinden, was bestimmte Personen online gekauft haben?«, fragte Emma.

Sophie nickte. Emma bat Sophie, bei sich selbst anzufangen, und wenig später war klar, dass Emma online gar nichts kaufte.

Dr. Sarah Emmett war die Nächste auf Emmas Liste. Die hatte in den vergangenen acht Monaten ausschließlich Amazon.com genutzt, um sich Bücher und medizinische Fachmagazine zu bestellen; Dr. Raj Vikram war bei der Bank of Ireland und betrieb vor allem Onlinebanking. Gelegentlich orderte er indische Gewürze. Außerdem hatte er im Netz ein Paar Gesundheitsschuhe von Birkenstock gekauft. In Größe neun.

Miroslav Mnich frequentierte beim Shopping mit der Maus ausschließlich polnische Seiten, deren Inhalt die drei nicht verstanden. Aber wie eine Online-Apotheke sahen die Pages nicht gerade aus, eher wie Versandhäuser für CDs, Instrumente und Gitarrennoten; offenbar war der Mann Hobbymusiker und stand auf den Pop aus seiner Heimat.

»So. Und jetzt noch Dr. Michael McCaffrey.«

Stevie kannte den Namen des Ehemanns der Freundin seiner Mutter und sah Emma verwundert an, sagte aber nichts.

Als klar wurde, wo Michael online einkaufte und was, sagte Emma schnell: »Okay, genug gehackt. Jetzt ist Schluss«, und klappte den Monitor des Laptops auf Sophies Schoß zu.

»So, Sophie – und was mach ich jetzt mit dir?«

Sophie fing an zu weinen. »Sie dürfen das nicht meinem Vater sagen, der bringt mich um!«

»Komm, hör auf zu heulen. Wer alt genug ist, das Gesetz zu brechen, ist auch alt genug, die Konsequenzen zu tragen«, sagte Emma.

Sophie zog die Nase hoch und wischte sich mit dem Ärmel ihres Sweatshirts die Tränen von den Backen. »Aber ich wollte doch nichts Böses …«

»Sophie, du hast offenbar eine große Begabung für Mathematik, Computer und technische Zusammenhänge. Damit wirst du es im Leben weit bringen, aber nur, wenn du deine Fähigkeiten professionell und legal einsetzt. Ich werde dich nicht reinreiten und dir deine Zukunft mit einer Jugendstrafe versauen. Also reg dich ab.«

»Danke, tausend Dank«, stammelte Sophie.

»Moment, nicht so schnell. Die Methode ›Schwamm drüber‹ ist keine Lösung. Ich werde im Bildungsministerium in Dublin anrufen und die Sache klären.«

»Aber dann kommt doch alles raus!«, rief Stevie.

»Und das Abi meiner Schwester wird ungültig!« Sophie hatte ganz offenbar Angst davor, dass auch ihre Schwester mit reingezogen würde.

»Nein. Ich sage denen nicht, dass Sophie Inhalte an Kate weitergegeben hat, aber ich werde dem Ministerium sehr wohl berichten, dass es einer Schülerin gelungen ist, ins System einzudringen, und dass sie dringend besseren Cyberschutz brauchen.«

»Muss das sein?«, fragte Sophie unwillig.

»Das muss sein«, sagte Emma. »Schon damit ihr das Spielchen nicht wiederholt. Ihr bereitet euch nämlich gefälligst selber richtig auf eure Prüfungen vor, anstatt die Fragen im Vorfeld im Ministerium zu klauen.«

»Und meine Eltern?« Sophie klang immer noch ängstlich.

»Denen sage ich nichts – solange du dich benimmst und die Finger vom Hacken lässt. Es gibt Datenschutz, und der gilt auch für dich, Sophie! Wenn ich jedoch rauskriege, dass du weiter in anderer Leute Computersystemen herumschnüffelst, gibt es richtig Ärger. So, und jetzt fahr ich dich nach Hause.«

Als Emma zurückkam, saß Stevie immer noch im Wohnzimmer und wartete auf seine Mutter.

»Woher wusstest du das von Sophie?«, fragte er.

»Ich wusste es nicht sicher, konnte es aber leicht aus eurer Reaktion lesen, als ich nach einem Hacker gefragt habe. Ich hab mir schon gedacht, dass es bei euch in der Schule jemanden gibt, der so was kann, so einen Computer-Freak gibt es ja heutzutage fast an jeder Schule. Dass es in der Sligo Grammar School die Sophie ist, war mir allerdings nicht klar.«

»Und warum suchst du einen Hacker?«

»Ich sitze da an einem Fall, für den ich wissen muss, wie das geht – in einen Computer eindringen.«

»Und dann belehrst du uns über Datenschutz?« Stevie fing an zu lachen. »Du bist mindestens so illegal unterwegs wie Sophie.«

»Erwischt«, sagte Emma. »Aber ich hab schon alles vergessen, was wir da gesehen haben, und ich werde nie wieder jemand hacken. Versprochen. Das Gute ist: Ich bin bei der Polizei, und wenn ich künftig sehen will, was einer online treibt, beantrage ich einen richterlichen Beschluss.«

»Und das, was wir da bei Michael gesehen haben?«, fragte Stevie ängstlich.

Emmas Gesicht verdüsterte sich. »Das vergessen wir ganz schnell wieder.«

Freitag, 6.5.2005

Kapitel 13

Comparative Case Analysis

Emma hatte von Catherine geträumt und immer wieder gesehen, wie die Frau mit dem dicken, roten Zopf ihre Hände auf alte, faltige Nacken legte und zudrückte. In ihren Träumen hatte sie Catherine bei vier oder fünf Morden zusehen müssen. Schließlich hatte sie den Gedanken an Schlaf aufgegeben, stattdessen Tee gekocht, nachgedacht, auf den Sonnenaufgang gewartet und eine Entscheidung getroffen.

Bridget Feeney konnten auch die anderen verhören, sie würde wie geplant über die Grenze nach Enniskillen fahren und mit den Kollegen vom Police Service Northern Ireland reden.

Murry würde toben, wenn er merkte, dass Emma nicht weiter daran arbeitete, Bridget als Todesengel zu überführen, und stattdessen den Ort des Geschehens verlassen hatte. Ohne ihn zu fragen. Aber schließlich hatte Emma ihn gewarnt – die Frau war herzlos und verfügte über die Intelligenz eines Nachtfalters, war aber keine Serientäterin. Der Todesengel blieb auf freiem Fuß.

Emmas himmelblauer Peugeot rollte ostwärts Richtung Northern Ireland. So ziemlich jeder Meter des in den vergangenen Dekaden gebauten Straßennetzes war EU-Subventionen zu verdanken, also genau genommen dem deutschen Steuerzahler. Emma hatte ein wenig Einblick in die Welt ihres Sohnes bekommen, und weitere nächtliche Besuche waren ausgeblieben. In ihrer Welt musste das schon als guter Start in einen neuen Tag gelten.

Der schien sich in der Tat vielversprechend zu entwickeln. Es regnete nicht, und außerdem hatte sie heute Abend zum ersten Mal seit langer Zeit ein Date. Zwar nur mit dem Anwalt ihres Ex-Mannes, aber immerhin war er attraktiv.

Bei dem Stichwort musste Emma an James Quinn denken, den einzigen Kerl, den sie in den vergangenen Jahren anziehend gefunden hatte. Doch James war ein Kollege, ein paar Jahre jünger und zu allem Überfluss offenbar auch gerade mit Aoife zugange. Bevor dieser Gedanke ihre Laune zu verderben drohte, fuhr Emma auf eine Tankstelle, wo sie sich einen Kaffee aus dem Automaten holte. Der kam offenbar aus derselben Düse wie heiße Brühe oder Tee und schmeckte auch so. Seltsamerweise war das immer noch besser als das Zeug auf der Wache und half Emma, sich auf die Frage zu konzentrieren, was zum Teufel sie Alan O'Donnell erzählen sollte, damit der ihr ein paar Stunden an seinem Computersystem einräumte.

Punkt elf stand sie in der Wache der PSNI in Enniskillen in der Queen Street und fragte nach Alan, wenig später fand sie sich in seinem Büro wieder.

»Ich muss schon sagen, Emma, du bist immer für eine Überraschung gut«, begrüßte sie O'Donnell.

»Ich freue mich auch, dich mal wiederzusehen.« Emma lächelte ihn an.

»Ich kann nur hoffen, dass du nicht hier bist, um dich

in den Paul-Vaughan-Fall einzumischen. Paul ist doch dein Ex, oder?«

Jetzt wurde Emma klar, warum O'Donnell am Telefon so widerwillig auf ihre Bitte um ein Gespräch reagiert hatte: Der britische Kollege hatte sich an ihren Nachnamen erinnert und kombiniert.

»Vaughan – der Name fällt auf, das ist mir klar«, entgegnete Emma, »aber es würde mir nicht einfallen, mich da einzumischen. Schon aus Selbstschutz – was, glaubst du, würde aus meiner Karriere werden, wenn in Sligo bekannt würde, dass ich versuche, Strippen zu ziehen, wenn mein Ex der IRA-Mitgliedschaft verdächtigt wird?«

O'Donnell wirkte nicht überzeugt.

»Was kann ich denn sonst für dich tun?«

»Du kannst mich an euren Polizeicomputer lassen. Ich würde mich gerne mit eurer Methode der Comparative Case Analysis beschäftigen.«

»Ich bin mir ziemlich sicher, dass es gegen alle Vorschriften verstößt, jemanden, der nicht zum Police Service Northern Ireland gehört, an unser System zu lassen.«

Emma berichtete Alan vom Todesengel-Fall im Sligo General. »Wir haben es in der Republic of Irland noch nie mit einem Serienmörder zu tun gehabt«, sagte sie. »Wir haben im Süden kein vergleichbares System der Fallanalyse, vermutlich, weil wir so was noch nie gebraucht haben. Ich würde mir daher gerne angucken, wie ihr hier im Königreich den Fall Harold Shipman aufgedröselt habt. Außerdem gibt es in Newcastle gerade ein paar ungeklärte Todesfälle in einem Altenheim, die ich mir gerne vornehmen würde. Einfach, um zu kapieren, wie so eine vergleichende Fallanalyse abläuft. Du kannst gerne daneben sitzen bleiben, wenn du mir nicht traust.«

»Dazu fehlt mir die Zeit«, sagte Alan. »Auch bin ich nicht sicher, ob du so ohne weiteres mit dem System klarkommst. Ich werde Constable Barnes bitten, dir zu helfen. Der ist jung und unerfahren, aber ein echtes Genie am Computer.«

»Vielen lieben Dank«, sagte Emma – der das Herz sank bei der Aussicht auf das zweite Computer-Kid binnen 24 Stunden. »Ich hoffe, dass ich dir auch irgendwann mal einen Gefallen tun kann.«

»Halt dich aus der Sache mit deinem Ex raus, das ist Gefallen genug. Und versprich dir nicht zu viel von unserer Comparative Case Analysis – auch wir in Großbritannien haben nicht jede Woche einen Serienmörder, und ich bin mir nicht sicher, ob du dazu im CCA überhaupt was findest …«

Bald saß Emma neben Constable Thomas Barnes vor einem großen Monitor. Thomas hatte einen wilden Schopf roter Haare plus der dazugehörigen Sommersprossen und sah aus, als wäre er höchstens 14. Nur der an seinem dünnen Hals auf und ab hüpfende Adamsapfel bezeugte, dass er den Teenagerjahren wohl doch entwachsen war.

Eine Stunde später stand fest, dass Emma so nicht weiterkam. O'Donnells Warnung kam nicht von ungefähr: Die vergleichenden Fallanalysen der Briten konzentrierten sich auf Autoknacker und Einbrecher – und selbst da lag die Korrelationswahrscheinlichkeit bei vielen Fälle auf einer Skala von null bis eins oft bei 0,5 – was statistisch gesehen bedeutete, dass man genauso gut auch würfeln oder schlicht raten konnte, ob verschiedene Vergehen von derselben Person begangen worden waren oder nicht.

Emma änderte also ihre Taktik und bat Thomas, im Polizeicomputer nach verschiedenen Namen zu suchen. Emma hielt die Luft an, denn O'Donnell hatte den jungen Mann nicht instruiert, Emma auch in solchen Fragen Zugang zu ermöglichen. Doch Computerfan Barnes war so eifrig bei der Sache und so glücklich, eine erfahrene Fahnderin von seinen Fähigkeiten an der Tastatur überzeugen zu können, dass er Emmas Bitte ohne weitere Fragen erfüllte.

Die Eingabe von »Payman« brachte mehrere Ergebnisse. Darunter »Walter« und »Catherine«.

Aus Catherines Akte ging hervor, dass sie als junge Frau schon einmal mit der Polizei zu tun gehabt hatte. Offenbar hatte sie mit 22 einen jungen Mann derart vermöbelt, dass der zum Arzt musste, und hatte dafür in Manchester vom Richter 50 Stunden Community Service und eine Strafe von 300 Pfund aufgebrummt bekommen. Mit 28 war sie noch mal auffällig geworden; wieder hatte sie sich mit einem Mann eine Prügelei geliefert. Sie hatte Bewährung bekommen, weil Zeugen ausgesagt hatten, dass er sie im Pub angemacht und begrabscht hatte. Catherine reagierte offenbar überaus aggressiv, wenn ihr ein Mann zu nahe kam. Das passte ins Bild. »Bitte ausdrucken!«, bat sie Thomas mit heiserer Stimme.

Auch diesem Wunsch kam Barnes ohne Rückfragen nach.

Die Akte Walter Payman ergab nicht viel mehr als das, was Emma bei ihrer Internetrecherche zum Thema Todesengel schon aus den Online-Ausgaben der lokalen Presse in Newcastle erfahren hatte: der Mann war im Altenheim in seinem Bett erstickt aufgefunden worden. Dass der Kerl sein Amt als Pfarrer auch dazu genutzt hatte, Kinder zu vergewaltigen, war der Polizei offenbar verborgen geblieben.

Emma suchte jetzt andere Fälle mit dem Namen Payman und dem geographischen Schwerpunkt Newcastle und Manchester, und Thomas scrollte sich durch die Liste. Dabei stießen sie auf eine Martha Payman – die war vor einem halben Jahr in Newcastle vor einen heranrollenden Bus gefallen. Augenzeugen berichteten von einer Frauengestalt in hellem Anorak, Jeans und Gesundheitsschuhen, die in der Nähe der stürzenden alten Frau gestanden hatte und plötzlich wie vom Erdboden verschluckt war. Emma wurde es heiß. War das etwa die Ehefrau von Walter Payman, die immer nur weggesehen hatte, wenn ihr Alter junge Mädchen wie Catherine in seiner Obhut missbraucht hatte?

»Ausdrucken, bitte!«

Thomas holte die Prints, und Emma rang um Fassung.

Von wegen Comparative Case Analysis! Offenbar wunderte sich in Newcastle keiner, dass beide Paymänner innerhalb von wenigen Monaten genauso ums Leben kamen wie diese Schwester Geraldine Cairns, die einst in dem Kinderheim gearbeitet hatte, das Vikar Payman betreut hatte. Die britische Technik funktionierte auch nicht besser als die irische! Die meisten Menschen sind weitsichtig, fand Emma. Sie konnten erst aus großer räumlicher oder zeitlicher Distanz ein Muster erkennen. Ermittler werden jedoch dafür bezahlt, dass sie kurzsichtig sind … sich vorbeugen, nahe rangehen und so lange starren, bis sie Muster früher erkennen als andere.

Dann dämmerte Emma, was sie gerade ausgegraben hatte. Es gab tatsächlich einen zweiten Mehrfachmord in England. Die Protagonisten in Catherines trauriger Vergangenheit hatten alle ein frühes, traumatisches Ende gefunden. Die Frau lief Amok.

Aber warum erst jetzt? Der ganze Schlamassel lag doch Jahrzehnte zurück?

Möglicherweise hatte Catherine nach der unseligen Begegnung mit Charles Fitzpatrick in Sligo Blut geleckt – war es doch zu einfach gewesen, den Mann zu beseitigen. Und die Polizei – in der Person von Emma – ließ sie dann auch noch laufen. Kein Wunder, dass Catherine beschlossen hatte, ihren Rachefeldzug fortzusetzen. Und Emma traf gewaltige Mitschuld.

»Ist Ihnen nicht gut? Sie sind ja ganz blass.« Thomas war mit den Ausdrucken zurückgekommen und sah die ältere Kollegin von der anderen Seite der irischen Grenze besorgt an.

»Mir ist ein bisschen schwindelig«, sagte Emma. »Ich muss eine Tablette nehmen. Könnte ich bitte ein Glas Wasser bekommen?«

Was sollte sie jetzt bloß tun? Sie konnte O'Donnell schlecht bitten, Catherine zur Fahndung auszuschreiben. Oder auch nur die Mobilfunkgesellschaft dazu bewegen, Catherines Telefon zu orten. Oder die Bank, die Nutzung ihrer Kreditkarte offenzulegen, damit sie herausfinden könnte, wo die Frau sich aufhielt. Dazu bräuchte es einen richterlichen Beschluss. Mit welchen Argumenten sollte sie jedoch einen britischen Richter überzeugen, eine englische Bürgerin zu suchen? Damit, dass die Adoptiveltern tot waren, zu denen sie seit Jahren keinen Kontakt mehr hatte? Mit jedem weiteren Wort würde Emma zu erkennen geben, dass sie mehr wusste, als sie zugeben wollte. Wie sollte sie ihr Vorgehen begründen, ohne ihr eigenes Versagen im Fitzpatrick-Fall und ihre Mitwisserschaft offenkundig zu machen? Denn wenn sie das tat, war sie ihren Job los. Mindestens.

Emma musste Catherine selber dingfest machen, alleine und ohne Hilfe. Das war der einzige Weg.

Aber wie? Noch wusste sie ja nicht einmal, wo Catherine

sich aufhielt. Und wenn sie sie gefunden und überwältigt hatte – wie sollte sie die Frau hinter Schloss und Riegel bringen, ohne dass sie dann wahrheitsgetreu aussagen würde, dass Emma sie im Fitzpatrick-Fall hatte laufen lassen?

Wenn das rauskäme, wäre das nicht nur das Ende von Emmas Karriere bei der Garda, sondern hätte möglicherweise auch eine Anklage wegen Beihilfe zum Mord zur Folge. Dann säßen Stevies Eltern beide in U-Haft.

Thomas kam mit dem Wasser zurück und sah Emma dabei zu, wie sie zwei Oxy-Tabletten schluckte. Ihr Vorrat ging schon wieder zur Neige, sie musste zum Arzt, um an ein neues Rezept kommen. Auch das noch. Sie packte die ausgedruckten Fallunterlagen in ihre Tasche, bedankte sich bei Thomas, ließ O'Donnell allerliebste Grüße ausrichten und verließ eilig die Wache in Enniskillen. Der Trip hierher war aufschlussreich gewesen – aber ganz anders, als Emma sich das erhofft hatte.

Auf ihrem stumm gestellten Handy waren mehrere verpasste Anrufe verzeichnet. James. Und Murry natürlich. Der würde toben, weil sie einfach abgehauen war.

Auf dem Rückweg versuchte Emma wieder und wieder, Catherine über ihr Mobiltelefon zu erreichen. Aber das Klingeln verhallte nach wie vor in den Weiten des Äthers. Emma überlegte fieberhaft, was sie nun tun könnte, um Catherine zu finden. Wen würde sie als Nächstes hinrichten? Wer war in Catherines Augen noch schuldig und stand daher auf der Abschussliste? Und wo war dieses Weib bloß?

Dann verabredete sie sich telefonisch mit Michael in der Klinik. Sie würde sich beeilen müssen, um alles unter einen

Hut zu bringen und rechtzeitig für die Vier-Uhr-Konferenz auf der Wache zu sein.

Übellaunig fuhr Emma über Land. Die Straßen und Dörfer, die sie heute Morgen noch so hübsch gefunden hatte, kamen ihr nun ärmlich und verlassen vor. Landleben stellte man sich so freundlich und idyllisch vor: Blumenwiesen, Sonnenuntergänge, Koppeln mit Pferden. Fröhliche Kinder, Fahrräder, gesunde Lebensmittel. Frische Luft, treudoofe Kühe. Tatsächlich war es doch nur eine Platzangst auslösende Katastrophe aus Fremdenhass, sich gegenseitig bespitzelnden Nachbarn und Geranientöpfen. Wie sie Geranien hasste! Und dazu der Autolärm von den Landstraßen. Wer hier wohnte, hatte offenbar nichts Besseres zu tun, als möglichst schnell woanders hinzufahren. Emma fand das plötzlich sehr verständlich.

Kurz bevor sie Sligo erreichte, bog sie links ab zum Krankenhaus, parkte und machte sich mit einem Knoten im Magen auf den Weg zu Michael McCaffrey. Was sollte sie ihm bloß sagen? Die minderjährige Freundin meines Sohnes ist eine Hackerin, und ich hab ihr dabei zugesehen, wie sie in deinen Computer eingedrungen ist, um deine Privatsphäre zu verletzen? Ich war auf der Suche nach dem Digitoxin, und dieses Ziel rechtfertigte die Mittel? Wäre es nicht besser, abzuhauen und einfach nicht darüber zu reden? Aber Michaels Frau Laura war schließlich ihre Freundin.

Sollte sie einfach mit Laura sprechen und den Rest den beiden überlassen? Aber das wäre Michael gegenüber noch unfairer: Sie würde ihn ohne Vorwarnung in eine Ehekrise mit unvorhersehbarem Ausgang laufen lassen. Es half alles nichts, da musste sie jetzt durch.

Schließlich saß sie Michael in seinem verwohnten Mini-Büro gegenüber.

»Was gibt es denn so Dringendes? Weißt du, wer der Todesengel ist?«, fragte er gleich nach der Begrüßung.

»Wir arbeiten dran«, sagte Emma. »Auf allen Ebenen. Aber im Moment bin ich wegen einer eher privaten Angelegenheit hier.«

»Oh. Das klingt spannend.«

»Michael, hast du eine Affäre?«, fragte Emma. Eine elegantere Einleitung war ihr leider nicht eingefallen.

Michael fing an zu lachen. »Wie kommst du denn darauf? Ich bin ja schon froh, wenn ich meine eigene Frau gelegentlich mal zu Gesicht kriege, für eine Geliebte fehlt mir wirklich die Zeit ... Aber sag mal, bewirbst du dich etwa um den Job?« Er zwinkerte Emma verschwörerisch zu, kannten sie sich beide doch lange genug, um genau zu wissen, dass zwischen ihnen nichts war, was über bloße Sympathie hinausging.

»Haha, sehr witzig!«, sagte Emma. »Aber im Ernst. Ich hatte ja schon angekündigt, dass wir die Onlineshopping-Gewohnheiten der halben Klinik überprüfen müssen, um herauszufinden, ob jemand Digitoxin- oder Digoxin-Produkte in einer Online-Apotheke bestellt hat. An ein Rezept zu kommen, fällt in einem Krankenhaus ja nicht schwer.« Dass sie dies mal eben mit Sophies Hilfe so nebenher und ohne richterlichen Beschluss getan hatte, musste Michael nicht erfahren.

Der starrte sie nur an.

»Tja – und bei dir sind wir auf eine Reihe von Bestellungen gestoßen, die ich sehr seltsam finde.«

»Ich habe noch nie online Medikamente bestellt«, sagte Michael. »Warum auch?«

»Ja, aber du hast Damenunterwäsche online erworben. In allen Farben, mit Spitzen. In so großen Größen, dass die Lingerie keinesfalls Geschenke für Laura gewesen sein könnten. Eigentlich geht es mich nichts an, aber Laura ist meine beste Freundin ...« Emma fing an zu stottern. »Ich muss das einfach wissen: Hast du eine Affäre mit einer großen, schweren Frau?«

Michael schwieg und starrte vor sich hin. Schließlich stand er auf und begann, seinen Kittel aufzuknöpfen. Hob das T-Shirt darunter hoch. Zum Vorschein kam eine Corsettage in Schwarz, abgesetzt mit blutroten Spitzen. Sein Brusthaar hatte Michael sich offenbar rasiert. Emma und Michael starrten sich schweigend in die Augen.

Dann wandte Michael den Blick ab, brachte seine Kleidung wieder in Ordnung und setzte sich. »Ich bin ein Crossdresser. Aber nicht homosexuell. Die Wäsche, die ich online gekauft habe, ist für mich.«

»Oh.« Emma wusste nicht, was sie sonst hätte sagen können.

»Weißt du überhaupt, was ein Crossdresser ist?«, sagte Michael und beantwortete seine Frage gleich selbst »Das sind Menschen, die gerne Kleidung tragen, die typischerweise vom anderen Geschlecht ge...«

»Ich weiß, was ein Crossdresser ist«, sagte Emma. »Aber du? Und ich habe geglaubt, ich kenne dich.« Emma kam sich wie das dümmste Schaf in ganz Irland vor.

»Ich fühle mich wohl in meiner männlichen Haut, habe aber eine feminine Seite, die ich zum Ausdruck bringen muss«, sagte Michael. »Das ist Teil meiner Identität. Also trage ich immer mal wieder Frauenwäsche, wie du siehst.«

»Findest du das sexy – oder warum tust du das?«, fragte Emma.

»Spitzenhöschen zu tragen, verschafft mir keine Erektion, wenn du das meinst«, sagte Michael. »Es geht nicht um Sex, ganz und gar nicht, es geht eher um Geschlechteridentität. Ich ziehe Frauensachen an und fühle mich sexy, aber nicht sexuell erregt. Wenn du dir ein schönes Kleid anziehst, fühlst du dich auch weiblich und attraktiv, bist aber deswegen keineswegs bereit, mit dem nächsten Kerl in die Federn zu hüpfen. Diese Wäsche ist für mich ein Outfit, ein Gefühl und repräsentiert einen Aspekt meiner Persönlichkeit – ist aber kein Fetisch. Ein Teil von mir ist weiblich, das ist alles.«

»Aber du hast keine homosexuellen Interessen?« Emma hatte ihren Schock verdaut und fand die Idee faszinierend, dass ein so professioneller und gelassener Mensch wie Michael unterm Kittel eine Art zweites Leben führte.

»Nein, ich muss nur einfach gelegentlich das Mädchen in mir ausleben. Als ich ein junger Mann war, gab es ein paar Begegnungen mit anderen Crossdressern und auch mit Männern, die Crossdresser geil finden, aber das war nichts für mich. Mir reicht es, gelegentlich unter dem Anzug, den Jeans oder den Kitteln Spitzenwäsche zu tragen.«

»Und Laura? Weiß die Bescheid?«

»Laura und ich haben uns an der Uni kennengelernt, wie du weißt. Damals hat sie irgendwann einmal versucht, das Chaos in meiner Bude aufzuräumen, als ich nicht in meinem Zimmer war, und dabei hat sie eine Netzstrumpfhose gefunden. Als ich nach Hause kam, warf sie mir das Ding ins Gesicht und wollte wissen, wem das Teil gehörte. Ich hatte nichts zu verlieren und hab ihr daher die Wahrheit gesagt.«

»Wow.«

»Tatsächlich: wow. Laura ist die unglaublichste Frau der

Welt. Sie hat damals nur gesagt: ›Na, dann ist das wohl okay.‹ Irgendwie hat sie instinktiv kapiert, wer ich bin und dass meine weibliche Seite keine Bedrohung für unsere Beziehung ist. Es hat allerdings Jahre gedauert, bis wir offen darüber gesprochen haben.«

»Und heute?«

»Sie weiß Bescheid, aber wir reden nicht viel darüber. Ich wasche meine Sachen selber und belästige Laura nicht mit meinen Belangen. So ist das für sie in Ordnung. Ich wäre dir übrigens dankbar, wenn auch wir über dieses Thema nicht mehr reden müssten. Und sei zudem so gut, das Ganze auch Laura gegenüber auf sich beruhen zu lassen. Schließlich ist das unsere Privatsache und für polizeiliche Ermittlungen irrelevant.«

»Mannomann, ich hoffe nur, dass wir die Onlineshopping-Gewohnheiten der Klinikmitarbeiter nicht offiziell recherchieren müssen«, sagte Emma. »Denn sollte das nötig werden, kann ich nicht mehr viel tun, um dein Geheimnis zu schützen.«

Michael stand auf, kam um seinen Schreibtisch herum und legte ihr die Hand auf die Schulter. »Reg dich nicht auf, alles nicht so schlimm. Ich hab schließlich nichts verbrochen.«

Emma stand auf, umarmte ihren alten Freund, murmelte »Entschuldigung« in seine Schulter und ging ihrer Wege.

Als sie endlich in der Pearse Road angekommen war, hastete Emma auf die Wache. Im Konferenzraum begann soeben die Vier-Uhr-Fallkonferenz.

James zog fragend die Augenbrauen hoch und signalisierte so die unausgesprochene Frage: »Wo warst du bloß den ganzen Tag?« Murry starrte sie an und schwieg – immerhin, die Abreibung würde er ihr nicht vor der gesamten Mannschaft verpassen.

Stattdessen fragte er in die Runde: »Was habt ihr in Sachen Feeney rausbekommen?«

»Ihr Arbeitgeber stellt dieses Digizeugs in rauen Mengen her. Ob was fehlt, können die allerdings nicht sagen. Da es immer mal wieder zu Bruch kommt beim Verpacken, fällt es nicht oder erst deutlich zeitversetzt auf, wenn hier und da ein bisschen was verschwindet«, sagte James.

»Und was sagt Bridget Feeney selber? Hat sie jetzt auch ganz offiziell gestanden?«

»Das hat ihre Anwältin verhindert. Aber sie hatte ein Motiv und die Mittel. Außerdem war sie vor Ort, als ihr Bruder starb. Schwester Ellie hat sie an dem Morgen im Krankenhaus gesehen. Das haben wir überprüft.«

»Aber jetzt mal konkret: Können wir ihr denn nachweisen, dass Bridget immer dann im Krankenhaus war, wenn dort wieder jemand den Tod fand?«, hakte Emma nach.

»Noch nicht, aber wir arbeiten mit Hochdruck daran. Die Feeney kann sich angeblich nicht genau erinnern, wann sie wo war, meint aber, sie sei nachweislich den ganzen Tag beim Arbeiten gewesen, als Boland und McCullogh ums Leben kamen«, sagte Dave. »Wir klären das.«

»Na, wenn sie für einige der anderen Fälle ein Alibi hat und an den Tagen gar nicht in der Klinik war, ist sie als Todesengel sowieso raus«, meinte Emma. »Klassische Trittbrettfahrerin, wenn ihr mich fragt.«

Murry nickte säuerlich. Offensichtlich hatte er seine Hoffnung auf ein schnelles Ende der leidigen Sache schon zu Grabe getragen.

Nun meldete sich Dr. McManus zu Wort: »Im Übrigen haben wir meiner Meinung nach zwei verschiedene Modus

Operandi. Annie Cooper ist an oral verabreichten Herzglykosiden gestorben, Feeney wurde zu Tode gespritzt.«

Der junge Dave Lovelock stöhnte auf, denn mit jeder Wortmeldung wurde klarer, dass er nicht als derjenige in die Geschichte eingehen würde, der Feeney als Irlands erste Psycho-Massenmörderin zur Strecke gebracht hatte. Vermutlich hatte er sich schon als Held des Tages gesehen.

»Wir können also deswegen davon ausgehen, dass wir zwar die Mörderin von Brian Feeney haben, aber nicht unseren Schreckensengel«, sagte Emma. »Und daher war ich heute auch in Northern Ireland«, begann sie zu erklären.

Murry verzog das Gesicht.

»In Großbritannien gab es eine Reihe von Tötungsdelikten in Krankenhäusern oder Altenheimen, die mich an unseren Fall erinnerten. Ich wollte mehr über die Psychologie hinter den Vorgängen im Vereinigten Königreich erfahren und habe die Kollegen im Norden gebeten, den britischen Police National Computer benutzen zu dürfen. Dort finden sich Fallanalysen und Täterprofile, was wir hier in Irland ja so leider nicht haben.«

Zustimmendes Gemurmel, denn das eigene IT-System, das unter dem Namen PULSE geführt wurde, ging den Gardaí nämlich ziemlich auf die Nerven. Jeder, der in der Republik Irland je irgendwas mit der Polizei zu tun hatte – und sei es nur, um sich über den ständig kläffenden Hund der Nachbarn zu beschweren –, landete im PULSE. Für eine vernünftige kriminalistische Analyse war das aus den 1990er Jahren stammende Programm ungeeignet, war es doch zu vollgestopft mit endlosen Daten und irrelevantem Detailkram wie zum Beispiel den Listen der Wahlberechtigten im Land.

Außerdem war dem Team um Emma herum inzwischen

alles recht, was irgendwem eine Idee gab, wer hier wen umbrachte – und vor allem warum.

»War dieser Besuch offiziell angemeldet?«, fragte Murry.

»Nee, inoffiziell. Ich kenn da einen Kollegen von dieser Konferenz zur Zusammenarbeit zwischen Garda und PSNI. Wir dachten, wir setzen die Theorie einfach mal praktisch um.«

Allgemeines Gelächter, in das Murry nicht einstimmte.

»Ist bei diesem eigenmächtigen Trip was herausgekommen?« Die Drohung in Murrys Stimme war unverkennbar.

Emma begann, das zuvor vorbereitete Material vorzutragen. Dass sie ihre Erkenntnisse nicht dem Trip nach Enniskillen zu verdanken hatte, wo sie ihren stummen Kampf mit Catherines Amoklauf und ihrer eigenen Verwicklung darin ausgefochten hatte, sondern den ausführlichen Internet-Recherchen der vorherigen Tage, musste Murry ja nicht unbedingt erfahren.

»Die Hemmschwelle für weitere Tötungen sinkt nach der Ersttat eines Todesengels«, hob sie an, »das zeigt die Analyse verschiedener Fälle in anderen Ländern.«

»Bei uns ja auch, die Todesfälle im Sligo General folgen immer schneller aufeinander«, mischte James sich ein.

»Solche Täter geben oft auffällige Prognosen über den Todeszeitpunkt ihrer späteren Opfer ab und fallen durch besonders grobe Ausdrucksweise auf. Sie neigen dazu, unverordnete Medikamente zu verabreichen und machen bewusst Fehler bei der Dokumentation«, fuhr Emma fort. »Die Umgebung reagiert oft mit Spitznamen auf solche Leute, die signalisieren, dass sich bei diesen Pflegern oder Ärzten die Sterberaten seltsam erhöhen.«

»Im Sligo General haben wir eine ›Doktor Death‹ und eine ›Hexe‹«, kam erneut ein Einwurf von James.

Emma nickte und fuhr fort: »Die Täter geben nahezu alle an, ihr Motiv sei Mitleid. Psychopathologisch gesehen ist es wohl so, dass sie typischerweise einen medizinischen Beruf ergreifen, weil der mit hoher sozialer Achtung und viel Wertschätzung einhergeht. Anders als bei uns Bullen!«

Die anderen grinsten.

»Wird es im Arbeitsalltag dann aber stressig und anstrengend und die erhoffte Aufwertung und Wertschätzung als Helfer erfolgt nicht so prompt wie erwartet, bauen sich beim typischen Täter innere Konflikte auf«, fuhr Emma mit ihrem Vortrag fort. »Gibt es am Arbeitsplatz dann Schwierigkeiten – Stress, Streit, Intrigen, Fälle, bei denen die Medizin versagt – entwickelt sich bei potentiellen Tätern ein eigenes inneres Leiden, das aber in der Regel nicht formuliert wird«, sagte Emma. »Ich habe in der Übersetzung einer deutschen Untersuchung zu dem Thema gelesen, dass es beim ständigen Umgang mit kranken oder gar sterbenden Menschen bei dafür anfälligen Leuten zu einer seltsamen Vermischung des eigenen Leids mit der Qual der Patienten kommt. Deutsche Psychiater nennen das projektive Identifikation: Das ist eine Art von Abwehrmechanismus, bei dem Teile des eigenen Ichs abgespalten und auf eine andere Person projiziert werden.«

»Das heißt, wenn die dann Patienten umbringen, versuchen sie damit auch, ihr eigenes Leid zu töten?«, fragte Dave. »Das ist ja wie stellvertretender Selbstmord!«

»Wenn du so willst«, sagte Emma, »das trifft es ganz gut. Die Theorie der Deutschen dazu lautet ungefähr so: Projektiv verzerrtes Mitleid verlagert das eigene Unglück auf den Patienten. Dessen Leiden verstärkt das Elend beim Betreuer weiter, und am Ende dieser Abwärtsspirale steht die Tötung.«

»Die Idee ist also, dass es mir bessergeht, wenn ich jemanden umbringe, mit dem ich mich identifiziere, dem es aber noch schlechter geht als mir?«, fragte James.

»So ungefähr.«

»Ist ja völlig irre. Das ist ja wie einen umbringen, der noch besoffener ist als ich, in der Hoffnung, dass mein Kater am nächsten Morgen weniger schlimm ausfällt«, meinte James, und wieder lachten alle.

»Aber was bedeutet das alles für unseren Fall?«, fragte James.

»Wir suchen jemanden, der hoffnungslos unglücklich ist in seinem Job und darunter leidet, zu wenig Anerkennung zu bekommen. Jemanden, der relativ grob über Patienten spricht, jemanden, der öfter mal vorhersagt, wer wann sterben wird«, antwortete Emma.

»Das trifft auf Dr. Vikram zu – und auf Schwester Bridie Malone, die sogenannte Hexe«, sagte James düster.

»Und auch auf Dr. Emmett, unsere Doktor Death«, ergänzte Emma. »Fragt sich nur, warum keiner von denen bei allen Todesfällen im Haus war, die wir gerade analysieren. Auf Bridget Feeney passt übrigens nichts von alledem – aber dafür hatte sie das Mordmittel zur Hand.«

»Noch mal zur Motivlage«, mischte sich Sarah Reynolds ein. »Ein Bauer namens Barry McNultry hat die Farm neben den Feeneys und hat ausgesagt, dass Bridget ihm ihr Land jetzt endlich verkaufen wolle. Ich denke, Staatsanwalt Sheridan wird wenig Mühe haben, ihr Habgier nachzuweisen.«

»Wissen wir denn, ob Bridget noch von einem der anderen Fälle profitiert hat? Gibt es da eine finanzielle Verbindung zu anderen Opfern?«, fragte Murry.

»Das wissen wir noch nicht«, antwortet James. »Aber wir sind dran.«

»Apropos Profit. Der Sohn von Annie Cooper hat sich gemeldet«, sagte Sarah. »Er sagt, Dr. Vikram sei ständig um seine Mutter herumgeschwänzelt und er mache sich Sorgen, dass sie ihr Testament geändert haben könnte. Jedenfalls war heute eine Rechnung vom Anwalt in der Post, die darauf hindeutete, dass genau das passiert sein könnte. Am Montag ist Testamentseröffnung, dann wissen wir mehr.«

»So lange können wir nicht warten«, sagte Emma. »Wenn im Sligo General dieses Wochenende noch was passiert, kreuzigt uns die Presse. Und der Polizeipräsident. Übrigens zu Recht. Wie heißt dieser Anwalt?«

»Peter O'Hugue, das haben wir schon untersucht. Der ist nur leider gerade in der Türkei beim Segeln und nicht erreichbar. Sonntag kommt er zurück – um am Montag das Testament zu verlesen.«

Emma sah Murry fragend an. »Was, wenn Vikram einfach das Land verlässt? Der Mann ist indischer Abstammung – der könnte sich doch einfach nach Hause absetzen. In Indien finden wir den niemals wieder!«

»Ich rede mit Staatsanwalt Sheridan. Es ist nur nicht ganz einfach, für eine Anwaltskanzlei einen Durchsuchungsbefehl zu kriegen ...«, sagte Murry.

Eine Krähe hackt der anderen kein Auge aus, schoss es Emma durch den Kopf. Unter Juristen ging es offenbar fast so zu wie bei der Mafia in Italien: Klappehalten war das oberste Gebot.

Laut sagte sie: »Tja, dann warten wir eben die Samstagszeitungen morgen ab. Da werden wir schön die Hucke vollkriegen. Vielleicht motiviert ja die schlechte Presse das Gericht, O'Hugues Büro nach dem Cooper-Testament durchsuchen zu lassen.«

Sie hatten einen Serienmörder, eine Trittbrettfahrerin

und demnächst vermutlich die Kollegen aus Dublin im Nacken – aber Skrupel, einem Anwalt die Bude auf den Kopf zu stellen. Es war nicht zu fassen!

Als sich alle zum Gehen wandten, kam Murrys Stimme von hinten: »Vaughan! Sie bleiben hier!«

Emma kam an den Konferenztisch zurück, blieb aber stehen.

»Ich habe die Schnauze voll von Ihren Eigenmächtigkeiten!«, zischte Murry. »Noch einmal so eine Nummer, dass Sie mitten in einer Ermittlung einen ganzen Tag lang verschwinden, und es gibt Konsequenzen!«

»Yes, Sir«, sagte Emma. »Verstanden. Darf ich mich rechtfertigen?«

»Ich habe Ihre Gründe schon verstanden, ich bin ja nicht blöd. Aber es gibt Regeln und ein vorgeschriebenes Procedere. Sie können nicht einfach irgendwo hinfahren und mit irgendwelchen Kollegen in Nordirland reden, ohne das eigene Haus, geschweige denn die PSNI-Zentrale zu informieren! Noch einmal, und es kracht!«

Emma nickte und verließ den Raum.

In ihrem Büro überlegte sie lange, ob sie wirklich das Bildungsministerium in Dublin anrufen und von dem Sicherheitsloch im Computersystem in Kenntnis setzen sollte. Dann würde es natürlich Nachfragen geben, und Emma würde in Erklärungsnot geraten. Als Mitglied der Garda einen Hackangriff publik zu machen, ohne den Hacker zu identifizieren, war schier unmöglich. Noch unmöglicher war jedoch, den Kids Tür und Tor zu künftigen Prüfungsfragen geöffnet zu lassen. Schließlich seufzte Emma laut auf, suchte sich die Telefonnummer in Dublin heraus und wählte. Freitagnachmittags ging im Bildungsministerium jedoch keiner mehr an den Apparat. Emma zuckte mit den Schultern und vertagte das Problem. Hauptsache, die Kids glaubten, dass sie mit dem Ministerium gesprochen hatte.

Samstag, 7.5.2005

Kapitel 14

Der Duft der Venusmuschel

Es war halb neun und noch hell gewesen, als Emma und Andrew Shannon das direkt am Meer gelegene Austies Bar & Restaurant in Rosses Point verlassen hatten. Die Atlantikwellen waren auf den Strand gedonnert, und das Abendlicht hatte die Gischt schimmern lassen. Die Luft duftete nach Tang und Teer. Neumond!, war es Emma durch den Kopf geschossen. Eine Nacht zum Sternegucken!

Über einer köstlichen Fischsuppe als Vorspeise, gefolgt von einer Pasta Vongole mit Venusmuscheln, hatten Andrew und sie sich gegenseitig ihre Lebensgeschichte erzählt, von ihren Kindern berichtet, über Politik gesprochen und über Geschichte. In Irland gab es so schnell keine Konversation, in der es nicht auch um das Vergangene ging.

Pauls Vergangenheit allerdings hatten sie tunlichst vermieden, dafür hatte Emma von ihrer Arbeit erzählt: »Nichts beschäftigt dich so wie ein Mordfall. Die Jagd übernimmt deinen Kopf und deinen Körper, du hast den Fall in den Fingerspitzen, unter der Haut, im Bauch und sogar in den Haaren … Manchmal allerdings auch nur als Leichengeruch …«, Emma musste lachen. »Eine Mordermittlung ist wie ein Puzzle, das du mit deiner ganzen Persönlichkeit legen musst. Verstehst du das?«

Andrew hatte genickt. »Ich stelle mir das tödlich anstrengend vor – einen Beruf, der einen so auffrisst.«

»Ich bilde mir einfach ein, dass ich den Toten etwas geben kann …« Als sie Andrews verstörtes Gesicht sah, hob Emma abwehrend die Hände. »Nein, nicht Rache, versteh mich nicht falsch. Natürlich kann ich ihnen nicht das Geringste von dem zurückgeben, was sie verloren haben … ein ganzes Leben. Auch geht es mir nicht um Gerechtigkeit. Du als Anwalt weißt selber, was für eine wackelige Konstruktion das Recht ist und vor allem die Rechtsprechung. Ich kann den Toten allerdings eines geben: die Wahrheit. Herausfinden, was wirklich passiert ist – und warum.«

»Das klingt gut. Allerdings gibt es genug Verbrechen, die wohl nie gesühnt werden«, sagte Andrew. »Die Täter kommen irgendwie davon, gehen zur Arbeit, holen die Kinder von der Schule ab, kaufen im Supermarkt Milch und Eier, gehen zum Sportverein, singen im Chor. Menschen können sich an alles gewöhnen, auch an den eigenen schlechten Charakter. Sollten sie gelegentliche Anfälle von Scham erleiden, dann behalten sie die für sich. Dein gleißendes Licht der Wahrheit würde so manchem ganz guttun, finde ich.«

»Deswegen werden Mordfälle ja auch nie ganz zu den Akten gelegt«, sagte Emma. »Sobald ein neues Indiz auftaucht, sind auch alte Fälle schnell wieder aktiv. Ist es doch zu verführerisch, ein verzwicktes Rätsel am Ende doch noch zu lösen – und alte Fälle aufzudröseln, ist zudem förderlich für die Karriere, weil beliebt bei den Bossen der An Garda Síochána. Können die dann doch sagen: ›Seht her, liebe Bürger, ihr könnt beruhigt schlafen, denn wir schlafen nie! Wir hören nicht auf, bevor wir den Übeltäter dingfest gemacht haben.‹«

Wieder hatte Emma an Catherine denken müssen. Wie ärgerlich, dass sie dieses Gesicht einfach nicht loswurde. Nicht mal an einem Abend wie diesem.

Emma war ziemlich angetan gewesen von ihrem Gegenüber. Andrew war ein guter Zuhörer und Beobachter, ein noch besserer Erzähler und ein sensibler Mann – ohne dabei wie ein altes Waschweib zu wirken. Emma hatte tatsächlich Schmetterlinge im Bauch – die größte erogene Zone der Frau ist doch das Gehirn, hatte sie gedacht, übrigens nicht zum ersten Mal.

Vor dem Restaurant hatte Andrew Emma den Arm wie zufällig um die Schulter gelegt. »Was jetzt?«

»Dessert?«

Andrew hatte genickt.

»Wenn wir uns beeilen, schaffen wir es noch, bevor Mammy Johnston's zumacht!«

Eine Taxifahrt später waren sie im Küstenvorort Strandhill im besten Eiscafé weit und breit. Mit ihrer tropfenden Beute hatten sie sich auf das Mäuerchen an der Uferpromenade gesetzt, aufs Meer geblickt und sich gegenseitig gefüttert, um herauszufinden, ob seine Wahl – Fruchteis – nicht doch leckerer war als das von Emma bevorzugte Milcheis. Große Wellen hatten unablässig die Felsen am Strand attackiert, kreisende Möwen hatten gehofft, dass sie von dem Eishörnchen doch noch ein paar Krümel abbekommen würden. Die Luft hatte nach Gischt und Sommer gerochen.

»Mir ist es lange nicht so gut gegangen wie heute Abend«, hatte Andrew gesagt und nach einer Strähne von Emmas Haar gegriffen, um sie sich um den Finger zu wickeln. Emma hatte nach seiner Hand gefasst, sie war warm und trocken.

»Also, ich finde, es wird langsam kalt.« Emma hatte sich noch nicht entschieden, ob sie an Andrew tatsächlich interessiert war.

»Musst du früh aufstehen?«, hatte er gefragt. »Morgen ist schließlich Samstag.«

»Ich muss mich um Stevie kümmern – und arbeiten. Aber ein Glas Wein geht noch.«

Aus dem einem Glas in der Bar von Andrews Hotel, dem Radisson Blu, waren schließlich drei geworden. Dazu hatte Andrew Emmas Hände gestreichelt und ihr schließlich sanft einen Kuss gegeben.

»Du duftest«, hatte er gesagt, »nach Seife. Und nach Frau.«

Im Morgengrauen wurde Emma wach. Andrew lag neben ihr im Hotelbett, und zu ihrer Überraschung hatte sie überhaupt nichts gegen seine Anwesenheit. Halb schlafend, halb hellwach war sie sich des schlanken, drahtigen Körpers neben sich nur zu bewusst. Seine Stirn lag gegen ihren Rücken gepresst, sein Haar kitzelte ihre Haut. Zwischen ihren Schulterblättern konnte sie seinen Atem spüren. Schlief er noch? Ich sollte ihn wecken, dachte Emma, und selber schnellstens nach Hause fahren und Stevie Frühstück machen. Gleichzeitig wollte sie, dass alles so blieb, wie es gerade war, wenigstens noch für ein paar Minuten. Das zerwühlte Bett, der Geruch von Liebe in der Luft und eine Männerhand auf ihrer nackten Hüfte. Ihre Unfallnarben hatten Andrew offenbar nicht gestört.

Emma hatte sich schon lange nicht mehr so lebendig und gesund gefühlt. Ein Glücksmoment! Den würde sie aufheben wie ein Sammlerstück, denn solche Augenblicke waren in ihrem Alltag so selten. Sie war nicht gut darin, wahrzunehmen, wenn sie glücklich war. Sie merkte das zu oft erst im Rückblick.

Andrew regte sich und ließ seine langen Wimpern über ihre Haut flattern.

»Guten Morgen, du Schöne.«

»Andrew«, sagte sie, und es klang wie ein Seufzer.

Andrew begann, in ihren Nacken zu pusten und ihren Rücken zu küssen. Seine langen Arme umfingen sie von hinten, seine Hände schienen plötzlich überall zu sein.

»Meine kleine Venusmuschel«, stöhnte er, als Emma sich umdrehte und ihm ihre vollen Brüste präsentierte. Von Aufstehen konnte erst mal keine Rede mehr sein.

Um sieben klingelte Emmas Telefon: die Nervensäge. Als Emma abhob, fauchte James statt einer Begrüßung nur ein »Wo zum Teufel bist du?« in den Hörer.

Er stand vor Emmas Haus, wo er nur Stevie angetroffen hatte, der auch nicht wusste, wo seine Mutter steckte. James hatte einen Durchsuchungsbefehl für Peter O'Hugues Kanzlei in der Tasche – je nachdem, was dabei herauskam, galt es, Dr. Vikram wegen Fluchtgefahr festzusetzen. Heute waren offensichtlich alle früh aufgestanden, nur Emma nicht.

»Du Idiot! Musstest du Stevie wecken?«, bellte Emma zurück ins Telefon. »Ich hätte es gut nach Hause geschafft, ohne dass er meine Abwesenheit bemerkt. Der Junge ist eh so durcheinander!«

»Was gehen mich deine Erziehungsprobleme an?«, sagte James. »Wir sollen bei dem Anwalt das Cooper-Testament sicherstellen, und wer fehlt? Meine Chefin. Wenn Murry das rauskriegt, schneidet er dir die Ohren ab und nagelt sie an unsere Bürotür!«

James war sauer – das war gar nicht seine Art. Für gewöhnlich lächelte er jeden Ärger einfach weg. Doch offenbar gefiel ihm die Vorstellung ganz und gar nicht, dass Emma die Nacht außer Haus verbracht hatte. Irritiert bemerkte sie, dass sie das freute. Was für ein Durcheinander in ihrem Herzen und in ihrem Kopf! Sie würde sich später damit beschäftigen, erst einmal musste sie zu Stevie.

»Fang einfach an, das ist ja nicht das erste Mal, dass du eine Razzia durchziehst«, sagte Emma, versöhnlicher gestimmt. »Es kann ja nicht so schwer sein, im Aktenschrank den Ordner Annie Cooper zu finden. Anwälte haben eine Ablage, weißt du? Ich treffe dich um neun auf der Wache, und dann entscheiden wir, ob Vikram einfährt oder nicht.«

»Das war's dann wohl«, sagte Andrew, als Emma aufgelegt hatte. Seine Stimme klang traurig. »Sehe ich dich wieder?«

Emma hatte keine rechte Antwort für ihn. »Ich hab so viel am Hals gerade … Kommst du denn bald wieder nach Sligo?«

»Nicht, wenn sie deinen Ex nach Dublin verlegen.«

»Ich ruf dich an!«, entgegnete Emma und kam sich schon wieder vor wie eine Lügnerin.

Kapitel 15

Die falsche Fährte

Auf dem Weg zurück in die Stadt hielt Emma an der Quayside, um Zeitungen und vernünftiges Brot zu kaufen. Bei Christophe im Bake-Shop gab es nämlich die einzig brauchbare Frühstücksware weit und breit. Was es in Irland in den Supermärkten unter dem Stichwort Brot zu kaufen gab, war aus Emmas Sicht ein Verbrechen an der Menschheit. Bis zur Unkenntlichkeit durch die Mangel gedrehtes Getreide, industriell gebacken und verpackt, ohne jeden Nährwert. Weiß, billig, schlapp. Christophe hingegen buk selbst und stellte von Hand duftende, gehaltvolle Laibe und Wecken her, die Emma das Wasser im Mund zusammenlaufen ließen.

Weniger appetitlich war die Presse. Die überschlug sich: »Massenmörder in Sligo«, »Blutige Spur durchs Krankenhaus«, »Todesengel schlägt wieder zu!« Unterzeile: »Mord unter den Augen der Garda!« Ein paar Angehörige hatten mit der Presse gesprochen und ganze Arbeit geleistet. Neben deren Anklagen wirkten Murrys und Sheridans Kommentare von der Pressekonferenz vom Vortag ärmlich und hilflos.

Der Druck auf Polizei und Staatsanwaltschaft war gewaltig gestiegen, und Emma wusste, dass Dr. Vikram unter diesen Umständen vermutlich ebenfalls verhaftet werden würde, allein schon, um der Öffentlichkeit zu zeigen, dass die Polizei nichts unversucht ließ, um dem Schreckensengel die Flügel zu stutzen. Ob Vikram allerdings schuldig war und im Bau bleiben würde, war eine ganz andere Frage.

Als Emma vor ihrem Haus parkte, wartete da schon die Journalistenmeute. Musste es eigentlich die ganze Stadt mitkriegen, wenn sie einmal in hundert Jahren nicht zu Hause übernachtete? Emma nahm die Brottüte und die Zeitungen und stieg aus, um sich den Reportern zu stellen. Es hagelte die üblichen Fragen: Verdächtige? Warum war Bridget Feeney verhaftet worden? War der Fall damit gelöst? Und: Warum war der Fall immer noch nicht gelöst?

Emma schwenkte die Zeitungen über ihren Kopf und rief: »Wenn ich mir das Geschreibsel so angucke, wissen Sie alle mehr als ich!«, und: »Kein Kommentar!« Gefolgt von: »Hauen Sie ab, oder ich lasse Sie polizeilich entfernen!«

Als sie die Haustür aufschloss, entschied sich Emma, Stevie die Wahrheit zu sagen. Sie hatte für Lügengeschichten schlicht keine Zeit und zu viel um die Ohren. Zudem würde sie sich hinterher niemals genau daran erinnern können, was sie ihrem Sohn erzählt hatte – und wenn er ihre Schwindelei bemerkte, machte das alles nur noch schlimmer. Außerdem war der Junge alt genug, um zu lernen, dass seine Mutter auch ein Recht auf ein eigenes Leben jenseits der Mutterschaft hatte.

Stevie hatte offenbar den Radau vor dem Haus gehört, jedenfalls stand er schon vor ihr, als sie durch die Tür kam.

»So früh schon wach? Ich hab Brot von Christophe mitgebracht«, sagte Emma.

»James war hier. Er hat dich gesucht.«

»Ich weiß, er hat mich angerufen.«

»Und was ist das für ein Lärm vor der Tür?«

»Journalisten!«

»Und wo warst du? Oder dürfen das nur Erwachsene ihre Kinder fragen und nicht anders herum?« Stevie klang verletzt.

»Ich war mit dem Anwalt deines Vaters beim Dinner. Dann haben wir in Strandhill Eis gegessen und anschließend in der Bar von seinem Hotel Wein getrunken. Ich hatte ein paar Drinks zu viel, um noch Auto zu fahren, und bin einfach da geblieben …«

»Ein Taxi zu nehmen, ist dir nicht in den Sinn gekommen?«

»Ach, Stevie, wenn ich ehrlich bin, hatte ich gehofft, dass du gar nicht merkst, dass ich mich danebenbenommen habe und die Nacht über weggeblieben bin. Normalerweise schläfst du samstags lang und bekommst gar nicht mit, wenn ich morgens zum Einkaufen aus dem Haus gehe. Aber nun hat James mir die Tour vermasselt, und ich hab nur die Wahl, ehrlich zu dir zu sein oder dich anzulügen. Ich hab mich für die Wahrheit entschieden und hatte gehofft, dass du schon alt genug bist, um damit klarzukommen, dass deine Mutter auch nur ein Mensch ist.«

Stevie schwieg und sah sie nur an.

Emma hob die Zeitungen mit den Todesengel-Schlagzeilen hoch, um sie Stevie zu zeigen. »Leider habe ich zu allem Überfluss einen Massenmörder am Hals und muss ins Büro. Können wir heute Abend weiterreden?«

Da musste Stevie grinsen. »Mann, Mama, du hast echt Nerven! Ich hätte dich sowieso erwischt, denn heute wäre ich auch so früh aufgestanden. Bin mit Sophie um zehn in der Stadt verabredet. Wie wär's – du zahlst uns als Strafe die Kinokarten?«

»So früh schon ins Kino? Was wollt ihr denn gucken?«

»Matinee nennt man das«, erklärte ihr Sohn ihr altklug. »*Ocean's Twelve*! Sophie ist doch so ein Fan von George Clooney.«

»Sind das nicht alle Frauen?«, sagte Emma und griff nach der Geldbörse. »Am liebsten würde ich mitgehen!«

Emma kam gerade aus der Dusche, als ihr Handy klingelte. Als sie es endlich aus ihrer Handtasche gefischt hatte, war die Verbindung miserabel. Es rauschte und knackte.

»Hallo, wer ist da?«

»Deutschland … nur Kühe … angerufen … ist los …«, war das Einzige, was Emma zwischen den Statik-Geräuschen in der Leitung aufschnappen konnte. Dann war die Verbindung weg. Sie versuchte, zurückzurufen, aber der Anruf kam aus dem Ausland und konnte nicht zurückverfolgt werden. Die Frauenstimme erinnerte Emma jedoch an jemanden … Wer war das bloß? Doch zum Grübeln hatte sie jetzt keine Zeit, sie musste ins Büro.

Dort kam sie gleichzeitig mit Arthur Gillick an, dem Anwalt im Babylook. Offenbar hatten James und die Kollegen Raj Vikram schon verhaftet, sonst würde sich sein Anwalt kaum am Samstagmorgen in die Pearse Road zur Polizei begeben.

Sie nickte Gillick zu, der sie geflissentlich ignorierte, und machte sich auf die Suche nach James, damit der sie aufklärte, was heute schon alles gelaufen war. Es war Wochenende, verdammt noch mal, und die Welt stand schlimmer Kopf als an einem Montagmorgen!

James stand in ihrem gemeinsamen Büro am Fenster und goss seine traurige Yuccapalme.

»Wo warst du?«, sagte er statt Begrüßung.

»Guten Morgen!«, antwortete Emma. »Tut mir leid, dass ich die Durchsuchung der Kanzlei verpasst habe. Was habt ihr gegen Vikram in der Hand? Gillick ist gerade eingetroffen.«

»Beantworte meine Frage!«, sagte James, der sein sonniges Gemüt heute zu Hause vergessen zu haben schien. War er etwa eifersüchtig? Kaum vorstellbar.

Glück, Liebe, Eifersucht. Uralte Sehnsüchte. Uralte Ängste. Tausendmal besungen, gereimt, beschrieben. Im Kino betrachtet, für die Werbung ausgebeutet, im Freundeskreis bestaunt. Banal eigentlich, aber wenn es einen erwischte, war es schwer, sich auf irgendetwas anderes zu konzentrieren. Jeder Liedtext im Radio war plötzlich bedeutungsvoll, jede Pore der Haut plötzlich sensibel und sehnsüchtig. Ein Entkommen war schwer möglich, dachte sich Emma, ohne so ganz genau zu wissen, wer in diesem Spiel eigentlich in wen verliebt war.

Nach einer Pause seufzte sie. »Gut, ich hab dich hängen lassen heute Morgen, und das tut mir leid. Aber bin ich dir deswegen Rechenschaft schuldig, wo ich heute Nacht war?«

»Ich dachte, wir sind Partner. Ich dachte, wir vertrauen einander!«, entgegnete James.

»Wir vertrauen einander so sehr, dass du mir nicht erzählt hast, dass du mit Aoife Leonard ins Bett gehst.«

Überrascht blickte James auf. »Das hast du gemerkt?«

»Es war nicht zu übersehen.«

»Und das stört dich?«

»Stört es dich, dass ich heute Nacht nicht zu Hause war?«

Die beiden starrten sich an. War James etwa ähnlich eifersüchtig wie sie?

Dann stand plötzlich Murry im Raum.

»Hallo, Emma. Eine gute und eine schlechte Nachricht. Bridget Feeney hat den Mord an ihrem Bruder gestanden – wenn sie auch alle anderen Morde weit von sich weist.«

»War das die schlechte Nachricht?«

»Nein. Die schlechte ist: Dublin schickt am Montag die grüne Minna. Paul Vaughan wird ins Portaloise verlegt.«

»In den Terroristen-Knast?«, fragte sie zurück. Portaloise war Irlands einziges Hochsicherheitsgefängnis, in dem traditionell IRA-Kämpfer und die Mitglieder organisierter Verbrecherbanden einsaßen – was allerdings oft dasselbe war, ging der so genannte Freiheitskampf doch regelmäßig mit Waffenschmuggel, Entführung und Drogenhandel einher.

»Ja, genau, es scheint ernst zu werden! Er soll vor den Special Criminal Court.«

»Mist«, sagte Emma und ließ sich in ihren Stuhl fallen.

»Hat er einen guten Anwalt?«, fragte Murry.

»Andrew Shannon. Ich war mit ihm gestern Abend beim Essen. Der Mann hat einen Ruf wie Donnerhall.«

James starrte Emma an. Er hatte begriffen, mit wem sie die Nacht verbracht hatte.

»Gut«, sagte Murry. »Und apropos Anwalt. Arthur Gillick ist eingetroffen, ihr könnt mit der Vernehmung von Dr. Vikram beginnen. Wäre schön, wenn ihr ihm die anderen Fälle nachweisen könntet.«

Damit drehte er sich um und verließ das Zimmer.

Sobald er raus war, sagte Emma: »Danke, dass du mich nicht verpetzt hast. Weil ich doch bei Durchsuchung und Festnahme nicht dabei war. Murry hat mich eh schon auf dem Kieker, weil ich gestern nach Enniskillen gefahren bin, ohne vorher bei ihm brav bitte, bitte zu machen.«

James ging auf ihr Versöhnungsangebot nicht ein, sondern berichtete mit betont neutraler Stimme, was vorgefallen war. Angesichts der Schlagzeilen in der Samstagspresse hatte der Richter den Durchsuchungsbefehl für Peter O'Hugues Kanzlei unterschrieben. Einer von O'Hugues Kollegen hatte der Polizei aufgesperrt. Das Testament von Annie Cooper steckte – ordentlich alphabetisch abgelegt, wie es sich für einen Anwalt mit Selbstrespekt gehörte – im Aktenschrank und besagte, dass Dr. Raj Vikram nach ihrem Ableben die Münzsammlung bekommen sollte, die Annie von ihrem verstorbenen Mann geerbt hatte. Rückfragen beim Sohn hatten ergeben, dass diese Sammlung je nach Auktionserfolg wohl zwischen 100 000 und 150 000 Euro wert war. Daraufhin hatte der Richter verfügt, Vikram festzusetzen, schließlich hatte der schon mal gerichtsnotorisch vom Tod einer alten Dame profitiert.

Also hatte James den guten Mann aus dem Bett gezogen, ihn offiziell verhaftet und auf die Wache gebracht. Die Forensiker waren jetzt dabei, Vikrams Wohnung zu durchkämmen. Vielleicht würde man da ja endlich einen Vorrat an Glykosid-Produkten finden – oder in seinem Computer die Bestellung des Wirkstoffs bei ausländischen Online-Apotheken nachverfolgen können.

Dass sie da nur Bestellungen von Garam-Masala-Pulver und Birkenstock-Sandalen Größe neun finden würden, verkündete ihm Emma lieber nicht. »Okay«, sagte sie stattdessen. »Aber wie erklären wir, dass Dr. Vikram zwar zum Todeszeitpunkt der beiden Frauen Cooper und McCullogh in der Klinik war, aber nicht, als Boland und McGuinness ums Leben kamen?«

»Scheiße«, sagte James. »Unsere Zeitleiste hatte ich völlig vergessen.«

»Entweder gibt es zwei Todesengel im Sligo General, die unabhängig voneinander agieren, oder Vikram hat eine Methode, das Digitoxin oral so zu verabreichen, dass es zumindest ein paar Stunden zeitversetzt wirkt. Das hätte ihm in Sachen Alibi tatsächlich etwas Luft verschafft.«

»Oder wir sind immer noch auf der falschen Fährte.« James stöhnte.

»Wir müssen mit McManus reden!« Emma griff zum Hörer. Der Pathologe war zu Hause, und nach einer Entschuldigung für die samstägliche Störung kam Emma zum Punkt: »Doc, kann man Glykoside so verabreichen, dass sie zeitlich versetzt wirken?«

Sie lauschte, bedankte sich und legte auf.

»Also, es verhält sich so«, sagte sie zu James. »Digitoxin und Digoxin – beide haben die gleiche Wirkung auf den Körper, aber ihre Aufnahme und Ausscheidung unterscheidet sich stark. Digitoxin wird über die Leber verarbeitet und wirkt daher langsamer. Digoxin wird über die Niere ausgeschieden und wirkt schneller. McManus meint, man könnte Digitoxin eventuell chemisch so verpacken, dass es sich noch langsamer als gewöhnlich auflöst und daher zeitversetzt wirkt. Jemand, der sich mit Pharmakologie auskennt, könnte so eine Zeitbombe bauen, meint er.«

»Und – versteht Vikram was von Pharmakologie?«

»Keine Ahnung. Dazu müssen wir ihn verhören.«

Ein paar Stunden später waren Emma und James genauso schlau wie zuvor. Raj Vikram stritt alles ab, und sein Anwalt Gillick tat beleidigt, dass man seinem Klienten – »einem Arzt und Menschenretter«, wie er sich ausdrückte – überhaupt üble Absichten unterstellte. Angeblich hatte Vikram nicht mal gewusst, dass Annie Cooper ihn in ihrem Testament bedacht hatte. Und von Pharmakologie verstand er auch nicht mehr als jeder andere Arzt. Das Verhör drohte, im Sand zu verlaufen.

Die beiden Bullen verließen den Raum, um sich abzusprechen.

»Buchten wir ihn ein, und lassen wir ihn übers Wochenende schmoren«, sagte James.

»Yep. Das macht ihn vielleicht gesprächiger.«

James ging los, um zu veranlassen, dass Vikram bis auf weiteres in Untersuchungshaft blieb.

Die Polizeiwache war ungewöhnlich still am Samstagmorgen. Emma war so müde wie ein alter Hund. Wenn sie weniger als fünf Stunden geschlafen hatte, halfen auch Kaffee und Zucker nur noch bedingt weiter. Seufzend dachte sie an den vergangenen Abend zurück. Doch dann riss sie sich zusammen. Dienst war Dienst.

Sie versuchte zum x-ten Mal, Catherine zu erreichen. Ohne Erfolg. Dann machte sie sich auf in die Asservatenkammer. Dort hatte Eoin McNabb Dienst, ein Urgestein der Pearse-Road-Wache, dessen Gesicht ähnlich verwittert war wie der Fels, mit dem das Gebäude verkleidet war. Er war gerade in die Lektüre der Wochenendzeitungen vertieft. Als er Emma sah, grinste er und schwenkte das Titelblatt.

»Na, wie kommste voran mit der Jagd? War es die Feeney, die ihr eingebuchtet habt?«

Emma ignorierte seine Frage und murmelte etwas von »muss was nachgucken«. Eoin nickte und ließ sie in die Höhle, in der alles aufbewahrt wurde, was für laufende Ermittlungen und die der vergangenen Monate relevant war.

Für Waffen-, Drogen- und Bargeldfunde gab es einen speziellen Raum, der noch einmal extra verschlossen war. Der Zugangscode sollte eigentlich regelmäßig wechseln, doch die meisten Kollegen fanden das zu aufwendig, und so war die Kombi für den »Giftschrank«, wie die Kammer genannt wurde, seit Jahr und Tag dieselbe. 12435. Als ob der Dreher zwischen der Drei und der Vier in Sachen Sicherheit viel gebracht hätte.

Emma tippte die Nummer ein, die Tür schwang auf und zielstrebig ging sie zu den Fächern der Kollegen Drogenfahnder. Die konfiszierten auf dem Schwarzmarkt für Drogen und anderen Unsinn immer mal wieder Oxycodon, das dann in der Asservatenkammer vor sich hin gammelte. Dafür, dass Sligo so klein war, wurde hier eine erstaunliche Menge an Rauschmitteln konsumiert. Tatsächlich – da lag eine ganze Tüte voll Oxycodon. Mindestens 250 Stück oder so. Da würde es nicht auffallen, wenn sie sich 15 oder 20 schnappte.

Emma hatte sich gerade eine Handvoll der Pillen in die Hosentasche gestopft, da hörte sie hinter sich Schritte und ließ die Tüte zurück in ihr Fach fallen wie einen Sack voller Schlangen. Doch zu spät.

»Was machst du da eigentlich?«, hörte sie die verhasste Stimme von Paddy Sloan. »Mal wieder ein paar Oxy geklaut oder was?«

Emma drehte sich um und guckte dem Kollegen in die Augen. Sein Lächeln war so schmal wie sein Verstand. »Und was machst du hier – außer Kollegen nachzuschnüffeln? Hast wohl gar nichts Besseres zu tun?«

Sie ging auf Sloan zu, um sich an ihm vorbeizuschieben und schleunigst das Weite zu suchen.

Da zischte er ihr zu: »Du arrogante Kuh, ich weiß genau,

was du hier machst. Ärger mich bloß nicht, sonst lass ich dich auffliegen wie einen Schwarm Fliegen auf dem Misthaufen!«

»Auffliegen – womit denn?«, schnauzte Emma zurück. »Nur zu, verbreite ruhig deine Verschwörungstheorien. Aber dann erzähle ich Murry, dass du unsere Dienstgeheimnisse an deine Kumpels bei der Presse weitergibst!«

Der Hinweis auf die Indiskretion gegenüber den Medien war offenbar ein Volltreffer, denn Sloan sagte nichts mehr und guckte sie nur hasserfüllt an. Was brauchst du Feinde, wenn du solche Kollegen hast!

Emma ging, nickte Eoin zu und floh ins Freie.

So eine Scheiße! Sloan zu beschuldigen, mit der Presse zu reden, war ein Schuss ins Blaue gewesen, aber offenbar erfolgreich genug, dass er vielleicht erst mal die Schnauze hielt. Dennoch, zu allem Überfluss hatte sie sich jetzt auch noch erpressbar gemacht. Ausgerechnet bei Sloan, diesem Bandwurm! In ein paar Tagen lag das Ergebnis ihrer medizinischen Untersuchung auf Murrys Tisch – aus dem hervorging, dass Emma Opioide im Blut hatte. Ein Wort von Sloan würde reichen, um ihre ganze Argumentation über den Haufen zu werfen, dass sie das rezeptpflichtige Zeug nur unter strenger ärztlicher Kontrolle zu sich nahm. Mal ganz davon abgesehen, dass es nicht gerade karriereförderlich war, mit den Pfoten in einer Beweismitteltüte erwischt zu werden. Sie musste sich verdammt noch mal was einfallen lassen! Fast rannte sie zu ihrem Auto, sie musste hier raus. Sie knallte die Autotür zu, nestelte zwei der gerade geklauten Pillen aus der Jeanstasche und würgte sie trocken runter.

Ein paar Minuten später hatte sie sich so weit beruhigt, dass sie Richtung Ballysadare fahren konnte. Dort überquerte Emma den Fluss und nahm im Kreisverkehr die Ausfahrt nach Westen. Schließlich folgte sie dem Schild »Streamstown« nach rechts und fuhr auf der immer schmaler werdenden Landstraße. Auf beiden Seiten blühten die für Irland so typischen Hecken, so dass es Emma vorkam, als fahre sie durch einen grünen Tunnel Richtung Meer. Auf den Ozean zu gucken, tat ihr immer gut. Egal, was in ihrem Leben gerade alles schiefging, dem Atem des Meers zu lauschen, beruhigte sie. Als sie die Küste erreichte, stellte sie den Motor ab und sah sich um.

Was für ein schöner Abend! Die Wellen liebkosten die Steine am Strand, ein paar Austernfischer rannten aufgeregt hin und her und wühlten mit ihren langen roten Schnäbeln nach Muscheln im Sand. Emma stieg aus, atmete tief ein und drehte sich einmal um die eigene Achse. Die Kühe auf der Wiese neben ihr hatten kurz mit dem Fressen aufgehört und starrten zurück. Dann begannen sie erneut, an dem hochstehenden Gras zu rupfen. Das Vieh hatte hier wirklich die schönste Aussicht der Welt. Das Meer, die uralten, typisch irischen Trockensteinmauern voller Moos, dazu das von blühenden Hecken gesäumte Landsträßchen und ein Feldrain voller Wildblumen. Die langen Tage des Sommers hatten begonnen, die Sonne war schon angenehm warm. In der Ferne hörte Emma das Geräusch von Traktoren, die Farmer machten das Beste aus dem schönen Tag.

Butterblumen, Löwenzahn, Sauerampfer und dazwischen ein Meer an lila Kerzen. Stolz und aufrecht, wie mit Riesenhand zwischen die Feldblumen in die Wiesen gestreut. Wunderschön und knallig. Gelb und Lila – Komplementärfarben. Für menschengemachte Produkte fand Emma solche Farbenpracht eher vulgär, doch in der Natur war die Wirkung einfach atemberaubend. Wie hieß das Zeug noch? Fingerhut.

Als Kind hatte sie oft beobachtet, wie Hummeln in den Blütentrompeten des Fingerhuts verschwanden und ganz gelb bestäubt wieder hervorkamen. Emma griff sich eine lila Blüte und zerrieb sie zwischen den Fingern. Dazu hörte sie heute noch die warnende Stimme ihrer Mutter: »Emma, Fingerhut ist giftig! Nicht anfassen und schon gar nicht essen!« Emma starrte auf die purpurfarbenen Fetzen in ihren Händen.

War das möglich? Heute noch? In einer Zeit, in der Lebensmittel aus der Fabrik kamen und Medikamente aus der Apotheke? Wer würde so etwas tun? Wer würde uraltem Menschheitswissen mehr vertrauen als moderner Pharmakologie? Wer?

Sie wühlte in ihrer Tasche nach dem Handy. Kein Netz. Typisch Irland! Kaum fuhr man ein paar Meter aus der Stadt heraus, schon brach die Mobilfunkverbindung zusammen. Sie sprang in ihr Auto, drehte und fuhr zurück Richtung Hauptstraße N59, steuerte mit links und hielt mit rechts das Telefon in die Luft, bis sie auf ihrem Nokia zwei magere Balken entdecken konnte. Sie stoppte, wählte McManus' Nummer und erklärte ihm ihren Verdacht. Sie hörte seinen Ausführungen aufmerksam zu, bedankte sich und tippte auf die Schnellwahl für James. Er konnte kaum eine Begrüßung murmeln, da redete Emma schon auf ihn ein.

»Verdammt, Emma!«, unterbrach er sie. »Es ist Samstagabend, und ich hab es endlich mal ins Garavogue geschafft! Mein erstes Guinness kommt gleich!«

James saß im Biergarten der Kneipe am Fluss, wartete auf sein Bier und hatte ganz offenbar keinerlei Lust, zu ermitteln. Vermutlich hockte zudem Aoife neben ihm.

»James. Ich bitte dich. Ich muss diese Info haben. Und zwar jetzt.«

»Ruf doch bei den Kollegen auf der Wache an, die können dir schneller helfen als ich hier. Die Sonne scheint, der Abend ist warm und ich hab endlich mal frei.« James blieb stur.

Wütend legte Emma auf und wählte die Nummer der Rezeption der Pearse Road. Dass da nicht Aoife ans Telefon ging, sondern eine Wochenendvertretung, bestätigte Emmas Vermutung, dass James sich mit ihr im Biergarten vergnügte, und machte sie noch wütender. Also bellte Emma ihre Anweisungen ins Telefon: »Na, dann guck doch online – und wenn das nicht hilft, ins Telefonbuch.«

Erneut wartete Emma ungeduldig auf die Antwort, hörte zu, nickte, ignorierte die Frage des Kollegen nach dem Wieso und Warum, bedankte sich und legte auf.

Kapitel 16

Feenkraut

Zurück auf der Hauptstraße fuhr Emma weiter nach Westen. In Beltra ging am Postamt links eine schmale Landstraße ab, den Berg rauf Richtung Ox Mountains oder Sliabh Gamh, wie die Hügel auf Gälisch hießen. Links von der Straße kam ein altes, reetgedecktes Haus mit einem Cottage Garden voller Blüten in allen Farben in Sicht. Die meisten Pflanzen kannte Emma nicht, jedoch Kornblumen, Rittersporn und Akelei konnte sie benennen. Dazu Lavendel. Die ersten Rosenblüten. Dazwischen jede Menge lila Kerzen. Hier musste es sein.

Emma parkte am Straßenrand, schob das Gartentor auf, ging über enge, kiesbedeckte Pfade durch dieses Schmuckstück von Garten. Hummeln und Honigbienen brummten von Blüte zu Blüte, alles duftete nach Kräutern und Fruchtbarkeit. Auf einem Korbstuhl in der Sonne schlief ein nachtschwarzer Kater, die weißen Vorderpfötchen vertrauensvoll von sich gestreckt. Rechts vom Wohnhaus stand ein kleiner Schuppen, davor eine alte Arbeitsbank, komplett mit Waschbecken und Wasserhahn. Hier wurden offenbar Sämlinge umgetopft, zumindest lagen leere Blumentöpfe herum.

Emma trat näher an die kleine hölzerne Hütte heran, um

durch ein Fenster in den Schuppen zu blicken. Sie sah eine Art Suppenküche mit offenem Kamin, der offensichtlich seit Jahren nicht mehr benutzt wurde. Auf dem Tisch standen ein Bunsenbrenner, Mörser, Glaskolben, Kessel und Töpfchen in allen Größen. Alles sehr ordentlich und sauber. Wie in einer Apotheke vor 200 Jahren. Hinten führte eine zweite Tür ins Freie. Unter der Decke hing büschelweise Kräuterzeug. An der Wand stand ein Regal von Schalen, Flaschen und Tiegeln.

In diesem Idyll werkelte eine Frau mit offenem, grauen Haar und lose geschnittenen Kleidern in allen Grün- und Grautönen: Mary Moran, die Gründerin des Besuchsdienstes im Sligo General, stand an einer Art Werkbank und war dabei, eine Fingerhutpflanze im Mörser zu Paste zu verarbeiten und mit etwas zu vermischen, das wie Honig aussah.

Als Emma die Schuppentür aufdrückte, hob Mary den Kopf.

Die Blicke der beiden Frauen kreuzten sich; Marys Augen waren dunkelgrün wie Flaschenglas mit goldenen Einsprengseln und wunderschön. Sie nickten sich zu, und Emma sog den würzigen Kräuterduft des Raumes ein, der Mary schon bei ihrer ersten Begegnung im Sligo General umgeben hatte wie eine Wolke. Mit dem langen Haar und den wallenden Kutten sah die Frau tatsächlich aus, wie sich Kinder einen Engel vorstellten.

»Emma Vaughan, An Garda Síochána«, sagte Emma.

»Ich weiß, wer Sie sind«, antwortete Mary.

»Was machen Sie hier?«

»Tinkturen und Salben.«

»Fingerhut ist Digitalis, oder?«, fragte Emma, die von Mary Moran hören wollte, was sie längst wusste. »Man macht heute Herzmittel daraus, nicht wahr? Herzwirksame Glykoside.«

»Digitalis purpurea hat viele Namen. Darunter Roter Fingerhut oder auch Fuchskraut«, sagte Mary.

»Ihnen ist klar, dass ich Sie jetzt mit auf die Wache nehmen muss?«

Mary ließ den Stößel des Mörsers fallen und griff unter ihre Werkbank. Als ihre Hände wieder zum Vorschein kamen, hielten sie eine Schrotflinte. So ein Ding gab es auf nahezu jedem irischen Bauernhof, um damit verletzte Schafe oder wildernde Hunde abzuknallen.

Plötzlich wurde die Luft zu einem festen Gegenstand und passte nicht mehr in Emmas Lungen. Der ganze Raum wirkte wie eine Szene aus einem fiebrigen Traum.

»Und wenn ich nicht mitkomme?«, sagte Mary und fuchtelte mit dem Gewehr herum.

»Vorsicht«, presste Emma hervor. »Das Ding ist doch uralt und kann jederzeit losgehen. Wollen Sie wirklich einen Polizistenmord begehen?«

Emma hatte Unfallopfer nach Schrotwaffenschüssen aus nächster Nähe gesehen. Die Dienstwaffe aus dem Schulterholster zu ziehen, wäre einem Selbstmord gleichgekommen. Sie versuchte, ihre Atemnot und den Schwindel zu bezwingen, und begann sich zentimeterweise um die Werkbank herum auf Mary zuzuschieben.

»Nein«, sagte Mary. »Ich will eigentlich immer nur helfen, wissen Sie?«

»Also, mir würden Sie jetzt sehr helfen, wenn Sie das Ding weglegten und mir erklärten, was hier eigentlich vor sich geht.«

»Sind Sie alleine gekommen?«

»Ja, aber die Kollegen wissen, wo ich bin. Wenn Sie jetzt

abdrücken, werden Sie von der Garda gejagt wie eine tollwütige Hündin. Wollen Sie das? Bisher können Sie immer noch sagen, Sie hätten den Patienten den Gnadentod gewährt, zu dem die Ärzte zu feige waren. Nach einem kaltblütigen Schuss auf eine Beamtin geht das nicht mehr.«

Emma stand jetzt neben dem Tisch.

Mary stöhnte auf und ließ das Gewehr halb sinken.

»Was hab ich noch zu verlieren?«, sagte sie.

Plötzlich flog die Hintertür des Schuppens krachend gegen die Wand. James' Fußtritt hatte sie fast aus den Angeln gehoben. Die Hände brauchte er für die Sig Sauer, die auf Mary gerichtet war.

Die Kräuterfrau wirbelte zu James herum, die Luft verdünnte sich und wurde wieder zu Sauerstoff. Emma sog sie gierig in ihre Lungen, machte einen Satz und riss Mary das Gewehr aus der Hand. Der Knall war ohrenbetäubend. Es regnete Thymian, Rosmarin und trockene Rosenblüten. Der Duft der von den Schrotkugeln zersiebten getrockneten Knoblauchzöpfe und Kräutersträuße unter der Decke war umwerfend. Emma schwankte.

Die beiden Frauen standen sich gegenüber, den Blick ineinander verhakt, und James nestelte Handschellen aus seinem Blouson. Während er sie um Marys Handgelenke zuschnappen ließ, murmelte Emma den üblichen Satz, mit dem die irische Polizei Verdächtige über ihre Rechte aufklärte: »Sie müssen jetzt nichts sagen, es sei denn, Sie wollen eine Aussage machen, aber alles, was Sie sagen, wird niedergeschrieben werden und könnte vor Gericht bezeugt werden.«

James und Emma brachten Mary zu Emmas Wagen. Als sie sicher darin saß, wandte sich Emma an ihren Kollegen: »Woher wusstest du, dass ich dich brauchen würde?«

»Ich kenn doch deine Alleingänge«, antwortete James. »Du weißt ganz genau, dass dieser Auftritt mal wieder gegen so ziemlich jede Dienstvorschrift verstieß, die Murry dir um die Ohren hauen könnte?«

»War doch kein Alleingang. Du warst doch da. Und dafür, dass ich Mary Moran in flagranti beim Giftmischen erwischt habe, kann ich nichts. Das war eigentlich nur ein Recherchebesuch. Dass der in einer Festnahme endet, konnte ich nicht ahnen …«

»Knapp war es dennoch. Mensch, Em, du kannst dich doch nicht immer so auf dein Glück verlassen.«

»Tu ich ja gar nicht, ich verlass mich auf dich.«

Da legte James ihr kurz die Hand an die Wange und lächelte sie traurig an.

»Schon gut.«

Emma war zum Heulen zumute.

Nachdem sie ihr Zittern überwunden hatte und zu Mary ins Auto steigen konnte, wandte die sich zu ihr.

»Und wer kümmert sich jetzt um Max?«

»Wer ist Max?«

»Mein Kater. Ich habe ihn schon seit fünf Jahren. Er schläft nachts zwischen meinen Füßen.«

»Okay, mach ich. Versprochen.«

Als Emma mit Mary Moran auf der Wache eintraf, war der Tag bereits fortgeschritten, und das Gebäude lag in der abendlichen Sonnenwärme verlassen da. Die irische Garda ließ es gemütlich angehen, Serienmord oder nicht. Emma sperrte Mary in den nächstbesten Verhörraum. Dann rief sie Murry an und danach den Staatsanwalt, der gerade dabei war, mit seiner Gattin zum Eisessen in Sligos »Italian Quarter« aufzubrechen, dann war Miles Munroe dran.

Emma erklärte kurz, was los war, und die Ermittlungsmaschine nahm Fahrt auf, nur Emma steckte die Müdigkeit in den Knochen. Schließlich hatte sie die Nacht zuvor nicht gerade viel geschlafen.

Als Emma endlich nach Hause aufbrach, war es schon nach Mitternacht. James und sie hatten sich abgesprochen und dann Mary in Kreuzfeuer genommen. Sie hatten sie zuerst mit ihrem Verdacht konfrontiert, dass sie regelmäßig Patienten umbrachte, und hatten ihr dann einen akzeptablen Ausweg angeboten. Sie hatte es doch nur getan, um den armen alten Leutchen das Leiden zu ersparen. Das war dummes Zeug, aber Mary war dankbar gewesen, sich rechtfertigen zu können – was einem Geständnis gleichkam. Dann hatte sie den Polizisten ihre Geschichte erzählt. Sie stammte aus einem kleinen Dorf im Norden von Donegal. Hatte ihrem Vater, einem Farmer, immer gerne mit dem Vieh geholfen. Der war stolz auf sie, weil sie so geschickt darin war, den Schafen beim Lammen zu helfen. Eigentlich hatte sie Tierärztin werden wollen, aber für das achte von neun Kindern – noch dazu ein Mädchen – hatte es keine Ausbildungsmöglichkeiten gegeben. Also war sie »in die Stadt« gegangen – gemeint war Sligo – und hatte als Verkäuferin in einer Apotheke angefangen. Nebenher hatte sie im Abendstudium die Hochschulreife nachgeholt und dann angefangen, Pharmakologie zu studieren.

»Ich wollte immer schon helfen … Tieren und Menschen!«, hatte sie beteuert. Doch die Chemie und vor allem die Marktmacht der Pharmaindustrie hatten sie zunehmend abgestoßen. Also hatte Mary das Studium abgebrochen und begonnen, sich mit Bachblüten und anderen natürlichen Heilmethoden zu beschäftigen. So sei sie zunehmend auf uraltes Kräuterwissen gestoßen und habe angefangen, in ihrem Schuppen Kosmetik und Heilsalben herzustellen.

»Es war toll, zu sehen, wie wirksam viele der alten Rezepte sind … Inzwischen kommt die ganze Nachbarschaft zu mir, wenn was schiefgegangen ist: Meine Salben für Brandwunden oder gegen Ekzeme helfen besser und schneller als das fiese Zeug aus der Apotheke, das ja nur voller Konservierungsmittel und Chemie steckt!«

Emma und James hatten Blicke getauscht: Die Frau redete, als sei sie bei einem Kaffeekränzchen. Das hatten sie schon öfter erlebt, vor allem bei Leuten, die sich selbst nicht als Kriminelle wahrnahmen, sondern als brave Bürger, die nach bestem Wissen und Gewissen das taten, was sie für richtig hielten.

Emma hatte dann nach den Fingerhutpflanzen in ihrem Garten gefragt, und Mary reagierte begeistert.

»In Irland wird Fingerhut seit Jahrhunderten gegen den bösen Blick eingesetzt«, sagte sie, und Emma musste sich zusammenreißen, um nichts zu sagen. Der böse Blick? Das war nicht ihr Ernst!

Mary hatte dann von dem Arzt William Withering und seinem Text mit dem Titel »An Account of the Foxglove, and Some of Its Medical Uses« erzählt. 1785 hatte die Ehefrau eines von Witherings Patienten dem Arzt gestanden, dass sie eine Kräuterfrau um Hilfe gebeten hatte, weil ihr Mann so viel Wasser in den Beinen hatte und kaum noch gehen konnte. Die Kräuterhexe hatte ihnen dann eine Tinktur gebracht, die wirklich half – anders als die offizielle Medizin von Withering. Das Interesse des Arztes war geweckt. Allerdings hatte diese Kräuterfrau Withering partout nicht verraten wollen, was in der Tinktur steckte. Also hatte der Arzt die Alte beobachten lassen – und war so auf die Wirkung des Digitalis purpurea gestoßen, den die Kräuterhexe in ihre Tinkturen rieb. Dann führte Withering eine Reihe von Experimenten an Dutzenden seiner herzkranken Patienten durch. Seither wusste die Menschheit um die Wirkung von Fingerhut auf den menschlichen Herzschlag.

»Die Alten, die hatten noch Respekt vor den Kräutern!«, erklärte Mary.

Sie habe dann angefangen, ins Krankenhaus zu gehen, weil sie dieses uralte Menschheitswissen weitergeben und helfen wollte. Aber die Kliniker dort hätten sie nicht recht ernst genommen und als halb verrückte esoterische Kräutertante abgetan. Sie durfte den Patienten die Haut einölen und ihnen gut zureden, aber mehr auch nicht.

Als sie von dieser Enttäuschung berichtete, war Mary fast unmerklich in sich zusammengesunken, der entschlossene Zug um ihren Mund hatte sich gelockert, der Griff der ineinander gefalteten Hände wurde weicher. Diesen Moment kannte jeder erfahrene Ermittler als den Augenblick, in dem ein Verdächtiger seine Barrikaden fallen lässt und beginnt, die Wahrheit zu sagen. Oft war ein Geständnis dann nicht mehr fern.

»Ich durfte einen Besuchsdienst aufbauen und den einsamen, sterbenden Alten mit meinen Massageölen die Füße und den Rücken massieren, damit sie sich nicht wundliegen, aber sonst wollte keiner hören, was ich zu sagen hatte.«

»Und deswegen haben Sie die Leute vergiftet?«, hatte James ungläubig gefragt.

Mary starrte zurück, als hätte James plötzlich Arabisch gesprochen.

»Ich habe niemanden vergiftet … Ich habe nur Sterbehilfe geleistet. Leiden verringert. Den Menschen beigestanden.«

»Annie Cooper, David Boland, Jane McCullogh und Tom McGuinness – die Ärzte sagen, sie alle hätten Chancen gehabt, das Krankenhaus auf ihren eigenen zwei Beinen zu verlassen.«

»Unsinn. Die wollten gehen, das weiß ich genau! Ich habe nur Sterbehilfe geleistet. Ich konnte die traurigen Augen einfach nicht mehr aushalten.«

»Sterbehilfe? Das war Mord!« Emma konnte kaum noch an sich halten. Wut stieg in ihr auf wie eine Wolke aufgestörter Aasfliegen. Mary Moran hatte kaltblütig getötet, weil sie irgendwas im Blick der Patienten gelesen haben wollte. Würden Polizisten Verdächtige verhaften und Richter Menschen verurteilen, weil sie ihre traurigen Augen nicht aushalten konnten, wäre halb Irland im Knast.

»Darüber wird das Gericht zu befinden haben«, mischte sich James ein, dem ganz offensichtlich nicht entgangen war, dass Emma dabei war, die Contenance zu verlieren.

Die hatte tief durchgeatmet und gesagt: »Nach allem, was ich über Fingerhut weiß, ist das Zeug bitter. Wie haben Sie das den Leuten denn bloß eingeflößt?«

»Ich habe Bienen«, sagte Mary. »Und Honig. Damit kann man fast alles versüßen. Und man braucht nicht viel Fingerhut, zweieinhalb Gramm reichen, also zwei oder drei Blätter.« Sie lächelte versonnen und strich sich das lange Haar aus der Stirn. Und sagte dann wie verträumt: »Auch habe ich die Patienten wissen lassen, dass ihnen sofort geholfen werden würde, wenn sie mir nur Vertrauen schenken und meine Medizin schlucken. Die kannten mich alle und wussten: Ich habe heilende Hände. Die haben eingewilligt und das Präparat freiwillig genommen. Bitter oder nicht!«

Da war es Emma plötzlich schwindelig geworden. Sie war aus dem Verhörraum getaumelt und Murry, der gerade um die Ecke kam, fast in die Arme gestürzt. Er hatte das Verhör über die Lautsprecher im Nebenraum mit angehört.

»Ich ertrage diese Selbstgerechtigkeit nicht länger, Chef, können Sie übernehmen?«, hatte Emma ihn gebeten. »Das Wesentliche hat sie uns ja schon gesagt, und ich habe keine Zweifel, dass sie am Ende ein Geständnis unterschreibt. Mary Moran ist unser Todesengel, daran habe ich keine Zweifel.«

Ihr Boss hatte genickt: »Emma, deine Augen sehen aus wie Mottenlöcher. Geh nach Hause und schlaf dich aus!«

Emma war schon fast durch die Tür, als sie ihn sagen hörte: »Gute Arbeit, Em!«

Danach war sie auf die Straße getreten, hatte die frische Luft genossen und dann minutenlang in ihrem Auto gesessen, um sich zu beruhigen. Wie für die meisten Menschen war die eigene Sterblichkeit für Emma ein ziemlich theoretisches Konzept, über das sie nicht viel nachdachte. Heute jedoch war die Möglichkeit des eigenen Todes verdammt real gewesen. Im Grunde war es banal: eine Schrotflinte, ein Knall, Blut, graue Masse, Schock, das Herz bleibt stehen. Fertig.

Emma hatte dann zwei Tabletten eingeworfen, den Rest einer lauwarmen Coke getrunken, die sie in ihrem Auto fand, und war durch die Dunkelheit zurück nach Beltra gefahren, zu Marys kleinem Cottage mit der ach so malerischen Alptraumfabrik im Garten. Dort war sie im Auto sitzen geblieben und hatte die Szene auf sich wirken lassen: Miles und sein Team waren dabei, Marys Haus und Schuppen auseinanderzunehmen. Staatsanwalt Sheridan hatte es sich nicht nehmen lassen, den Durchsuchungsbefehl persönlich vorbeizubringen. Auf der Pressekonferenz morgen würden er und Murry die Lorbeeren für die Verhaftung des Todesengels einsammeln. Und die Kollegen in Dublin würden in die Röhre gucken: Die Wache in Sligo kam sehr wohl ohne Aufsicht aus der Zentrale in Phoenix Park zurecht.

Das Leben würde weitergehen, Emma würde nicht sterben. Zumindest noch nicht heute. Seltsam, wie schnell sich nach einem Augenblick der Todesangst der Glaube an die eigene Unsterblichkeit wieder einstellte. Dabei misstraute Emma der Idee vom Leben nach dem Tod. Sie glaubte nicht, dass danach noch so etwas wie ein neuer Erfahrungsraum kam.

Warum verhielt sie sich aber dennoch so, als ob ihr Leben endlos weitergehen würde, wo die Erfahrung als Mordermittlerin sie doch ständig eines Besseren belehrte? Wie hatte Oberschwester Ellie Dowd doch gesagt: »Menschen werden geboren. Menschen sterben. Weiter ist das nichts Ungewöhnliches.« War das Leben ohne die Hoffnung auf ein ewiges Morgen nicht auszuhalten? Oder ruhte die Überzeugung, weiterzuleben, in der inneren Gewissheit, dass das eigene Dasein einen Sinn habe musste, und sie einen Weg zu beschreiten und eine Geschichte zu erzählen hatte, die noch nicht zu Ende waren?

Emma wurde sich ihrer eigenen Sentimentalität bewusst, rollte mit den Schultern, um sie abzuschütteln, stieg aus und ging zu Miles. Der stand in einem seiner weißen Ganzkörperanzüge vor dem Schuppen, den er mit den superhellen Lampen seiner Profession hatte ausleuchten lassen. Gemeinsam betraten sie die Salbenküche; die von James zertretene Hintertür schwang in der Abendbrise sanft hin und her.

»Was war denn hier los?«, wollte Miles wissen und deutete mit dem Kinn auf einen Teppich an Grünzeug auf dem Boden.

»Eine Schrotflinte«, sagte Emma und wies auf die zerschossenen Kräuterbüschel über ihren Köpfen. »Ist aber keinem was passiert. Das Ding liegt schon bei dir im Labor.«

James sei Dank, fügte sie im Geiste noch dazu. Affären hin oder her, wenn es drauf ankam, war auf den Kerl Verlass.

»Eine richtige Giftküche hat die Dame hier aufgebaut. Ich vermute mal, dass die Analyse im Labor ergeben wird, dass Mary mit dem Zeug die halbe Grafschaft hätte umbringen können«, sagte Miles. »Fingerhut. Wer hätte das gedacht. Die Alten haben das Zeug früher Fairie's Herb oder Feenkraut genannt und versucht, damit von Feen ›verhexte‹ Kinder zu heilen – was die Kids oft genug nicht überlebt haben. So eine Art fehlgeleitete Psychiatrie aus der Wiese.«

Emma war offensichtlich nicht die Einzige, die sich über das Thema Digitalis schlaugemacht hatte.

»Wenn wir jetzt noch nachweisen können, dass Marys Präparate im Magen von Annie Cooper stecken, ist auch die Beweislage geklärt«, sagte sie. »Aber sie wird vermutlich ohnehin gestehen, glaubt sie doch wirklich, dass sie den Patienten im Sligo General geholfen hat, indem sie sie aus der Welt beförderte.«

»Leute gibt's!«, sagte Miles und schüttelte den Kopf.

Emma schnappte sich ein paar Latexhandschuhe, startete ihre eigene Durchsuchung und fand den Kater schließlich im Badezimmer, im Schrank mit dem Warmwasserboiler, dessen Tür nur angelehnt war. Hier hatte er sich vor all dem Lärm und Durcheinander versteckt.

»Hallo Max«, sagte Emma und blinzelte ihm zu. Steifbeinig kam das Tier auf sie zu, ließ sich streicheln und dann widerstandslos in einen verschließbaren Weidenkorb setzen, den Emma auf Marys Küchenschrank entdeckt hatte. Endlich konnte sie diesen Tag abschließen.

Zu Hause ließ sie Max frei und stellte ihm etwas gekochtes Hähnchenfleisch hin, das sie im Kühlschrank fand. Er rieb sein Köpfchen an ihrer Hand, wie um ihr zu danken, begann zu fressen und zu schnurren.

Emma checkte ihr Handy. Zwei Anrufe von Andrew, zwei von Stevie und einer von einer unbekannten Nummer aus dem Ausland. Bis auf Stevie konnten alle bis morgen warten. Sie schlich sich ins Zimmer ihres Sohnes, der brav im Bett lag und schlief. Emma betrachtete sein Gesicht, das im Schlaf noch ganz kindlich aussah, wäre da nicht der erste Flaum auf der Oberlippe gewesen. Sie strich ihm über den Kopf, so wie früher, als er noch klein war.

»Mama«, sagte er da schlaftrunken und machte mühsam die Augen auf. »Da bist du ja.«

»Ich hab sie geschnappt heute, Irlands erste Massenmörderin«, sagte Emma und begann zu ihrer eigenen Überraschung vor Erschöpfung zu weinen. Stevie setzte sich im Bett auf, nahm seine Mutter in den Arm und streichelte ihr wortlos den Rücken. Vertauschte Rollen!

Schließlich ging Emma in ihr Schlafzimmer und überließ sich ihrer Verzweiflung über die Menschheit und dem Schmerz in ihren Knochen.

Sonntag, 8.5.2005

Kapitel 17

Der Ruf der Berge

Emma wachte auf, weil sich jemand auf ihre Bettkante setzte. Im Zwielicht des heraufgrauenden Morgens sah sie einen schwarzen Mann neben sich. Der presste ihr eine schwarz behandschuhte Hand auf den Mund, noch bevor sie schreien oder nach ihrer im Nachtkästchen verwahrten Dienstwaffe greifen konnte.

»Sei still, wir kennen uns doch.«

Emma starrte in die Augen hinter dem Schlitz in der über das Gesicht gezogenen Skimütze. Den Belfaster Akzent kannte sie in der Tat. Der IRA-Mann von neulich.

»Kann ich mich drauf verlassen, dass du nicht herumbrüllst, wenn ich die Hand wegnehme?«

Emma nickte, und langsam löste sich seine Hand von ihrem Gesicht.

»Verdammt noch mal! Was tun Sie schon wieder in meinem Haus! Das ist hier doch nicht der Hauptbahnhof, wo jeder rein- und rauslaufen kann, wie es ihm passt! Hauen Sie ab, ich will mit Ihnen nichts zu tun haben!«, zischte Emma wütend.

»Ist ja schon gut«, sagte der IRA-Mann, »ich bin schon so gut wie weg. Ich wollte dir nur das hier bringen.«

Er hob einen brauen Umschlag in die Höhe.

»Für die Gerichtskosten. Du wirst es brauchen, sonst schließen sie Paul für 25 Jahre weg.«

Damit verschwand er so lautlos, wie er gekommen war. Emma ging ins Bad, nahm sich zwei Kleenex, setzte sich zurück in ihr Bett und machte vorsichtig den dicken braunen Umschlag auf, ohne Fingerabdrücke zu hinterlassen: Geldscheine. Hunderter und Fünfziger. Die IRA brachte ihr Geld, damit sie Paul half, einem ihrer Getreuen. Damit hatte sie den Beweis, dass Paul tatsächlich schuldig war. Der Eindringling wusste deutlich mehr als sie über Pauls Vergangenheit und hatte vermutlich nicht ohne Grund von 25 Jahren Knast geredet.

Da sprang schon wieder ein Schatten auf ihr Bett, und Emma fuhr vor Schreck zusammen. Der schwarze Kater mit den weißen Vorderpfoten. Du traust dich was! Zu einer wildfremden Frau ins Bett zu kommen! Noch so ein Terrorist! Max rollte sich zwischen ihren Füßen zusammen und schien entschlossen, den Rest der Nacht auf ihrem Bett zu verbringen.

Was sollte sie bloß mit diesem Umschlag anfangen? Den Kollegen geben? Das Geld behalten, quasi als Studienfonds für Stevie? Sie würde morgen darüber nachdenken. Emma stopfte den Umschlag unter ihr Bett und ließ sich erschöpft wieder in die Kissen fallen.

Es kam ihr so vor, als seien nur Sekunden vergangen, als sie erneut geweckt wurde. Tatsächlich war es heller Morgen. Mit einer Tasse Tee, Toast, Butter und Honig auf einem Tablett stand Stevie in der Tür und starrte entgeistert auf das Bett seiner Mutter.

»Was ist denn das?«

Emma machte die Augen auf, orientierte sich und erklärte: »Das ist Max. Sieht so aus, als hätten wir seit gestern Nacht einen Kater.«

Stevie setzte sich zu ihr, Emma trank ihren Tee, knabberte ihren Toast, und Max beobachtete interessiert seine neue Gastfamilie.

»Schiss hat der ja echt nicht«, sagte Stevie. »Kommt hier einfach so an und vertraut uns, obwohl wir zehnmal so groß und schwer sind wie er selber.«

»Er hat ja keine Wahl«, sagte Emma. »Der braucht uns jetzt, sein Frauchen wird so schnell nicht wiederkommen.«

Dann begann Emma, ihrem Sohn zu erklären, was am Vortag vorgefallen war und wie ihr klarwurde, dass Mary Moran Patienten im Sligo General mit Hilfe von Fingerhut ins Jenseits beförderte.

»Und warum?«, hatte Stevie gefragt.

»Wenn ich dir schlüssig erklären könnte, warum manche Menschen zu Mördern werden und andere nicht, würde ich vermutlich den Friedensnobelpreis zugesprochen bekommen«, sagte Emma. »Ich weiß es einfach nicht, niemand kann seinem Gegenüber hinter die Stirn gucken. Wir werden nie ganz genau wissen, was in anderen vor sich geht.«

»Macht dir das keine Angst?«, fragte Stevie.

»Doch, manchmal schon. Aber es ist nun mal mein Job, Leute dingfest zu machen, die andere verletzen.«

Da sprang Max aufs Fensterbrett und miaute. Er wollte ganz offensichtlich ins Freie, um seine neue Umgebung zu erkunden.

»Wir können Max erst mal nicht rauslassen, erst muss er sich an uns gewöhnen. Dazu müssen wir ihm Butter auf die Pfoten schmieren«, erklärte Stevie seiner Mutter.

»Wieso denn das?«

»Sophie hat vor ein paar Jahren auch eine Katze gekriegt. Sie hat erzählt, dass ihre Mutter die erst mal ein paar Tage nicht aus dem Haus gelassen hat, bis dem Tier richtig klar war, wo es hingehört.«

»Und wozu die Butter?«

»Weiß auch nicht so genau, aber wenn eine Katze irgendwo Butter von ihren Pfoten leckt, fühlt sie sich willkommen und will bleiben. Vermutlich in der Hoffnung, dass es noch mehr Butter gibt.«

»Also, dann behalten wir Max?«, fragte Emma. Seltsamerweise hatte sie keine Einwände gegen diese Idee.

»Na klar«, sagte Stevie, trat ans Fenster und streichelte dem Kater über den schwarzen Kopf. »Der kommt nicht ins Tierheim. Wer hat schon einen Serienmörder-Kater? Max ist was ganz Besonderes.«

Emma musste hart schlucken angesichts der Art, den neuen Hausgenossen zu beschreiben. »Hoffen wir, dass er die Straße vor dem Haus überlebt. Max kommt vom Land. Er ist eine Gartenkatze.«

»Max ist clever. Schau ihm doch nur in die Augen – der kennt sich aus, das sieht man doch. Der kommt schon klar!«

Wenig später war Stevie mit seinem Fahrrad losgezogen, um in einem Supermarkt, der sonntags geöffnet hatte, Katzenstreu und Futter zu holen. Emma blieb im Bett und beobachtete Max, wie er ihr Schlafzimmer erkundete, einer Fliege nachjagte und seine Krallen genüsslich an ihrem Teppich schärfte, als ihr Mobiltelefon klingelte.

»Ich bin es.«

Catherine! Die raue Frauenstimme war unverkennbar, ebenso wie der englische Akzent. Vor Emmas innerem

Auge erschien ein Gesicht, umrandet von dickem, kupferrotem Haar. Catherine, die andere Massenmörderin in Emmas Leben. Die Wahnsinnige, die sie vor einigen Monaten in Manchester hatte laufen lassen, anstatt sie des Mordes an Charles Fitzpatrick zu überführen. Die Frau, die seither ganz offenbar die Quälgeister ihrer Jugend umbrachte.

»Wo zum Teufel steckst du? Ich versuche seit Tagen, dich zu erreichen!« Emma schrie beinahe in den Hörer.

»Ich bin im Allgäu. In den Bergen in Süddeutschland. Auf einer Alm«, kam es heiter zurück. »Der Handyempfang ist hier nicht besonders. Als ich deine Nachrichten gehört hatte, musste ich erst runter ins Tal nach Oberstdorf zum Telefonieren. Ich steh hier in einer Telefonzelle. Aber was gibt es denn so Dringendes, dass du mich dreizehnmal anrufst und mir Nachrichten hinterlässt?«

Um Zeit zu gewinnen, fragte Emma zunächst: »Aber was machst du denn auf einer Alm?«

»Ich versuche herauszufinden, wer ich eigentlich bin und was ich mit dem Rest meines Lebens anfangen will«, sagte Catherine. »Ich muss endlich mit meiner Vergangenheit abschließen – und in Manchester geht das nicht.«

Da konnte ihr Emma nur recht geben. Mord war allerdings kaum die richtige Methode, um zu sich selbst zu finden.

Laut sagte sie: »Wann bist du nach Deutschland gefahren?«

»Nicht lange nach unserer Begegnung. Mir ist klar geworden, was du mir für eine Chance gegeben hast. Dafür habe ich mich nie bedankt, das tut mir leid. Das wollte ich dir nur mal sagen – daher der Rückruf.«

»Mensch, Catherine, hör doch auf mit dem Scheiß!«, platzte es da aus Emma heraus. »In Manchester sterben die Leute, die dich während deiner Kindheit misshandelt haben, und du willst mir erzählen, dass du damit nichts zu tun hast, sondern irgendwo in Deutschland beim Kühemelken bist?«

»Was ist los?«, fragte Catherine. »Jetzt verstehe ich gar nichts mehr.«

»Sagt dir der Name Walter Payman was?«, fragte Emma.

»Ja, klar, das ist mein sogenannter Adoptivvater.«

»Der ist mit einem Kissen erstickt worden.«

»Oh.« Catherine stockte. »Ich kann jetzt nicht behaupten, dass mich das bekümmert.«

»Und Geraldine Cairns? Die ist neulich mitten in der Nacht in ihrem Altenheim angeblich beim Baden ertrunken. Nur dass sie zu alt und zu schwach war, um alleine in eine Wanne zu steigen.«

»Das sind ja fabelhafte Neuigkeiten. Das freut mich sehr. Die zwei haben es nicht besser verdient.«

»Dann Martha Payman. Die ist vor einen Bus gestoßen worden. In ihrer Nähe wurde eine Frau gesehen …«

»Leider kann ich dir auch diesmal nicht mit großer Trauer dienen«, kam es aus dem deutschen Ende der Leitung.

»Und du willst mit alledem nichts zu tun haben?«

»Ich war das nicht. Ich war hier auf der Alm.«

»Kann das jemand bezeugen?«

»Die Kühe vielleicht, und die Frau in dem kleinen Laden, in dem ich manchmal Brot kaufe.«

»Das ist doch dummes Zeug, Catherine! Die Dämonen deiner Vergangenheit werden hingerichtet, und du bist angeblich nicht beteiligt. Ich glaube dir kein Wort.«

Ein Klicken.

Emma starrte ihr Telefon an. Die Leitung war tot.

Emma lehnte sich zurück in ihre Kissen und grübelte. Sie musste Catherine nach Irland locken, sonst hatte sie keine Chance, ihr das Handwerk zu legen. Auf dem Kontinent oder in England kannte sie sich nicht aus und hatte auch keine Aussicht auf Amtshilfe, ohne sich selbst schwer zu belasten. Was immer sie den Kollegen auch erzählen würde – denen wäre schnell klar, dass Emma ihnen einiges verheimlichte. Halbwahrheiten machten Bullen misstrauisch, und genau das konnte Emma nicht gebrauchen.

Nein, sie musste Catherine in ihren eigenen Rechtsraum zurückholen. Aber wie sollte sie das anstellen? Was tun?

Kurz entschlossen schickte sie Catherine eine SMS aufs Handy: »Geh online und suche nach Bon Cœur, County Galway. Da bist du auf die Welt gekommen. Schwester Magdalena, die dich deiner Mutter gestohlen hat, lebt immer noch dort. Wenn du dich mit deiner Vergangenheit beschäftigen willst, musst du da anfangen!«

Emma zerkrümelte nachdenklich den Rest von ihrem Toast. Dann rief sie James an.

»Magst du Katzen?«

»Es geht so«, entgegnete der. »Hunde sind mir lieber.«

»Polizisten und Soldaten haben Hunde, Künstler haben Katzen …«, frotzelte Emma.

»Wer sagt denn so was? Und wieso gehst du mir überhaupt am frühen Sonntagmorgen mit Katzen auf die Nerven?«, wollte James wissen. Emma konnte förmlich vor sich sehen, wie er dabei mit der Hand in seinen schwarzen Locken wühlte. Das tat er immer, wenn er etwas nicht sofort verstand.

»Seit gestern habe ich eine. Ich brauche aber ein paar Tage für mich und will nach Galway fahren. Stevie kann ich nicht mitnehmen, der muss in die Schule. Ich frage mich, ob er und Max für ein paar Tage bei dir wohnen könnten?«

»Aha. Und wer ist Max?«

»Der Kater natürlich.«

Eine Stunde später hatte sie mit Stevie gefrühstückt und ihn gebeten, für ein paar Tage mit Sack und Pack zu James zu ziehen. Der Junge mochte den Partner seiner Mutter und kämpfte seit Monaten darum, ihn wenigstens einmal beim Schach zu schlagen. Dennoch war ihm offensichtlich nicht ganz wohl bei dem Arrangement.

»Kann ich nicht mit dir mitkommen?«

»Ich würde dich ja nach Galway mitnehmen, aber du hast Schule. Und mit deinen Noten in Mathe kannst du nicht einfach blaumachen.«

»Max muss sich dann schon wieder umgewöhnen«, sagte Stevie vorwurfsvoll.

»Ja, das stimmt. Aber ich bin wichtiger als eine Katze, und ich muss mal ein paar Tage Pause machen. Und du hast es ja selber gesagt: Der Kater ist schlau, der schafft das schon.«

»Warum wartest du nicht bis zu den Ferien Ende Juni?«, hatte Stevie gefragt.

»Weil ich genau jetzt völlig am Ende bin und Erholung brauche und nicht Ende Juni. Schon vergessen? Ich habe gerade eine Massenmord-Ermittlung hinter mir. Und wenn ich wieder da bin, geht der Bürokratiekram los, um den Prozess deines Vaters vorzubereiten. Aber wir können im Sommer zusammen wegfahren. Versprochen!«

»Super. Können wir nach Mallorca fliegen? Da wollte ich immer schon mal hin.«

»Okay. Abgemacht«, sagte Emma – und fühlte sich beschissen. Erziehung war entweder Drohung: »Wenn du das jetzt nicht machst, gibt es kein Fernsehen heute Abend.« Oder sie war Erpressung: »Wenn du nicht tust, was sich sage, dann sage ich es deinem Vater«, oder schlicht Bestechung: »Wenn du jetzt lieb bist, dann fahren wir im Sommer zusammen nach Spanien!« Bei nichts von alledem war ihr als Mutter so richtig wohl. Aber es musste sein. Bei dem, was sie vorhatte, konnte sie Stevie nicht gebrauchen – und einen schwarzen Kater mit weißen Pfoten schon gar nicht.

Murry sonntags zu anzurufen, war absolut verboten – war er doch meist auf dem Golfplatz und wollte beim Abschlag oder Putting keinesfalls gestört werden. Doch würde er an diesem Sonntag ohnehin ins Büro müssen, um Dr. Vikram auf freien Fuß zu setzen, die Mary-Moran-Pressekonferenz zu leiten und den Ruhm für ihre Verhaftung einzusammeln. Emma beschloss, ihn auf der Wache abzufangen. Dann zog sie sich ein paar Gummihandschuhe an und begann, sich den braunen Umschlag mit dem Geld genauer anzusehen.

Kapitel 18

Insekten

Gerade habe ich das Telefon aufgelegt. Die Kleine hat angerufen. Große Aufregung! In Manchester hat jemand den Kinderficker und seine Alte beseitigt und auch die Sklavenhalterin aus dem Waisenhaus ersäuft. Haha, Überraschung!

Und jetzt muss die Polizistin ihre Nase schon wieder in Angelegenheiten stecken, die sie nichts angehen. Wie ich diese Emma hasse. Fast erschrecke ich vor der Kraft meiner eigenen Gefühle. Ich empfinde keinen dumpfen Hass, sondern einen klaren, kalten, rationalen – einen Hass wie den, mit dem der Kammerjäger Kakerlaken erledigt.

Immerhin, ihre Hausaufgaben hat die Bullen-Schlampe gemacht und Bon Cœur gefunden. Zu Schwester Magdalena ist es jetzt nur noch ein kleiner Schritt. Wenn ich mich nicht sehr irre, werde ich der Polizistin in Galway begegnen. Sie glaubt, dass sie dort eine Falle aufgestellt hat – wenn sie begreift, dass sie in dieser Falle nicht die Spinne ist, sondern die Fliege, wird es zu spät sein.

Montag, 9.5.2005

Kapitel 19

Galway

Das ehemalige Mutter-und-Kind-Heim Bon Cœur lag zwischen den Städten Tuam und Galway in der Grafschaft Galway, südlich von Sligo, 120 Kilometer oder so über die N17. Sonntagnachmittag hatte Emma die Karte studiert, nachdem sie Stevie samt Kater Max zusammen mit Schuluniform, sauberer Wäsche, Fahrrad, Taschengeld, Schulbüchern, Katzenfutter und -streu bei James abgegeben hatte. Der hatte sie mit Fragen bedrängt: »Was willst du bloß in Galway, Em?«, aber sie hatte ihn abgewimmelt und nur »Entspannung« und »Luftveränderung« vor sich hin gemurmelt.

»Bon Cœur? Das klingt aber gar nicht nach dir. Ist das nicht ein ehemaliges Kloster?«, hatte James erstaunt gefragt, als sie ihm ihre Urlaubsadresse gegeben hatte – für Notfälle.

»So was Ähnliches«, hatte Emma entgegnet, »aber heute ist es vor allem ein schönes Wellness-Hotel mit Meditation und so.«

»Du und Meditation? Das klingt wie Currywurst mit Erdbeeren.«

»Du kennst doch die Definition von Wahnsinn: Immer dasselbe versuchen und auf ein anderes Ergebnis hoffen«, hatte Emma ihn angelacht. »Ich stelle hiermit meine geistige Gesundheit unter Beweis und versuche mal was Neues. Nun eben Meditation. Warum nicht?«

Sie war eine Polizistin auf der Suche nach der Wahrheit – und eine verdammte Lügnerin.

Murry hatte ihr am Sonntagvormittag zwischen Tür, Angel und Pressekonferenz eine Woche Ferien genehmigt, und Emma hoffte, dass die für ihr Vorhaben reichen würde. Wieder zu Hause in Doorley Park hatte sie ihre Sachen gepackt, Handschellen, Dienstausweis und -waffe inklusive. Dazu einen Packen Pfundnoten aus dem brauen Umschlag ihres nächtlichen Besuchers, den Emma nur spitzfingrig und mit Gummihandschuhen anfasste. Das Geld wollte sie in Galway in Euro umtauschen.

Da hatte das Telefon geklingelt: Andrew Shannon. Sie hatten Höflichkeiten ausgetauscht, und Andrew hatte sie eingeladen, ihn in Dublin zu besuchen. Emma hatte sich ehrlich darüber gefreut, war aber ausgewichen.

»Du weißt doch, ich habe einen Sohn. Und einen Job. So einfach geht das nicht. Außerdem muss ich mich erst mal besinnen.«

»Genau. Deswegen dachte ich, jetzt wo ihr in Sligo den Todesengel geschnappt habt, würden dir ein paar Tage in der Stadt ganz guttun.« Offenbar beherrschte ihr Fall auch Gemüter in Dublin.

Emma hatte Andrew von ihrem Geistesblitz in der Blumenwiese und Mary Morans surrealer Giftküche erzählt und gespürt, wie gut ihr sein Interesse tat. Es gab nicht viele Menschen in Emmas Leben, die ihr so konzentriert zuhörten.

»Das Verhör hinterher war völlig bizarr«, berichtete sie. »Mary Moran ist überzeugt von ihrer Rolle als Samariterin, die arme Kranke erlöst. Ich glaube, sie versteht gar nicht, worüber sich der Rest der Menschheit so aufregt. Ich frage mich, ob der jemals klar werden wird, warum sie ins Gefängnis muss.« Von Catherine, dem zweiten Fall in Emmas Leben, konnte sie selbst Andrew nichts erzählen. Der Mann war Anwalt und hätte ihr bestenfalls geraten, bei Murry und den Kollegen von der Polizei reinen Tisch zu machen und zu gestehen, dass sie Catherine in einem Anfall von Mitleid und Selbstgerechtigkeit hatte laufen lassen, weil sie sie nur für eine Täterin aus Notwehr gehalten hatte. Leider lief die nun aber Amok und brachte alle um, die an ihrer fürchterlichen Kindheit schuld waren.

Stattdessen hatte Emma von der auf sie gerichteten Schrotflinte und ihrer Todesangst berichtet und gestanden, dass sie ein paar Tage ins Bon Cœur im County Galway fahren würde, um den Kopf freizubekommen.

»Bon Cœur? Kann ich mich nicht kommendes Wochenende dazugesellen, da gibt es einen wunderbaren Golfplatz …?«, hatte Andrew gefragt.

Golf? Der Mann lebte in einer anderen Welt.

»Lass mir ein paar Tage Zeit, ich ruf dich an!«

Montagmorgen war Emma in aller Frühe aufgebrochen. So früh, dass die über die Straße treibenden Nebelfetzen aussahen wie tanzende Feen. Sie musste an ein altes Kinderbuch denken, das sie als kleines Mädchen in New York oft gelesen hatte: Irische Märchen und Mythen. Ihre Eltern hatten beide mehrere Jobs gleichzeitig gehabt, um in Amerika zu überleben, und wenig Zeit für Emma, aber immerhin dieses Buch hatten sie ihr geschenkt. Die Illustration auf dem Titel zeigte Feen, die genau solche halb durchsichtigen Umhänge trugen: Mäntel wie aus Nebel.

Emma fuhr durch die Frühlingslandschaft und wunderte sich über die Wohnpaläste, die ihre Landsleute an den Straßenrand stellten. Die Wirtschaft des so genannten Keltischen Tigers wuchs seit der Jahrtausendwende schnell und hatte einen Bauboom ausgelöst. Alle, die nur irgendwo zwei Cent aneinanderreiben konnten, nahmen einen Kredit auf und verwirklichten sich den Traum vom Eigenheim. Emma schauderte, wenn sie an die Hypothekenlawine dachte, die gerade über das Land rollte.

Die Iren hatten jahrhundertelang erlebt, dass die britischen Besatzer ihnen das Land unterm Hintern wegkonfiszieren und es englischen Siedlern geben konnten. Einfach so. Haus weg, alles weg – und die einheimischen Bauern standen buchstäblich im Regen. Das Ergebnis war eine nationale Obsession mit Immobilienbesitz. Heute arbeiteten sich die Iren in 60-Stunden-Wochen kaputt und nahmen endlose Pendelwege in die Städte in Kauf, nur um sich ihre eigene Bude leisten zu können. Die Baugesellschaften und Banken wussten ganz genau um die Sehnsucht der Menschen nach Grund und Boden – und ließen sie blechen.

Soweit Emma im Vorbeifahren sehen konnte, hatte kaum einer der Häuschenbauer einen Garten angelegt; die Auffahrten zu den Neubauten waren meist sauber asphaltiert und der Rest der Grundstücke von sterilem Rasen bedeckt. Mittig stand jeweils einsam ein Strauch Hortensien oder Ginster. Bei all der Schufterei für die Hypothek bei der Bank hatte vermutlich kaum noch einer Zeit, sich mit Rosen, Petunien oder Lavendel zu beschäftigen. Fast wehmütig dachte Emma an Mary Morans zauberhaften Blumengarten.

Emma wohnte zur Miete, hatte sie doch keine Lust, sich per Kredit zum Hamster im Laufrad der Kreditwirtschaft zu machen. Schon gar nicht für die Schuhschachtel von Haus, die sie sich von ihrem Gehalt leisten könnte.

Emma war der Meinung, dass die irische Gesellschaft auf Unzufriedenheit aufgebaut war. Medien, Werbung, Fernsehfilme – alles zielte darauf ab, den Leuten einzureden, dass ihr Leben, ihr Auto, ihr Haus, ihr Land, ihre Klamotten zu einfach, zu klein und zu unbedeutend waren. »Mehr!«, hieß die Devise, genau wie in dem alten Madonna-Song: »More is better than nothing, true, but nothing's better than more, more, more. Nothing's better than more.«

Wer mit dem, was er hatte, zufrieden war, galt heute schnell als subversiv, fand Emma. Als faul. Unproduktiv. Zweifelhaft. Wer sich nicht mit Kreditkarten, Hypothek und Schulden auf Gedeih und Verderb an seinen Job gekettet hatte und schon deswegen dafür sorgen musste, dass sich das Rad der irischen Wirtschaft immer schneller in Richtung Wachstum drehte, sabotierte die Grundlagen der Gesellschaft.

Dabei war das, was die Leute Fortschritt nannten, ganz einfach nur die Umkehrung der alten Vorzeichen: Früher hatten die Reichen Angst vor der *Unzufriedenheit* der Massen gehabt, vor Streiks, Rebellion oder gar Revolution und Umverteilung. Heute fürchteten die Eliten die *Zufriedenheit* der Menschen und dass sie aufhören könnten, sich für ihren sogenannten Lebensstandard krumm zu schuften. Ob Sozialismus oder Kapitalismus war am Ende egal – den fünf Prozent da oben kam es darauf an, dass die 95 Prozent unten vor lauter Arbeit und Kreditebedienen nicht zum Denken kamen.

Emma verließ die N17 und bog auf kleine Landstraßen ein. Sie kurbelte ihr Autofenster runter, rollte die Ärmel ihrer Bluse rauf und ließ die Sonne und den Gesang der Amseln ins Auto. Schließlich tauchte Bon Cœur am Horizont auf. Ein typisches Beispiel anglo-irischer Architektur, irgendwann um 1750 herum als Herrenhaus erbaut, stand es stolz und turmbewehrt inmitten sanft hügeliger Wiesen. Daneben erhob sich eine hauseigene Kapelle. Einen See gab es auch, und eine mit Koniferen eingefasste Auffahrt.

Seit der Reformation unter Heinrich dem Achten hatten die Briten Irland als ihren Hinterhof betrachtet, in den sie nach Gutdünken protestantische Siedler aus England setzen konnten, damit die das Land im Feudalsystem regierten. Die irischen Bauern mussten für sie arbeiten, und so wurden viele dieser Anglo-Iren reich. Das Ergebnis waren Herrenhäuser wie Bon Cœur, die in den Dörfern der Nachbarschaft traditionell ganz einfach »Big Houses« genannt wurden.

Nachdem die britische Regentschaft zusammengebrochen war und die protestantischen Lords den katholischen Farmern auf ihrem Land keinen Zehnten mehr abknöpfen konnten, fanden es viele der anglo-irischen Familien schwierig, den Unterhalt für ihre Immobilien zu finanzieren. Die Big Houses verfielen oder wurden im Lauf der Zeit an die protestantische Church of Ireland vererbt und in Krankenhäuser, Schulen oder Kinderheime umgewidmet.

So auch Bon Cœur. Erst war es ein Heim für gefallene Mädchen geworden, wo eine Schwesternschaft der Church of Ireland junge Frauen wegsperrte, die unverheiratet schwanger wurden oder ihren Familien aus anderen Gründen ein Dorn im Auge waren, so viel wusste Emma aus dem Internet. Die Kinder, die hier auf die Welt kamen und die ersten Wochen der kargen Versorgung überlebt hatten, wurden regelmäßig als Adoptivkinder nach Nordirland, England oder Australien verkauft. So wie Catherine seinerzeit, die in England gelandet war – erst im Kinderheim Eagle Lodge mit der sadistischen Schwester Geraldine und dann als Adoptivtochter des pädophilen Vikars Walter Payman. Beide waren jetzt tot. Magdalena, die Schwester, die Catherines Mutter in Bon Cœur misshandelt und ihr Catherine weggenommen hatte, lebte jedoch noch. Emma hoffte, dass Catherine auftauchen würde, um auch an Magdalena Rache zu nehmen. Dabei würde Emma sie stoppen, und wenn es das Letzte war, was sie in ihrem Leben unternahm.

Die Entdeckung eines Massengrabs mit namenlosen Kinderskeletten in einem vergleichbaren katholischen Heim dieser Art hatte in den 1990er Jahren zu einem Skandal und einer Reihe von Presseberichten geführt, bei denen auch die Schwestern von Bon Cœur ihr Fett wegbekamen. Die Mutter-und-Kind-Heime aller Glaubensrichtungen, die noch existierten, wurden nach und nach aufgelöst, und so versiegten auch die Geldquellen der Bon-Cœur-Schwesternschaft. Zudem wollten immer weniger Frauen aus guter Familie in einer religiösen Gemeinschaft leben. Die Schwestern waren also gezwungen, aus der Not eine Tugend zu machen und sich neu zu erfinden: Sie zogen sich in einen hässlichen Neubau hinter das Big House zurück und ließen den historischen Teil der Bon-Cœur-Anlage zum Hotel umbauen, wo nun ausgepowerte Manager, Sinn suchende Hausfrauen und spirituell veranlagte Schöngeister unter Aufsicht der Schwestern ihre Zeit mit Schweigen, Meditation und Yoga verbrachten. Einen Golfplatz gab es auch. Dessen esoterische Komponente erschloss sich Emma nicht – aber vermutlich brachte er Geld ein, und das war wohl Daseinsgrund genug für die 18 mit Fahnen geschmückten Löcher im Boden.

Die unmarkierten Gräber der Babys und jungen Mütter hinter der kleinen Kirche jedoch wurden im Hotelprospekt nicht erwähnt, hätten sie doch die Erholung der empfindsamen Seelen gestört, die in Bon Cœur ein Zimmer buchten.

Neben all den herumstehenden dunklen Limousinen sah Emmas himmelblauer Peugeot ziemlich ärmlich aus. Viele Wagen hatten irische, aber auch deutsche, niederländische und britische Nummernschilder. Emma rotierte ihre vom Fahren verkrampften Schultern vor und zurück und machte sich auf den Weg zur Rezeption. Wenig später stand sie in dem ihr zugewiesenen Zimmer im zweiten Stock. So viel Luxus so simpel aussehen zu lassen, war eine Kunst, das musste sie zugeben. Schweres Leinen auf dem Bett, dicke Kissen auf den Sesseln an einem kleinen Tisch vor einem Panoramafenster mit Blick über den Parkplatz. Dahinter lockten Wiesen, Wald und ein See. Auf dem Boden lag ein Teppich, in dem die Schritte versanken, und die Vorhänge waren so dick, dass sie den Lärm eines Kavallerie-Angriffs hätten aussperren können. An den Wänden hingen schwarzweiße Radierungen, die wie Entwürfe für Häuser aus vergangenen Jahrhunderten wirkten.

Emma packte ihre paar Sachen aus, stapelte die mitgebrachten Bücher auf den Nachttisch, warf Auto- und Haustürschlüssel, eine Packung Papiertaschentücher, den Kopfhörer für ihr Handy und den anderen Krimskrams, den sie gerade nicht brauchte, auf eine Ablage neben der Tür. Die Waffe wanderte wie immer in das Schulterholster, das so gut unter ihre schwarze Lederjacke passte. Dann machte sie sich auf, um Haus und Gelände zu erkunden. Wo Catherine wohl steckte?

Dienstag, 10.5.2005

Kapitel 20

Das gute Herz

Emma hatte schlecht geträumt. Sie war auf einem Pferd mit einer dicken Mähne geritten, gequält von einem Gefühl der Dringlichkeit und dem Wissen, dass sie zu spät kommen würde. Dann war Emma im Traum einen Hügel hinauf auf ein großes Haus zugestapft, aber sie rutschte immer wieder zurück, denn überall war Lehm. Ihre Füße blieben einfach stecken. Sie musste in dieses Haus und das Kind mit den roten Haaren finden. Endlich war sie oben angekommen, aber im Gebäude war alles dunkel und sie konnte nicht richtig sehen. Jemand lachte schrill, der Boden war bedeckt von zerbrochenem Glas. Sie suchte und suchte … und die Zeit wurde immer knapper. Lauter Mauern, aber keine Türen. Dann war sie endlich im richtigen Raum, aber das Kind befand sich jetzt in einem großen Tümpel. Emma watete ins Wasser und versuchte, den kleinen Körper zu packen. Aber ihre Hände griffen nur in dicke, rote Haare, die wie Algen im Wasser trieben. Emmas Finger vernestelten sich in all dem Haar, aber das Kind bekam sie nicht zu fassen. Bald würde es zu spät sein, und sie würde das Kleine nicht mehr retten können. Emma blinzelte, immer wieder griff sie zu, und immer wieder glitten ihr Haar und Kind aus den nassen Händen. Sie wachte schwitzend auf, die Beine in ihr Laken verwickelt. Das Gefühl aus ihrem Traum, dass alles vergeblich war, sie zu spät kommen und alles bodenlos schwarz werden würde, ließ sich nur schwer abschütteln.

Tatsächlich jedoch war es heller Tag, und sie war schon fast zu spät dran für ihre erste Yogastunde in Bon Cœur. Die war noch vor dem Frühstück angesetzt, und Emma graute es. Sport war einfach das Allerletzte!

Zwei Stunden später saß sie frisch geduscht beim Frühstück in einem riesigen Speiseraum mit schweren Glaskandelabern und altmodisch bedruckten Tapeten und wunderte sich. Die Atemübungen der Yogaklasse – Augen schließen, Finger in die Ohren stecken, Zunge locker hinter den Zähnen liegen lassen und vor sich hin brummen, als würde eine Biene im eigenen Kopf friedlich vor sich hin summen – hatten Emma ihre Umgebung und ihren Auftrag schnell vergessen lassen. Die Stimme der Lehrerin, eine drahtige, ältere Dame, die Gelassenheit verströmte, war angenehm, ihre Versicherung, dass Yoga kein Sport und schon gar kein Wettbewerb sei, sondern eher eine Art Lebenseinstellung, hatte Emma beruhigt. Die Yogastellungen selber, sogenannte Asanas, halfen ihren Körper gründlich durchzuwalken, wie eine gute Massage. Keineswegs schmerzhaft, aber dennoch wirkungsvoll und sehr entspannend. Offenbar war mehr dran an den jahrtausendealten Verrenkungen der Inder, als Emma hätte zugeben mögen. Nach der Yogaklasse hatte sie sich prompt auch noch für eine Meditation angemeldet. Am Ende spielte sie noch Golf! Bei dem Gedanken grinste Emma in sich hinein.

Als sie den Fitnessraum verlassen wollte, sprach sie eine gut erhaltene Mitsechzigerin an. Randlose Brille, leicht getönte Haut, von Kopf bis Fuß in einem weißen Outfit, das Emma an Karateanzüge erinnerte. Der Frau sah aus wie eine gut erhaltene Zahnarztgattin aus der Vorstadt.

»Tolle Yogastunde, nicht wahr? Ich mache ja sonst viel Raja-Yoga, aber das hier praktizierte Hatha ist auch gut«, sagte die Doktorsgattin.

Emma verstand nur Bahnhof. Raja? Hatha?

Die Frau musste ihr das angesehen haben und blickte sie fragend an. »Anfängerin?«

Emma lächelte. »Das war heute meine erste Stunde.«

»Oh, wie wundervoll, dass die Entdeckungsreise in die weite Welt der Asanas noch vor Ihnen liegt. Ich habe da ein tolles Buch von Yogi Rani Trishna …«

Eine Yoga-Langweilerin. Noch schlimmer als Weinkenner, fand Emma und unterbrach die Zahnarztgattin: »Danke, sehr lieb. Aber ich habe es gerade leider eilig.«

Damit drehte sie sich um und machte sich davon.

Nachdem sie einen großen Fruchtsalat mit Honigjoghurt vertilgt und die Irish Times überflogen hatte, in der sich die Journalisten als selbsternannte Psychologen immer noch seitenlang über »Todesengel Mary« und »Das Monster von Sligo« ausließen, machte sich Emma auf, um den Klostertrakt zu finden.

Mary ein Monster? Emma fand das lächerlich, hatte ihr Job sie doch gelehrt, dass hinter so manch einem brutalen Verbrechen eigentlich viel Liebe stecken konnte – und viel Selbstsucht und Niedertracht hinter den vermeintlich wohltätigen Taten der braven Bürger.

Sie ließ sich auf einer strategisch günstig platzierten Bank im Park der Anlage nieder und beobachtete das Kommen und Gehen rund ums Hotel. Bald war ihr klar, wo die Küchen- und Wirtschaftsräume lagen, wo die Verwaltung und Wäscherei, welcher Teil Gästezimmer beherbergte, wo sich die Räume der Schwesternschaft befanden und die Zimmer der im Haus lebenden Angestellten. Dann ging Emma spazieren, bis sie sich orientiert hatte, wo die Rezeption des Golfplatzes sowie die einzelnen Gymnastik-, Wellness- und Trainingshallen waren. Sie entdeckte auch eine kleine Werkstatt und alte Stallungen, die offenbar als Rumpelkammern dienten. Schließlich ging sie zurück zum Kern des ursprünglichen Big House und öffnete die Tür der zum Komplex gehörenden Kirche, die dankenswerterweise den hässlichen Neubau dahinter fast verbarg. Das Kirchlein musste ebenfalls Mitte des 18. Jahrhunderts entstanden sein. Es bestand aus grauem Granit und trug einen flachen, mit Zinnen bewehrten Turm. Das Innere war extrem schlicht, wie fast alle Einrichtungen der protestantischen Church of Ireland. Ein Holztisch mit gedrechselten Beinen diente als Altar, einziger Schmuck war die Inschrift über dem bunten Glasfenster am Kopfende: »Lob sei dem Herrn« auf Gälisch und Englisch. Am anderen Ende des Innenraums führte eine spiralförmige Wendeltreppe, die mit einem roten Trennkabel vom Rest des Raumes abgesperrt war, nach oben.

Emma stieg über die Kordel hinweg und die Treppe hinauf Richtung Kirchturm. Auf dem oberen Absatz am Ende der Stiege führte eine Art Leiter noch höher hinauf in den Turm. Daneben befand sich eine Tür, die in einen dunklen Gang führte. Wie Emma erwartet hatte, verband dieser Gang das Kirchengebäude mit dem Neubau dahinter, in dem die Schwestern lebten. Die mochten schließlich nicht immer durch den irischen Regen laufen, wenn sie zum Gebet in die Kirche wollten, sondern konnten sich so trockenen Fußes und von ihren Lifestyle-Gästen unbemerkt ins Gotteshaus begeben.

Emma drückte eine weitere Tür auf und stand jetzt im Wohnheim der Schwestern. Im Vergleich zum Luxus der Hoteleinrichtung war das karg eingerichtet – lange Gänge, Holzböden, weißgekalkte Wände. Dazu ein schwacher Geruch nach Seife und Bohnerwachs. Jetzt, am hellen Vormittag, lag das Gebäude verlassen da, die meisten Schwestern gingen wohl ihren diversen Aufgaben im Hotel-, Verwaltungs- und Wellnessbereich nach.

Emma lief den Gang des ersten Stocks hinunter und öffnete die Türen. Die simpel eingerichteten Schlafräume – Bett, Nachttische, eintüriger Schrank, Tisch und ein Stuhl, dazu ein paar persönliche Gegenstände – lagen verlassen da. An den Türen hingen kleine Schilder: Schwester Nigella, Schwester Deirdre, Schwester Vinnie. Und schließlich: Schwester Magdalena. Insgesamt 18 Namen, mehr war nicht übrig von der alten Schwesternschaft. Hier oben hielt sich aber keine von ihnen auf.

Emma erspähte einen Lift, nahm aber dennoch die Treppe hinunter ins Erdgeschoss. Hinter einer Tür klapperte es, offenbar wurde gerade das Mittagessen vorbereitet. Es roch nach kochenden Kartoffeln. Emma entdeckte eine kleine Besenkammer und ging hinein. Sie hatte ein kleines Fenster. Emma trat näher heran und sah hinaus. Schließlich öffnete sie es und begutachtete den Boden darunter auf der Außenseite. Befriedigt zog sie das Fenster wieder zu, ließ aber den Sperrmechanismus offen. Nicht zum ersten Mal freute sie sich über die drittklassige Bautechnologie der britischen Inseln mit klapperigen Fenstern, die ausreichend klemmten, um verschlossen zu wirken, auch wenn sie nicht verriegelt waren.

Dann ging sie zurück auf den Flur und öffnete eine andere Tür. In einem großen Wohnzimmer saßen drei alte Frauen rund um einen Ofen. Die Schwester auf dem Sofa summte leise vor sich hin, was den dünnen Speichelfaden zittern ließ, der an ihrer Unterlippe hing. Eine andere Schwester saß strickend im Sessel und ließ sich beim Maschenzählen nur ungern stören. Die dritte in einem Rollstuhl ließ ihr Buch sinken und sah Emma entgegen. Ihr Blick war kalt, grau und ungetrübt. Diese Frau war nur körperlich angeschlagen, ihr Geist war hellwach. Nur die Summende auf dem Sofa hatte mit Demenz zu kämpfen.

»Guten Tag, ich bin Emma Vaughan. Ich suche nach Schwester Magdalena.«

Die strickende Schwester blickte auf und sah die Frau im Rollstuhl erwartungsvoll an – Emma hatte die Gesuchte ganz offensichtlich gefunden. Doch bevor die Strickliesel etwas sagen konnte, mischte sich die Frau im Rollstuhl ein:

»Warum? Was wollen Sie von Schwester Magdalena?«

»Ich würde ihr gerne einige Fragen stellen.«

»Was für Fragen? Wonach? Warum?«

»Eine Bekannte von mir ist hier in Bon Cœur auf die Welt gekommen, als es noch ein Mutter-und-Kind-Heim war, und Schwester Magdalena muss ihre Mutter gekannt haben.«

»Das ist lange her«, sagte die alte Frau mit den grauen Augen und nahm demonstrativ ihr Buch wieder hoch.

»Aber Magdalena, warum willst du denn nicht mit der netten jungen Dame reden?«, ließ sich da die Strickliesel vernehmen. Sie drehte sich im Sessel Emma zu.

»Ich bin Schwester Elisabeth, das da drüben ist Schwester Gillian. Wir freuen uns über Besuch, unsere Tage hier sind sehr still ...« Elisabeth plapperte drauflos und schilderte ihren Tagesablauf, während Magdalena Emma über den Buchrand hinweg beobachtete.

Die Kunst des wortreichen Schweigens war eine irische Qualität, die Emma auf die Kolonialzeit zurückführte – hatten die Iren doch seit den Feldzügen der Anglo-Normannen im zwölften Jahrhundert gelernt, den einfallenden Rittern Höflichkeiten zu servieren, aber keine Fakten. Ein typischer Ire konnte auch unter nassem Zement eine Stunde lang reden, ohne irgendetwas von Bedeutung von sich zu geben. Briten fielen auf so etwas rein und Amis sowieso, aber die Iren selbst wussten ganz genau, wenn einer wortreich schwieg.

Emma ignorierte Schwester Elisabeths Wortschwall und sprach über sie hinweg: »Schwester Magdalena, erinnern Sie sich an Kaitlin Fitzpatrick?«

»Wer soll das sein?«

»Kaitlin Fitzpatrick hat hier im Sommer 1965 ein Mädchen geboren, die kleine Catherine. Gegen Kaitlins Willen haben Sie ihr das Baby weggenommen und nach England verschafft. Das Kind landete in Newcastle in einem Heim namens Eagle Lodge. Erinnern Sie sich an den Fall? Oder an den Bruder der Frau? Den Reverend Charles Fitzpatrick? Er hatte seine Schwester seinerzeit hier abgeliefert.«

Magdalena schwieg und presste einen Klingelknopf neben sich, den Emma erst jetzt entdeckte.

Wie auf einen unhörbaren Befehl hin änderte Schwester Elisabeth nun die Richtung ihres Geschwätzes: »So viele schlechte Mädchen waren bei uns. Frech, dreckig, voller schmutziger Gedanken. Manche konnten wir retten, viele nicht ...«

»Sei still, Elisabeth.« Magdalena hatte eine Hand gehoben, und Elisabeth klappte den Mund zu. Gehorchen war offenbar immer noch erste Schwesternpflicht.

Zu Emma gewandt sagte Magdalena: »Wir waren die Müllabfuhr. Ein paar mutige Seelen, die sich gegen die niemals endende Flut des Schmutzes stellten. Außer uns hatte ja kaum einer die Kraft und Glaubensstärke, sich gegen die Verderbtheit unserer Zeit zu stellen und diese verdorbenen kleinen Nutten auf den Pfad der Tugend zurückzuführen. Und die Kinder der Sünderinnen …«

Da ging die Tür auf, und eine dickliche, blasse Schwester mit einem langen Gesicht betrat den Raum. »Schwester Magdalena, Sie haben geklingelt … Oh, wir haben einen Gast.«

Sie hatte Emma entdeckt. Magdalena musste ihr mit den Augen ein Zeichen gegeben haben, denn der Dicken gefror das Lächeln im Gesicht. Sie änderte ihren Ton und wurde scharf: »Dieser Teil der Anlage ist privat und nicht für Touristen bestimmt. Bitte gehen Sie jetzt!«

»Hat schon jemand anderes nach Schwester Magdalena gefragt? War schon jemand hier?«, wollte Emma von ihr wissen. Die Matrone guckte verständnislos, und Emma trat den Rückzug an. Schwester Magdalena lebte noch, das war die Hauptsache. Und mit Pferdegesicht und Quasselstrippe Elisabeth in der Nähe würde sich das so schnell auch nicht ändern.

Emma setzte sich in ihr Auto und fuhr nach Galway. Das kleine, bunte Städtchen brummte nur so im frühsommerlichen Sonnenschein. Touristen schoben sich durch die schmalen Straßen des mittelalterlichen Latin Quarters, saßen vor den Cafés unter Sonnenschirmen oder fotografierten die in der Tat eindrucksvollen Häuser, die Galways einflussreiche Händlerfamilien – die sogenannten »Tribes« oder Stämme – seit den anglo-normannischen Zeiten errichtet hatten. Emma wanderte zum Fluss, ging unter den Bögen der alten Stadtmauer aus dem 16. Jahrhundert hindurch und am Pier entlang Richtung Meer. Die Galwegians nannten diesen Uferweg »The Long Walk«.

Typisch irisch waren viele Häuser rot, grün oder gelb gestrichen und die Haustüren in Kontrastfarben dazu. Dieser Protest gegen das Grau des Wetters, der See und des Himmels schaffte es fast immer, Emmas Stimmung aufzuhellen. Sie blickte lange aufs Meer, sog den Duft des Ozeans in ihre Lungen, sah den Möwen beim Fischen zu und ging dann über die Dock Street zurück zur Merchant und dann zur Shop Street, wo sie eine verlässliche Taschenlampe und Ersatzbatterien kaufte.

Schließlich fand sie eine Wechselstube, zog sich ein paar Lederhandschuhe über und ließ sich für einen Packen Pfundnoten aus dem braunen Umschlag Euro geben. Dabei stand ihr der Schweiß auf der Stirn. Die Scheine waren nicht nummeriert, das hatte Emma geprüft, wären sie jedoch anderweitig markiert, würden jetzt bald die Alarmsirenen losgehen. Soviel Emma wusste, war das Geld aus dem IRA-Überfall im Dezember 2004 auf die Northern Bank in Belfast unauffällig. Doch war auf ihren nächtlichen Besucher mit dem nordirischen Akzent wirklich Verlass? Wollte er ihr wirklich helfen – oder sie als IRA-Sympathisantin diskreditieren und bei der Polizei hinhängen? Aber warum sollte er das tun? Was brächte ihm das?

Wenn das Geld ein Trick war, um Emma zu belasten, würden vor der Wechselstube jedenfalls demnächst die Kollegen vorfahren. Das ließ sich durch simples Warten einfach herausfinden. Und das konnte Emma, war es doch eine der

Hauptbeschäftigungen der Polizei: Warten und Verdächtige beobachten. Sie holte sich also einen Milchkaffee, setzte sich in der Nähe der Wechselstube in die Sonne und dachte darüber nach, was sie mit dem Blutgeld anfangen könnte. Zunächst einmal musste sie den Job hier zu Ende bringen und die gewiss stattliche Hotelrechnung im Bon Cœur bezahlen. Und dann? Dann würden Andrew Shannons Honorarforderungen für Pauls Verteidigung kommen. Sollte sie die mit dem geklauten Geld der IRA bezahlen, wie von dem nächtlichen Besucher vorgeschlagen? Oder die Kröten lieber irgendwo auf einem Konto für Stevies Ausbildung parken? Beides war unmoralisch. Emma seufzte. So schön es war, endlich mal Geld zu haben und davon zu träumen, es sorglos ausgeben zu können – sie würde die Kosten für ihre Ermittlungen in Bon Cœur damit begleichen und den Rest irgendwo anonym abgeben. Bei einer Einrichtung, die sich um einsame alte Leute kümmerte, zum Beispiel, oder bei einer, die ehemalige Opfer der IRA betreute. Diese Ironie wäre doch köstlich.

Paul würde sich um die Anwaltskosten selbst kümmern müssen. Zur Not konnte er immer noch sein Geschäft verkaufen. Und Stevie würde eben – wie so viele andere irische Kids auch – mit einem staatlichen Ausbildungskredit studieren.

Eine Stunde später drängten sich vor der Wechselstube immer noch nur Touristen. Keine Spur von aufgeregten Polizisten. Das Geld war sauber. Die IRA hatte ihr keine Falle gestellt – die Terroristen meinten es ernst damit, der Ex-Frau eines alten Kämpfers helfen zu wollen, auch wenn die bei der Garda arbeitete. Was für ein Wahnsinn.

Zurück im Hotel bestellte sich Emma ein Steak à la

carte – »bitte medium rare!« – zum Abendessen, denn das vom Haus angebotene Wellness-Menu, das hauptsächlich aus Körnern und Möhren bestand, schien ihr bestenfalls als Pferdefutter geeignet. In ihrem Rotweinglas funkelten die Kandelaber des Speisesalons, der dicke Teppich dämpfte die Stimmen der anderen Gäste zu einem angenehmen Murmeln. Als sie gerade über die Frage nachdachte, ob ihrem Hüftumfang eine Crème brûlée zum Nachtisch zuzumuten war, kam eine ältere Dame an Emmas Tisch. Sie sprach mit messerscharfem englischen Akzent: »Guten Abend. Mein Name ist Susan. Ich finde alleine essen so langweilig – darf ich mich zu Ihnen setzen?«

Emma war nicht besonders begeistert über Gesellschaft, musste aber den Mut der Frau bewundern, war es unter Engländern doch keineswegs üblich, sich einfach irgendwo dazuzusetzen. Und leere Tische gab es in dem ballsaalartigen Speiseraum genug. Also hob sie einladend die Hände. »Aber bitte, nur zu. Ich bin Emma.«

Die Dame setzte sich, sie war in der Tat eine Dame: Anfang, Mitte 60, Spitzenbluse zum Faltenrock. Perlen in den Ohren, der Hauch von Make-up kaum wahrnehmbar, gepflegte Hände ohne Ringe. Eine Witwe?

»Wie ist der Wein?«, fragte sie höflich.

»Ganz ordentlich«, sagte Emma, die sich mit dem Hauswein begnügt hatte. »Passt gut zu meinem Steak.«

»Aha, noch jemand, der den Gesundheitsfimmel zumindest beim Essen nicht teilt«, sagte Susan, und Emma sah plötzlich Intelligenz und Humor in dem faltenreichen Gesicht aufblitzen.

Der Ober erschien, Susan bestellte einen Rinderbraten und eine Flasche Barolo – »Ich darf Sie doch einladen?« – und zwei neue Gläser.

»Wo kommen Sie her?«, fragte Emma.

»Aus Manchester. Ich bin schon am Sonntag angereist. Ganz kurzentschlossen. Und Sie?«

Emma stutzte. Aus Manchester? Catherine lebte in Manchester. Was für ein seltsamer Zufall. Andererseits, Manchester war eine Millionenstadt, und vermutlich waren zu jedem Zeitpunkt ein paar ihrer Bürger in Galway unterwegs. Sie fing sich schnell. »Ich bin erst gestern gekommen – auch kurzentschlossen. Aber ich hatte es auch nicht weit. Ich lebe in Sligo.«

Nun drohte der Gesprächsfaden zu reißen, denn andere nach ihrem jeweiligen Leben und Job auszufragen, hätte die angelsächsischen Regeln der Höflichkeit dann doch zu sehr strapaziert. Also sprachen die beiden über die Herausforderungen der Anreise und das Wetter.

Doch eine langweile Perlen-Paula, dachte Emma, als Susan abrupt das Thema wechselte.

»Schön, dass Sie mir Gesellschaft leisten. Ich dachte schon, ich müsste mir heute alleine einen antrinken. Chelsea hat nämlich gerade Manchester United geschlagen – drei zu eins. Ich fass es nicht.«

Emma musste lachen: »Das hätte ich aus Ihrem Mund jetzt nicht erwartet: Fußball! Und Alkoholmissbrauch!«

»Wieso das denn? Fußball ist ein Breitensport.«

»Ja, aber Sie sehen eher nach Buchclub und Pfefferminztee aus als nach Fußballverein und Bier«, sagte Emma und deutete vage auf Susans Spitzenkragen. »Und ich bin in der Regel eigentlich ganz gut in der Einschätzung von Menschen.«

»Lassen Sie sich von meinen Klamotten nicht täuschen«, sagte die Dame, »und außerdem bevorzuge ich Wein.« Sie hob ihr Glas, prostete Emma zu und stürzte sich in einen Spielbericht über Ruud van Nistelrooys geniales Eröffnungstor, den man problemlos beim BBC hätte senden können. »Ich finde Fußball als soziales und ökonomisches Phänomen ja ganz unterhaltsam, aber ich habe es noch nie geschafft, ein ganzes Spiel anzugucken«, gestand Emma, als Susan ihren Bericht beendet hatte.

»Wie meinen Sie das – als soziales Phänomen interessant?«

»Na ja, im richtigen Leben sind je nach Studie zwischen fünf und zehn Prozent der Bevölkerung schwul – nur im Fußball nicht. Rein statistisch müssten in der englischen Premier League mindestens 50 Spieler homosexuell sein, aber geoutet hat sich kaum einer. Gleichzeitig ist das Stadion einer der ganz wenigen Orte, an dem sich Kerle in den Armen liegen, sich küssen und sogar weinen dürfen. Ich finde solche Widersprüchlichkeiten interessanter als glatte Oberflächen.«

»Also, ich kann Fußballer nicht ausstehen«, sagte Susan, »und mit wem die ins Bett gehen, ist mir völlig wurst. Das Spiel an sich ist jedoch faszinierend, wenn man erst mal die strategischen und taktischen Winkelzüge kapiert hat, die nötig sind, um im Profifußball zu siegen.«

»Mich interessiert eher der Gleichmacher-Faktor«, sagte Emma. »Wo sonst sind Topmanager ebenso engagiert wie Fliesenleger? Diese unglaubliche Loyalität, die Fans jeder Couleur für ihre Clubs empfinden! Ich habe Kollegen, die würden sich eher scheiden lassen, als sich von ihrem Verein zu trennen.«

»Und trotzdem gucken Sie sich kein einziges Spiel an?« Susan klang, als könne sie es nicht glauben.

»Nein. Viel zu langweilig. 90 Minuten und oft nicht mal ein einziges Tor – das steh ich nicht durch. Aber ich lese zum Beispiel mit großem Interesse, was bei Manchester United gerade wirtschaftlich passiert.«

»Sie meinen die Übernahme durch die Amis?«

»Ja, die Glazer-Brüder halten jetzt fast 30 Prozent der Anteile von Manchester United – und ich würde mich nicht wundern, wenn es demnächst um eine volle Übernahme gehen würde …« Angeregt unterhielten sich die beiden Damen, was die amerikanischen Milliardäre wohl mit einem britischen Verein vorhatten und wie so ein Megadeal zu finanzieren wäre. Eine zweite Flasche Wein allerdings lehnte Emma ab – und wünschte ihrer neuen Freundin gute Nacht. Sie hatte schließlich noch was vor.

Als sie an der Hotelbar vorbeiging, lief sie der yogabegeisterten Zahnarztgattin in die Arme. Die lallte schon ein wenig. »Hallo, ich bin die Sybill. Willst du nicht noch einen Whiskey mit mir trinken? Ich habe einen fabelhaften zwölf Jahre alten Bushmills in meiner Suite.«

Das fehlte gerade noch!

Geschickt wich Emma der leicht schwankenden Sybill aus und sagte im Vorbeigehen: »Ein andermal, ein andermal. Ich bin so erledigt von all dem Yoga, dass ich unbedingt sofort ins Bett muss!« Was wollte die Alte nur von ihr? Warum war sie hier? Hatte sie etwas mit Schwester Magdalena und der Vergangenheit des Hauses zu tun?

Vermutlich war ihr nur langweilig, beschloss Emma und fragte sich, ob sie etwa schon anfing, an Verfolgungswahn zu leiden.

Um Mitternacht war es still geworden in Bon Cœur – das Wellness-Publikum kam schließlich nicht zum Feiern, sondern um seinen Schönheitsschlaf zu halten. Und den Rest erledigte der Bushmills. Emma zog sich eine schwarze

Jeans an, steckte ihre langen blonden Locken unter eine schwarze, enganliegende Mütze, verstaute Taschenlampe, Sig Sauer und die Handschellen griffbereit in ihrer schwarzen Lederjacke, stellte das Handy auf lautlos und verließ das Big House. Ein paar Gartenlampen tauchten die Anlage in trübes Licht. Sie vermied den unter ihren Schritten knirschenden Kies des Parkplatzes und schlich stattdessen über den Rasen. Die Tür zur Kirche war erwartungsgemäß abgeschlossen, aber dafür gab es Plan B.

Sie ging um den Neubau herum, fand das Fenster zur Besenkammer und drückte mit ihren schwarz behandschuhten Händen gegen die Scheibe. Ächzend gab der Rahmen nach. Emma kam der Krach unendlich laut vor, sie erwartete, dass in den Schlafzimmern über ihr die Lichter angingen. Sie duckte sich in den Schatten einer Konifere, atmete möglichst geräuschlos durch den Mund und starrte lauschend in die Nacht. Alles blieb still, doch Emma wurde das Gefühl, beobachtet zu werden, einfach nicht los. Hör auf zu spinnen! Das ist nur das schlechte Gewissen einer Einbrecherin!

Schließlich schob sie sich durch das Fenster in die Besenkammer. Drinnen blieb sie stehen, bis sich ihre Augen an die Dunkelheit gewöhnt hatten. Je weniger sie die Taschenlampe benutzte, desto besser.

Leise öffnete sie die Tür zum Flur, auch hier war alles still. Sie schlich die Treppe hoch zu den Schlafräumen im ersten Stock, die sie heute tagsüber schon einmal gegangen war. Ein paar Stufen knarrten in der Stille, aber dieses Geräusch waren die Schläferinnen sicher so gewohnt, dass sie davon nicht aufwachen würden. Dann stand sie vor Schwester Magdalenas Tür und hielt den Atem an. Leise drückte sie die Klinke hinunter und ließ die Tür aufschwingen. Sie quietschte nicht, das hatte sie am Vormittag überprüft. Im Bett lag ein kleiner Körper, daneben stand ein Rollstuhl. Emma hörte leise, rhythmische Atemzüge. Alles okay.

Sie überprüfte die Tür zum Gang in die Kirche: abgeschlossen. Über diesen Weg konnte niemand hereinkommen, ohne dass Emma es von weitem hören würde. Sie schlich die Treppe hinunter, zog sich leise in die dunkle Besenkammer zurück und ließ die Tür einen Spaltbreit offen stehen, den Eingangsbereich und die Treppe im Blick. Sie rutschte mit dem Rücken an der Wand runter und machte es sich auf dem Boden bequem, hatte sie doch eine lange Wache vor sich.

Ohne James an ihrer Seite waren solche Überwachungsjobs noch langweiliger als sowieso schon. Emma wollte gar nicht dran denken, was der jetzt trieb. Stattdessen sagte sie sich im Kopf leise Gedichte auf, sowohl die, die sie als Kind in der Schule gelernt hatte, als auch die, die sie erst als Erwachsene entdeckt hatte. Yeats, Healy, Whitman, Auden. Letzteren liebte sie besonders und sagte im Kopf vor sich hin:

»Looking up at the stars, I know quite well
That for all they care, I can go to hell,
But on earth indifference is the least
We have to dread from man or beast.«

Und ihre Lieblingszeile von allen:

»If equal affection cannot be,
Let the more loving one be me.«

»Wenn ein Gleichgewicht der Gefühle unmöglich ist, lass mich diejenige sein, die mehr liebt.« Wie elegant Auden doch den bittersüßen Schmerz der Liebe beschreiben konnte.

Im Fall von James war wohl sie diejenige, die in der Tat mehr liebte. Und Andrew Shannon? War der wirklich an ihr interessiert? Oder einfach nur traurig und verstört vom Verrat seiner Ehefrau? Vermutlich betrachtete er Emma als willkommene Ablenkung. Emma schob die Gedanken über ihr Leben weit von sich und dachte über die vor ihr liegende Aufgabe nach, auch wenn das nicht viel aufmunternder war. Wenn man sie heute Nacht hier in der Besenkammer erwischen würde, hätte sie einige Erklärungen abzugeben, aber Emma hoffte, dass sie sich mit Hilfe ihrer Polizeimarke schon irgendwie aus der Affäre ziehen könnte.

Emma schreckte hoch, sie hatte schon wieder geträumt, dass Catherine einer alten Frau die Luft abdrückte. Tatsächlich war alles so ruhig geblieben, dass sie eingenickt war. Der Morgen dämmerte. Höchste Zeit abzuhauen. Emma stand mühsam auf, der Schmerz in ihrem Rücken ließ sie keuchen. Auf der Erde sitzend verbrachte Nächte taten ihren verletzten Knochen keineswegs gut. Sie machte ein paar Dehnübungen, um halbwegs beweglich zu werden, schob sich wieder durch das Fenster der Besenkammer, ließ es geschlossen, aber unverriegelt und schlich in ihr Zimmer zurück. Dass die Büsche neben der Kirche einen seltsam großen Schatten warfen, bemerkte sie nicht.

Kapitel 21

Die Falle

Fast fühlt es sich an wie Freude! Die Polizistin ist noch naiver, als ich dachte. Sie ist tatsächlich gekommen. Jetzt marschiert sie hier herum wie eine schwangere Elefantenkuh, analysiert ihre Umgebung und glaubt, dass ihre Recherche keinem auffällt. Auf die Idee, dass auch ein Beobachter beobachtet wird, kommt diese Beobachterin gar nicht. Wie dämlich kann man eigentlich sein? Dabei denkt sie, dass ihr unverriegeltes Fenster in der Besenkammer ganz furchtbar clever ist. Dass sie nicht die einzige Person sein könnte, die das Kloster nun jederzeit betreten kann, fällt ihr gar nicht auf. Genauso wird es ihr mit ihrer Waffe ergehen, die sie so offensichtlich im Schulterholster herumschleppt – auch eine Knarre kann mehr als eine Person benutzen. Wirst schon sehen, kleine Emma!

Alles ist vorbereitet, nur den Wagenschlüssel muss ich mir noch besorgen. Aber die Frau ist zutraulich, das sollte kein Problem sein.

Ich kenne den Weg zum Kliff, den finde ich auch blind. Danach gehe ich zu Fuß zurück. Sind ja nur sechs oder sieben Kilometer. Bis auffällt, dass sie fehlt, ist alles an seinem Platz, und ich habe einfach nur einen kleinen Morgenspaziergang unternommen.

Mittwoch, 11.5.2005

Kapitel 22

Mit offenen Augen blind

Ein Ellenbogen bohrte sich scharf in Emmas Rippen. Mit einem Japsen schreckte sie hoch. Sie brauchte eine Sekunde, um sich zu orientieren. Sie lag im Trainingsraum des Bon Cœur, der eher an einen ehemaligen Schlafsaal als eine Turnhalle erinnerte, in der Toter-Mann-Stellung rücklings auf einer Yogamatte und sollte meditieren. Die verhungert wirkende Blondine neben ihr schaute sie scharf an und zischte: »Pssst!«

Emma war in der Meditationsklasse eingeschlafen und hatte offenbar geschnarcht oder im Traum geredet, und der Hungerhaken nebenan fühlte sich in seiner Konzentration gestört.

Der Nachtschlaf in der Besenkammer war zu knapp ausgefallen, und die vor sich hin dröhnende Stimme der Meditationslehrerin – »Deine Füße entspannen sich, deine Knöchel entspannen sich, deine Waden entspannen sich …« – und ihre Aufforderung, »ganz tief ins Zwerchfell« zu atmen, hatten Emma prompt wegnicken lassen. Den Rest der Stunde lag sie einfach auf dem Rücken, starrte an die Decke und fand es herrlich, außer Atmen nichts tun zu müssen. Wenn das Meditation war, dann brauchte sie mehr davon in ihrem Leben.

Auf dem Weg in ihr Zimmer fühlte sich Emma beobachtet. Sie fuhr herum und sah am anderen Ende des Ganges Sybill stehen. Emma nickte ihr zu. Was wollte die bloß von ihr?

Nach dem Essen und einem ausgedehnten Mittagsschlaf ging Emma spazieren und beobachtete das Kommen und Gehen rund um Hotel und Schwesternheim. Von Catherine keine Spur. Wenn Emma sich getäuscht hatte und sie nicht auftauchen würde, um ihren Rachefeldzug mit Magdalena zu beenden, was dann? Was, wenn es ihr mit ihrer kleinen SMS und dem Verweis auf die noch lebende Schwester Magdalena nicht gelungen war, Catherines Rachsucht anzustacheln und sie nach Irland zu locken? In England hatte Emma keine Rechtshoheit, und jeder Versuch, Catherine dort zu stellen, würde zu Problemen führen, die Emma sich nicht einmal ausmalen mochte. Sie beschloss, noch einen Tag abzuwarten.

Um ihre innere Unruhe wegzutrainieren, ging Emma in den Fitnessraum. Eigentlich konnte sie die Foltergeräte in diesen Studios nicht ausstehen, musste aber zugeben, dass ihr das Training half, ihre angeschlagenen Knochen zu beruhigen und den Schmerz im Zaum zu halten. Vermutlich müsste sie ernsthaft anfangen, Sport zu treiben, um mit Muskelaufbau an den richtigen Stellen zu versuchen, ihren Tablettenkonsum zu reduzieren. Dieser Gedanke war Emma nicht neu, aber im Alltagsstress mit Kind und Job kam sie einfach nicht dazu, ihre Pläne umzusetzen. Bei ihr war grundsätzlich Mitte Januar, und die guten Neujahrsvorsätze lösten sich in Luft auf.

Sie setzte sich auf ein Spinningrad und begann zu strampeln. Ein paar Minuten später, Emma war schon komplett verschwitzt, erschien Susan in einem engsitzenden Trainingsoutfit, das einen sehnigen, gut durchtrainierten Körper erkennen ließ. Plötzlich wirkte sie gar nicht mehr wie eine alte Dame.

Susan hatte Emma auch entdeckt, stutzte kurz, entschied sich aber gegen eine ausführlichere Begrüßung und marschierte nach kurzem Nicken zum Hantelstand. Emma beobachtete erstaunt, wie Susan routiniert begann, mit den Gewichten zu arbeiten. Die Frau war deutlich fitter, als ihr konservativer Alltagsauftritt erahnen ließ.

Gegen Abend saß Emma in ihrem Zimmer in einem Sessel am Fenster, ein Buch ungelesen auf dem Bauch, starrte auf den Parkplatz und wünschte sich, dass endlich ein Auto mit britischem Kennzeichen auftauchen und Catherine ausspucken würde. Doch Wünschen half bekanntlich nichts. Sonst wären die Menschen vermutlich mit nichts anderem mehr beschäftigt.

Plötzlich klopfte es an Emmas Tür. Als sie aufmachte, schob sich Susan ins Zimmer, wieder in Twinset und Faltenrock als ältliche Dame verkleidet.

»Was lesen Sie denn da?«, fragte sie und ging auf den kleinen Tisch am Fenster zu, wo Emma ihren Roman liegen gelassen hatte. »Nick Hornby«, beantwortete Susan ihre Frage selbst und nahm das Buch zur Hand. »*The Long Way Down.* Taugt das was?«

»Keine Ahnung, ich hab noch nicht viel davon gelesen«, antwortete Emma. »Aber ich mag Hornbys schwarzen Humor.«

»Ich finde ihn albern«, sagte Susan.

Emma fand, dass nicht jedes Buch tiefschürfend sein musste, sie war schon ganz zufrieden, wenn sie ein Autor gut unterhielt. Aber über Geschmack ließ sich nicht streiten, also hielt sie einfach den Mund.

»Hübsches Zimmer«, sagte Susan und trat auf das Fenster zu, »noch schöner wäre es ohne die Aussicht auf den Parkplatz.«

»Mich stört das nicht. Ich konzentriere mich auf die Landschaft dahinter.« Emma sah Susan abwartend an: Was erwartete Susan von ihr?

»Ich wollte fragen, ob Sie heute wieder mit mir essen wollen? Ich finde alleine essen so deprimierend.« Als ob sie Emmas unausgesprochene Frage gehört hätte.

»Gerne«, erwiderte Emma. »So um sieben, wie gestern?«

Da klingelte Emmas Mobiltelefon. Sie sah sich suchend im Zimmer um und fand das Gerät schließlich unter einem Kissen in dem Sessel, in dem sie gerade noch gesessen hatte. Komisch, wie war es denn dahin gekommen? Musste ihr aus der Tasche gerutscht sein. »Nummer unbekannt« stand auf dem Display. Emma nahm ab, aber der Anrufer hatte schon aufgelegt. Als Emma sich wieder zu Susan umdrehte, war die bereits gegangen. Dass auch ihre Schlüssel nicht mehr auf der Ablage neben der Hoteltüre lagen, fiel Emma nicht auf.

Ehe es ihr wirklich bewusst wurde, hatte Emma Susan bei gegrilltem Lachs auf Fenchelgemüse mit Kartoffelgratin und Chablis ihre ganze Lebensgeschichte erzählt. Unfall, Scheidung, Schmerzen und Tablettenkonsum inklusive. Susan hatte eine Art zuzuhören, die bei ihrem Gegenüber ungeahnte Gesprächigkeit auslöste. Mit dieser Fähigkeit wäre sie eine gute Polizistin geworden.

Ein paar Tische weiter saß Sybill und starrte zu Susan und Emma herüber. Langsam wurde die Dame anstrengend. Oder wusste sie etwas, das Emma verborgen geblieben war? Emma nahm sich vor, die Zahnarztgattin morgen genauer in Augenschein zu nehmen.

Die beiden Frauen waren längst bei einem vertraulichen Umgangston angelangt.

»Wie machst du das, dass man dir vorbehaltlos die persönlichsten Dinge anvertraut?«, fragte Emma schließlich. »Das ist sonst nämlich gar nicht meine Art, das Innere nach außen zu kehren.«

Susan hob ihr Weinglas hoch, drehte es, um das Licht der Kerze auf dem Tisch darin einzufangen. Schließlich sagte sie: »Ich bin inzwischen pensioniert. Aber ich habe mein ganzes Leben damit verbracht, anderen zuzuhören. Ich war Sozialarbeiterin, weißt du? Zuhören ist Teil der Jobbeschreibung. Wir sind sozusagen die Psychiater der Armen.«

Sozialarbeiterin, Susan, Manchester ... irgendwie kam Emma diese Kombination bekannt vor. Wo hatte sie das schon mal gehört? Eine Information in einer tiefen Sedimentschicht in ihrem Kopf machte sich bemerkbar, aber Emma bekam sie nicht zu fassen.

Also wechselte sie das Thema: »Ich habe dich heute im Fitnessraum gesehen. Du hast mit den Hanteln operiert wie ein Profi.«

»Mein Vater hat mir immer gesagt, wenn du alt wirst, hast du nur noch die Wahl, auszusehen wie eine Ziege oder wie ein Frosch. Also so dünn und sehnig wie eine Geiß – oder eben dicker Bauch und dünne Glieder wie eine Kröte. Ich habe mich vor ein paar Jahren entschlossen, zur Ziege zu werden.«

Emma musste lachen. »Ich mag Ziegen.«

»Ich auch. Ich trainiere regelmäßig. Inzwischen kann

ich mir ein Leben ohne Sport gar nicht mehr vorstellen«, sagte Susan. »Es ist gut zu spüren, dass man seinen Körper belasten kann.«

»Und ich spüre ständig, dass ich mich zu wenig bewege«, sagte Emma. »Vermutlich werde ich gerade zum Frosch.«

»Das bleibt abzuwarten.«

Donnerstag, 12.5.2005

Kapitel 23

Der Schlaf der Selbstgerechten

Drei Stunden später stand Emma wie in der Nacht zuvor in ihrem schwarzen Outfit mit Waffe und Handschellen im Garten vor dem Fenster der Besenkammer im Schwesternheim. Sie hatte überhaupt keine Lust, sich schon wieder eine Nacht um die Ohren zu schlagen, war sie sich doch sicher, dass es ihr nicht gelungen war, Catherine zurück nach Irland zu locken. Zudem taten ihr von der Nacht zuvor noch alle Knochen weh, und heute schienen nicht mal die zwei Oxy zu helfen, mit denen sie ihr Abendessen abgeschlossen hatte. Magdalena lag aller Wahrscheinlichkeit nach sicher in ihrem Bett und genoss den Schlaf der Selbstgerechten. Emma seufzte leise, schob das Fenster auf, stieg in die Besenkammer, schob die Tür zum Gang auf – alles still. Sie schlich sich auf den Flur und wandte sich zur Treppe.

Dann wurde alles schwarz um sie.

Emma wurde wach, weil sie gegen einen harten Gegenstand gedrückt wurde. Sie lag in völliger Dunkelheit in einer Art Höhle, in der sie sich nicht ausstrecken konnte. Alles um sie herum brummte. Ein stechender Schmerz beherrschte die Region hinter ihrem linken Ohr. Sie betastete ihren Kopf: eine dicke Beule, ihr Mund schmeckte nach Blut, sie musste sich auf die Zunge gebissen haben. Alles roch irgendwie chemisch.

Das Brummen hielt an. Es war nicht in Emmas Kopf, sondern kam von außen. Sie lag im Kofferraum eines fahrenden Wagens. Trotz ihrer Benommenheit fing Emma an, ihre Umgebung zu ertasten. Waffe, Handschellen, Mobiltelefon und Taschenlampe waren weg. Dafür fand sie eine Plastikflasche. Vorsichtig drehte sie die auf: Nachfüllwasser mit Gefrierschutzmittel für die Waschanlage der Windschutzscheibe. Ein zusammenklappbarer Korb für Einkäufe. Etwas, das sich anfühlte wie eine alte Decke. Ein zerfleddertes, übergroßes Taschenbuch mit einem dicken Riss in der Titelseite, vermutlich ein Straßenatlas. All das kam Emma sehr bekannt vor: Sie war im Kofferraum ihres eigenen Autos. Emma wurde schlecht, sie kämpfte mit Brechreiz. Atmen, ruhig atmen, einfach nur atmen, befahl sie sich selbst.

Was zum Teufel war hier los? Emma hatte Mühe, einen klaren Gedanken zu fassen. Irgendwer hatte ihr eins über den Kopf gebraten und dann einen Lappen mit Chloroform ins Gesicht gedrückt.

Susan – nur sie konnte sich den Schlüssel zu Emmas Auto genommen haben, als sie heute am frühen Abend bei ihr im Zimmer gewesen war. Vermutlich hatte sie sich Emmas Handynummer besorgt und auf ihrem eigenen Gerät einfach im richtigen Moment heimlich die Anruftaste betätigt. Als Emma mit der Suche nach ihrem Telefon abgelenkt war, hatte sie sich vermutlich die Schlüssel genommen.

Aber warum? Die Frau sah aus, als käme sie gerade von einer Chorprobe der Heilsarmee, war aber trainiert wie ein Soldat einer Elitetruppe. Eine harte Rechtskurve ließ

Emma herumrollen, sie stieß mit der Hüfte gegen den Wagen, der Schmerz ließ sie fast wieder ohnmächtig werden. Eine Linkskurve, noch mal rechts und wieder links ... Das Auto wurde langsamer, die Straße unebener, Susan hatte die Hauptstraße verlassen. Der Wagen holperte über eine typisch irische Landstraße. Wie lange sie hier wohl schon lag?

Endlich wurde das Auto angehalten, der Motor erstarb, eine Autotür klappte auf und wieder zu, Schritte. Schließlich wurde der Kofferraumdeckel entriegelt. Draußen war es immerhin etwas heller als im Kofferraum, und Emma starrte in ein großes O, die Mündung ihrer eigenen Dienstwaffe. Dahinter erschien Susans entschlossenes Gesicht.

»Aussteigen! Wir sind da!«

Emma konnte das Meer hören und begann mühsam, aus dem Kofferraum zu klettern. Vor dem Auto fiel sie auf die Knie und fing an zu würgen. Chloroform und Oxycodon waren eine unbekömmliche Mischung.

»Stell dich nicht so an!«, schimpfte Susan, die in ihren dunklen, engsitzenden Klamotten gar nicht mehr ladylike wirkte. »Steh auf, wir haben einen kleinen Marsch vor uns.«

Emma rappelte sich mühsam auf und sah sich um. Sie standen auf dem unbeleuchteten, verlassenen Parkplatz eines Badestrands. Die Luft roch nach Tang. Etwas weiter vorne stand eine dieser typischen rot-gelb gestrichenen Bademeisterhütten, die aber mitten in einer kühlen Mainacht verlassen da lag. Emma kannte sich in Galway nicht besonders gut aus, vermutete aber, dass sie in Salthill oder Silverstrand gelandet waren.

Susan deutete mit dem Kinn nach links. »Da rüber, du zuerst!« Die Waffe verlieh ihren Worten Nachdruck, und

Emma ging in die Dunkelheit hinein. Hinter ihr knipste Susan eine Taschenlampe an. Nach etwa 500 Metern erreichten sie einen hohen Drahtzaun, der einen steil ansteigenden Pfad versperrte. Ein Schild warnte in Englisch, Deutsch und Französisch: »Privatgrund! Betreten verboten! Sturzgefahr!«

»Nach rechts, über die Felsen!«, kommandierte Susan. Rechts endete der Zaun zwischen großen Gesteinsbrocken, gegen die ein paar Meter weiter unten das Meer donnerte. Susan zwang Emma, sich an dem Metallzaun entlangzuhangeln, über die Felsen zu balancieren und sich am äußersten Ende des Zauns auf die andere Seite der Barriere zu schieben. Auf dem Scheitelpunkt des Zauns, halb über dem Wasser hängend, überlegte Emma kurz, sich einfach nach unten weg gleiten zu lassen, aber die Flut hatte ihren Höhepunkt schon deutlich überschritten, und sie würde nicht ins Wasser fallen, sondern auf die nassen Felsen knallen. Das war zu riskant, zumal sie im Dunkeln nur ahnen konnte, wohin sie stürzen würde.

Also hangelte sie sich wie befohlen auf die andere Seite hinüber und begann auf Susans Geheiß, hügelan zu steigen. Der Pfad war höchstens schulterbreit und mit Grasbüscheln durchsetzt. Emma strauchelte wiederholt und fing an zu keuchen, der Schmerz in Kopf und Hüften war unbarmherzig. Susan blieb ihr auf den Fersen.

Endlich waren sie oben auf einer Wiese. Ein paar Schafe schreckten aus dem Schlaf hoch und stoben davon. Emma schätzte, dass sie mindestens 40 Höhenmeter überwunden hatten. Die Kuppe des Hügels war flach, die Weide erstreckte sich darüber, so weit es Emma im Dunkeln erahnen konnte. In der Ferne blinkten ein paar Lichter, Galway vermutlich.

»Zum Kliff!«, befahl Susan, die keineswegs außer Atem war und mit der Waffe auf die Abrisskante der Wiese deutete.

Emma trat bis auf etwa drei Meter an den Abgrund heran, wo sie das Meer unter sich auf Felsen klatschen hören konnte. Sie blieb stehen und wandte sich zu Susan um. »Zuerst will ich wissen, was hier eigentlich los ist.«

»Nichts Besonderes«, sagte Susan. »Du bist der Schmerzen, der Tabletten und deiner Einsamkeit überdrüssig geworden und hast Selbstmord begangen. Und nun spring. Oder soll ich nachhelfen?«

»Das meine ich nicht. Was ist hier wirklich los?«

»Du bist ganz einfach zu neugierig, steckst deine Nase in Angelegenheiten, die dich nichts angehen ...«

»Sue!«

Hinter Susan tauchte eine weitere Person aus der Dunkelheit auf, die nun ebenfalls eine Taschenlampe anknipste. In ihrem Schein sah Emma dickes, rotes Haar. Catherine war von der Klettertour bergauf im Dunklen angestrengt, sie beugte sich vor, rang um Luft und rief dann erneut: »Sue! Verdammt noch mal, Sue! Was soll denn dieser Blödsinn. Nimm die Waffe runter! Bist du völlig verrückt geworden?«

Emma versagten vor Erleichterung die Beine, sie ließ sich ins Gras fallen.

Sue hatte sich halb zu Catherine umgedreht und rief: »Kind, ich hab dir doch gesagt, du sollst in Deutschland bleiben und dich erholen. Ich habe dir versprochen, dass ich mich um alles kümmere. Was machst du hier? Geh weg! Das hier ist nichts für dich.«

»Das nennst du dich kümmern? Leute kidnappen und mit der Waffe bedrohen?«, rief Catherine.

»Ich hab ein Leben lang dabei zugesehen, wie Menschen

wie Walter Payman oder Schwester Geraldine ihren Sadismus an Kindern wie dir auslassen – und keine Sau tut was. Nicht die Kirche, nicht die Bullen. Schon gar nicht die Bullen. Es ist an der Zeit, dass wir uns selber helfen!«

Endlich fiel der Groschen, aber Emma konnte dennoch fast nicht glauben, was sie gerade erlebte.

»Aber doch nicht so!«, sagte Catherine, die inzwischen näher an Sue herangetreten war.

»Also hast *du* Payman, seine Frau und Geraldine getötet?«, sagte Emma, die inzwischen wieder Luft bekam.

»Wer denn sonst? Aber du bist ja zu blöde, das zu kapieren. Wofür bezahlen sie dich eigentlich bei der Polizei?«, entgegnete Susan. Oder Sue, wie Catherine ihre ehemalige Sozialarbeiterin Susan Ramsey nannte, die sie seinerzeit in Manchester aus dem Päderastenhaushalt ihres Adoptivaters Payman befreit hatte.

»Aber ich habe dich doch nicht aus Oberstdorf angerufen, damit du losziehst und Emma umbringst!«, sagte Catherine.

»Sie weiß zu viel«, sagte Sue. »Die Bullensau hat kapiert, dass Paymans Beseitigung, der Verkehrstod seiner Frau und Schwester Geraldines Ende in der Badewanne mit dir und deiner Lebensgeschichte zu tun haben. Meinst du, dabei wäre es geblieben? Kind, früher oder später hätte sie dich fertiggemacht.«

»Ich habe dich aber nicht gebeten, mich zu rächen und meine alten Peiniger umzubringen! Was fällt dir überhaupt ein, in meinem Namen zu morden? Bist du völlig verrückt geworden?«

»Verrückt? Ich bin nicht verrückt. Höchstens die Kinderschänder und Sklavenhalter in diesen Gefängnisheimen sind wahnsinnig. Aber wahrscheinlich nicht einmal das.

Sie wissen nur ganz genau, dass ihnen nichts passiert. Die wohlanständigen Bürger werden vom System geschützt. Solange die Fassade stimmt, ist alles bestens. Dran glauben müssen immer nur schutzlose kleine Wesen, wie du damals eines warst. Irgendjemand muss diesen Saustall ausmisten. Und deine Peiniger sind erst der Anfang. Es gibt noch viele ehemalige Schützlinge von mir, in deren Umfeld einer aufräumen muss. Ich habe mit der Arbeit ja erst angefangen.«

»Ich will aber nicht, dass du in meinem Namen mordest!«, schrie Catherine da. »Es ist schon schwer genug, mit meinem Scheißleben fertigzuwerden, ohne dass du mich auch noch in deinen Rachefeldzug mit hineinziehst! Am Ende bist du auch nicht besser als Payman oder Schwester Geraldine, verstehst du das denn nicht?«

»Für wen mach ich das denn alles?«, entgegnete Sue. »Damit du endlich Frieden hast! Ich habe keine Kinder, ihr, meine Schützlinge, ihr seid meine Kinder, meine Familie. Ich tue nur das, was jede gute Mutter tun würde: Ich beschütze meine Kinder.«

»Ich will aber nicht beschützt werden. So schon gar nicht! Und du bist nicht meine Mutter«, gab Catherine zurück.

»Du undankbares Biest!« Jetzt wurde Sue wütend. Sie hatte sich längst vollends zu Catherine umgedreht und richtete die Waffe nun auf ihren vermeintlichen Schützling.

Emma kämpfte immer noch mit den Folgen von Kopfverletzung, Chloroform und Schmerzmitteln, robbte aber vorsichtig in Richtung Sue und Catherine. Schließlich zwang sie sich, sich aufzurichten, und kam auf wackligen Beinen zum Stehen.

Aus dem Augenwinkel sah Catherine Emma von hinten auf Sue zukommen und warf sich, die Taschenlampe wie einen Hammer schwingend, auf Sue. Die ging zu Boden, zog Catherine mit sich, ein Schuss löste sich.

Die beiden Frauen rollten über die Erde, die Taschenlampe landete irgendwo in der Wiese.

Inzwischen versuchte Sue, sich auf Catherine zu setzen, die rücklings im Gras lag. Sues linke Hand war in Catherines Haar verkrallt, die rechte umklammerte Emmas Sig Sauer.

Emma sammelte ihre Kraft und trat mit all der Gewalt, derer sie mächtig war, gegen Sues Handgelenk. Die schrie vor Schmerz auf, die Waffe flog ins Gras.

Emma warf sich vornüber, schnappte sich ihre Dienstwaffe, rappelte sich auf und brüllte aus sicherer Distanz ins Handgemenge: »Schluss jetzt! Auseinander!« Dann gab sie einen Schuss in die Luft ab.

Die beiden Kämpferinnen trennten sich, standen auf, keuchten vor Anstrengung.

Emma hielt ihre Waffe im Anschlag. »Susan Ramsey, Sie sind verhaftet!«

Sue fing an zu lachen, ging die letzten drei Meter auf die Klippe zu und stürzte sich über die Kante.

Emma und Catherine blickten wie erstarrt auf die Stelle, an der gerade noch Sue gestanden hatte. Schließlich hob Catherine ihre Taschenlampe auf und leuchtete in den Abgrund hinunter. Im Kegel des Lichts lag Sue mit verdrehten Gliedern unten zwischen Felsen und Sand. Ihr Gesicht wirkte aus dieser Entfernung nur wie ein weißer Fleck. Das Wasser umspielte ihre Beine.

Nach einem langen, wackeligen Abstieg in tiefem Schweigen standen die beiden Frauen endlich unten neben Catherines Auto.

»Was machst du hier?«, fragte Emma schließlich.

»Es wird kalt. Komm, wir setzen uns ins Auto.«

Emma stieg erschöpft ein.

»Das Telefonat mit dir hat mir keine Ruhe gelassen«, begann Catherine. »Ich musste ständig darüber nachdenken. Also habe ich meine alte Vertraute Sue Ramsey angerufen und ihr erzählt, dass du mich verdächtigst, die Menschen aus meiner Vergangenheit umzubringen. Sue hat komisch reagiert und nur gesagt, ich solle mir keine Sorgen machen, sie werde alles regeln.«

Catherine strich sich das feuchte Haar aus der Stirn. »Da habe ich mir erst recht Sorgen gemacht und beschlossen, Deutschland zu verlassen und nach Hause zu fahren. Auf der langen Heimreise nach Manchester kamen die Gedanken dann wie von selbst zu mir. Völlig uneingeladen. Ich hatte Payman und Geraldine nicht umgebracht – aber wer dann? Ich konnte an nichts anderes mehr denken.«

»Das kenne ich«, sagte Emma. »Berufskrankeit. Vermutlich wärst du ein guter Bulle geworden.«

»Was für eine Ironie.« Catherine lächelte traurig. »Der einzige Mensch außer dir, der meine Geschichte wirklich kannte, war Sue Ramsey. In Manchester bin ich dann direkt zu ihr gefahren, Sue war aber nicht da. Also habe ich bei der Nachbarin geklingelt, und die hat mir erzählt, Sue sei unterwegs nach Irland. Zu einem schicken Wellnesshotel in Galway, das früher mal ein Kloster gewesen sei.«

»Bon Cœur«, sagte Emma nur.

»Genau. Spätestens da wurde mir klar, dass meine dunklen Ahnungen ziemlich konkret getroffen hatten, was los war. Sue würde den letzten Stein in ihrem Puzzle legen und nun auch in Bon Cœur aufräumen und Schwester Magdalena umbringen. Also habe ich nur ein paar Stunden geschlafen, bin nach Holyhead in Wales gefahren, habe die nächste Fähre nach Dublin genommen und bin dann weiter nach Galway.«

»Aber warum hast du mich denn nicht angerufen?«, fragte Emma.

»Hättest du mir denn geglaubt?«

Emma schwieg.

»Ich bin heute spät in Bon Cœur angekommen und habe an der Rezeption erst mal nach Sue gefragt. Da hatte ich den Beweis: Sue war tatsächlich hier, das bestätigte alle meine Befürchtungen. Aber weit und breit war keine Polizei zu sehen … also war noch nichts passiert. Ich war sehr erleichtert. Dann habe ich mir ein Zimmer genommen. Da stand ich dann schlaflos am Fenster und überlegte mir meine nächsten Schritte. Die irische Garda konnte ich schlecht anrufen. Wie hätte ich meine Sorgen begründen sollen, ohne mich selbst verdächtig zu machen? Sollte ich einfach Sue zur Rede stellen? Aber würde die von ihrem Vorhaben ablassen, auf meinen bloßen Wunsch hin? Auf jeden Fall müsste ich Schwester Magdalena warnen. Aber wie hätte ich das tun sollen, mitten in der Nacht? Die hätten mich doch niemals zu ihr gelassen.«

»Aber wie hast du mich gefunden?«

»Ich bin noch mal runter, um nach dem Schwesternheim zu suchen. Schlafen konnte ich ja sowieso nicht, dazu war ich viel zu aufgeregt. Und da sah ich Sue über den Parkplatz huschen und in ein Auto steigen. In einen hellblauen Peugeot.«

»Das ist meiner. Steht unten auf dem Parkplatz«, sagte Emma.

»Ich wollte ihr erst nachlaufen«, fuhr Catherine fort, »aber sie fuhr gar nicht weg mit dem Wagen, sondern nur ums Haus. Ohne die Scheinwerfer einzuschalten. Also bin ich ihr gefolgt. Als ich sie endlich eingeholt hatte, war Sue jedoch verschwunden. Als sie wieder auftauchte, schob sie eine Krankenliege an ihr Auto und ließ die Person darauf in den Kofferraum rollen. Eine schier übermenschliche Anstrengung für die kleine Frau.«

»Da täusch dich mal nicht, Sue war trainiert wie die Profifußballer, auf die sie so stand«, sagte Emma.

»Ich dachte erst, ich sei zu spät gekommen und hätte Sue dabei überrascht, wie sie Schwester Magdalenas Leiche entsorgt.«

»Magdalena geht es gut. Das war ich auf der Liege. Sue hat mir was über den Kopf gehauen und mich mit einem Betäubungsmittel außer Gefecht gesetzt. Vermutlich Chloroform. Aber warum hast du denn dann immer noch nicht die Garda angerufen, zum Teufel noch mal?«

»Sue hat mich damals gerettet und war immer gut zu mir. Sie war wie eine Mutter für mich, egal, was ich da oben auf dem Kliff gesagt habe.«

Catherine fing an zu weinen.

Emma blieb einfach sitzen und wartete, bis Catherine sich wieder beruhigt hatte. »Erzählst du mir den Rest der Geschichte?«

»Den kennst du doch«, sagte Catherine. »Sue schlug den Kofferraum zu, setzte sich ans Steuer und fuhr langsam und wieder ohne eingeschaltete Scheinwerfer davon. Erst oben auf der Hauptstraße machte sie das Licht an und beschleunigte. Ich bin zu meinem Auto gerannt und hinterhergefahren. Es ging um ein paar Kurven, und ich hab schon geglaubt, ich hätte Sue verloren, als ich sie auf einen Feldweg abbiegen sah. Ich bin hinterher und habe endlich den Strand und den geparkten Wagen gefunden. Dann hab ich mir die Taschenlampe gegriffen, die ich immer im Auto liegen habe, und bin auf die Suche gegangen. Schließlich habe ich Stimmen gehört und den Lichtkegel eurer Taschenlampe gesehen. Da wart ihr am Zaun. Du kannst dir nicht vorstellen, wie erleichtert ich war, dass die Leiche aus dem Kofferraum ganz offensichtlich noch lebendig genug war, um einen Hügel zu besteigen.«

»Doch, das kann ich mir vorstellen«, sagte Emma, aber für Sarkasmus war Catherine gerade nicht zugänglich.

»Egal, jetzt sind wir quitt. Du hast mir damals in Manchester mein Leben geschenkt, und ich hab dir nun deines gerettet.«

Der Schlüssel in Emmas Peugeot steckte, und beide Frauen fuhren ihr Auto ins Hotel zurück. Emma guckte auf den Tacho. Es waren ziemlich genau sieben Kilometer zwischen Bon Cœur und dem Parkplatz in Silverstrand, die konnte Sue problemlos zu Fuß gegangen sein, als sich bei ihrem nächtlichen Spaziergang über das Kliff ein bedauerlicher Unfall ereignete. Sue würde als vermisst gelten, irgendwann gefunden werden oder auch nicht – je nach Gezeiten, Strömungs- und Windverhältnissen. Das Ganze würde als Unfall oder Suizid in den Akten landen. Die Polizei in Manchester würde irgendwann einen anonymen Hinweis bekommen, wer Walter und Martha Payman sowie Schwester Geraldine Cairns auf dem Gewissen hatte. Was sie damit anfing, war deren Sache.

Emma würde ganz normal aus einer Woche Urlaub auf die Wache zurückkehren. In Sligo würde sie allerdings auf den Schießstand müssen, um ein bisschen herumzuballern. Sonst könnte sie dem Waffenmeister im Büro kaum erklären, wo die Munition geblieben war, die in den Nachthimmel verfeuert worden war.

Freitag, 13.5.2005

Kapitel 24

Alte Bekannte

Emma zwang sich, gegen zehn aus dem Bett zu kriechen. Sie war immer noch wie benommen und hätte endlos weiterschlafen können. Ihr dröhnte der Kopf – sie hatte schließlich eine gewaltige Beule hinter dem Ohr. Nach einer heißen Dusche, ein paar Dehnübungen und zwei Oxy war sie jedoch so weit wiederhergestellt, dass sie zum Frühstück hinuntergehen konnte.

Unterwegs lief sie Sybill in die Arme, die Emma wieder einmal anstarrte. Emma hatte heute wirklich keine Nerven für Spielchen dieser Art und fragte harsch: »Jetzt reicht es mir. Dauernd starren Sie mich an. Stimmt was nicht? Missfällt Ihnen mein Make-up?«

»Oh, das tut mir leid.« Sybill wurde rot und begann zu stottern. »Sie erinnern mich nur so an eine Jugendfreundin aus Ballymote im County Sligo. Sie hieß Niamh, konnte wunderschön singen und sah genauso aus wie Sie. Niamh hat John Shaw geheiratet, einen Jungen aus dem Dorf, in den ich auch verliebt war, und dann habe ich sie aus den Augen verloren ...«

»Niamh und John aus Ballymote?«

»Ja, Niamh – ich hab sie so gemocht.«

»Meine Mutter heißt Niamh und mein Vater John. Mein

Mädchenname ist Shaw. Sie reden von meiner Mutter … Sie lebt seit vielen Jahren in New York!«

Die beiden Frauen starrten sich an und begannen zu lachen.

Eine halbe Stunde aufgeregtes Hin- und Herreden später hatte Emma Sybill die Telefonnummer ihrer Mutter in den USA anvertraut. Dass ihre Mutter eine verbitterte alte Frau geworden war, die ihre frühe Hochzeit ein Leben lang bereut hatte und keineswegs mehr sang, verschwieg sie geflissentlich. Das würde Sybill schon selber herausfinden. Dann machte sie sich auf den Weg zur Hotelrezeption. Dort stand Catherine, die gerade ihre Rechnung beglich.

Emma begleitete sie zu ihrem Auto.

»Wir haben so einiges miteinander erlebt«, brach Catherine das freundliche Schweigen.

»Ja, eigentlich sind wir nur zwei oder drei Mal aufeinander getroffen, aber wir wissen mehr voneinander als viele Menschen, die jahrelang unter einem Dach leben.«

»Unter anderen Umständen hätten wir vielleicht sogar Freundinnen werden können«, sagte Catherine.

»Sei mir nicht böse, aber ich hoffe ernsthaft, dass ich dich nie wiedersehe«, erwiderte Emma mit einem Lächeln. »Jedes Mal, wenn wir aufeinandertreffen, richtet irgendjemand eine Waffe auf mich.«

»Genau«, sagte Catherine und grinste, »auf Nimmerwiedersehen!«

Die beiden Frauen sahen sich in die Augen und umarmten sich lange. Eine leichte Brise vom Meer drehte dabei ein paar lange blonde und rote Haare ineinander, nur um sie dann wieder auseinanderzuziehen. Catherine stieg ein, startete den Motor und fuhr davon, ohne sich noch einmal umzusehen. Emma sah ihr noch lange nach.

»Wer war denn das? Du starrst dieser Frau derart intensiv nach, dass ich schon ganz eifersüchtig bin.«

Die Stimme kam Emma bekannt vor. Sie drehte sich um. Da stand ein großer, schlanker Mann in einer dunkelgrünen Wachstuchjacke und einer flachen Tweedkappe mit einer Golftasche über der Schulter. Die hatte er offenbar gerade aus einem schweren Daimler mit Dubliner Nummer gehoben. Eigentlich ein lächerliches Outfit, aber an diesem Kerl sah sogar die traditionelle Kluft eines britischen Landadeligen attraktiv aus.

»Andrew! Was machst du denn hier?«

»Ich gehe jetzt mit ein paar Kollegen und Klienten zum Golfspielen, wenn du gestattest, liebe Emma. Aber heute Abend, wenn die alle wieder weg sind, würde ich gerne mit dir zum Essen gehen. Wie wär's? Dann kannst du mir auch erzählen, wer der Rotschopf da gerade war.«

»Das war eine der zähsten und widerstandskräftigsten Frauen, die mir je begegnet sind. Vielleicht wird das noch mal eine Freundin von mir. Wer weiß.«

»Also Dinner so um halb acht?«

Der Mann war hartnäckig, das musste Emma zugeben. Sämtliche Einwände, dass sie Erholung brauchte und nicht ihn, und alle unbeantworteten Telefonanrufe hatte er einfach ignoriert und war ihr ein paar Tage später trotzdem nach Bon Cœur nachgefahren. Die Golfpartie mit Klienten der Kanzlei hatte er vermutlich nur inszeniert, um im Büro ein langes Wochenende auf dem Land zu begründen.

Emma wusste nicht genau, ob sie das ärgern oder freuen sollte, beschloss dann aber, das Spiel mitzuspielen.

»Du fährst also heute nicht mit den Kollegen zurück?«

Andrew lächelte. »Auf gar keinen Fall! Ist doch schön hier.« Er breitete die Arme aus, wie um die umliegenden

Wiesen und Hügel zu umarmen. »Ich dachte, ich hänge noch ein oder zwei Tage dran und mach mir ein schönes Wochenende! Hast du übrigens Lust, Golfspielen zu lernen?«

»Ja, aber nur, wenn du einen Kursus in Blumenstecken belegst.«

Punkt sieben stand Andrew bei Emma vor der Tür und lächelte scheu. Sie packte ihn bei seiner Krawatte, zog ihn in ihr Zimmer und küsste ihn heftig auf den Mund. Dann zerstrubbelte eine Hand sein sorgfältig frisiertes dickes Haar, die andere drückte ihn an sich. Andrew reagierte kaum, so sehr hatte sie ihn überrascht. Als er sich gefangen hatte, erwiderte er ihren Kuss jedoch leidenschaftlich, und die Luft in Emmas Zimmer schien sich elektrisch aufzuladen.

Plötzlich löste sich Andrew von Emma, seine Verwirrung ließ ihm offenbar keine Ruhe.

»Erst magst du mich gar nicht sehen und dann so eine Begrüßung. Bist du sicher, dass du weißt, was du willst?«

»Nur so ein kleiner Anfall«, lachte Emma. »Hab vermutlich zu viel meditiert und zu wenig geschlafen.« Dabei flatterte ihr Herz doch wie ein gefangener Vogel. »Nun, wie sieht es aus? Gehen wir vor dem Dinner noch an die Bar …«

Weiter kam sie nicht, denn Andrew schnappte sich ihren Arm und zog sie an sich. So einfach würde sie wohl nicht davonkommen.

»Ich hab auch so einen Anfall«, sagte er, legte eine Hand in ihren Nacken und presste seinen Mund auf den ihren. Emma widersetzte sich nicht, und wäre Andrew nicht so beschäftigt damit gewesen, sie zu küssen, hätte er ein kleines Lächeln in ihrem Blick entdecken können.

Emma schloss die Augen, und das Lachen verging ihr

schnell, denn Andrews Kuss war zugleich sanft und fordernd. Seit Jahren hatte sie keiner so geküsst, und das Gefühl, so lebendig zu sein, war für sich allein schon berauschend. Sie hörte einen Seufzer und stellte verwundert fest, dass er aus ihrer eigenen Kehle kam. Sie öffnete sich seinen Liebkosungen und schien in seinen Armen zu schmelzen.

Plötzlich trat er einen Schritt zurück, und als sich ihre Augen begegneten, las Emma zugleich Begehren und Schock in Andrews Blick. Bevor er etwas sagen konnte, beugte sie sich leicht vor und biss zart in seine Unterlippe. Ihr ganzer Körper vibrierte, dabei berührte er sie kaum.

Nun war es um Andrews Selbstbeherrschung geschehen. Er führte sie zu ihrem Bett und begann, sie langsam auszuziehen. Seine Küsse bedeckten ihr Gesicht, ihren Mund, ihre Brust. Emma spürte, wie sie die Kontrolle verlor. Fast hilflos legte sie die Arme um seinen Nacken. Die Gier der ersten Küsse wurde zu Zärtlichkeit und hingebungsvoller Verehrung ihres Körpers. Emma fühlte sich, als würde sie schweben. Tief in ihr zog es sie hin zu diesem Mann. Langsam bewegte sie sich unter seinen Händen, nahm, was er ihr gab, folgte seinen Vorgaben. Er wartete auf sie, lockte sie, und als sich ihr Körper schließlich dem seinen entgegenhob, ergriff er Besitz von ihr.

Als sie deutlich verspätet und leicht derangiert doch noch im Restaurant erschienen, brachte sie ein wohlerzogener Kellner kommentarlos an ihren Tisch. Emmas Magen knurrte vernehmlich, und Andrew grinste. »Eine Frau mit Appetit. Das ist ganz nach meinem Geschmack!«

Im Kerzenlicht glänzte sein noch immer leicht unordentliches Haar. Zum ersten Mal, seit sie ihn kannte, trug Andrew keinen Anzug und hatte die Ärmel seines Hemdes salopp nach oben gekrempelt. So sah er gesund aus, fand Emma. Und glücklich.

Sie aßen gegrillte Scampi zur Vorspeise und dann Wildlachs, gefolgt von Eis mit heißen Himbeeren. Dazu hatte Andrew einen Chablis bestellt. Als sie schließlich mit einem Cognac dasaßen, um das perfekte Mahl abzuschließen, änderte Andrew den Plauderton, den er während des Essens angeschlagen hatte.

»Willst du mir nicht erzählen, was hier eigentlich los war?«

»Wie kommst du darauf, dass hier überhaupt etwas los war?«

»Am Telefon vergangene Woche hast du mich abgewimmelt wie einen Hausierer und gesagt, du wolltest allein sein. Dann komme ich hier an, und du und diese Rothaarige, ihr starrt euch auf dem Parkplatz an wie zwei Indianer auf Kriegspfad. Und dann umarmt ihr euch. Das passt alles nicht zusammen.«

Andrew war offenbar mit guter Intuition gesegnet. Emma starrte auf ihre Hände. Sollte sie ihm reinen Wein einschenken? Kannte sie ihn gut genug für so viel Vertrauen? Er war schließlich ein Mann des Rechts, und sie hatte sich nicht gerade nach dem Lehrbuch der irischen Polizei benommen. Schließlich suchte sie seinen Blick.

»Fragst du mich das als Anwalt oder als Freund?«

»Als Freund natürlich. Wofür hältst du mich?«

Na gut, er hatte es nicht anders gewollt.

»Du erinnerst dich an den Fitzpatrick-Fall in Sligo?«

»Natürlich erinnere ich mich an den Fall, den deine Kollegen deinem Ex-Mann als IRA-Geschichte anhängen wollen.«

Emma begann, Andrew Catherines ganzes trauriges Leben zu erzählen. Ihre Geburt hier in Bon Cœur und wie sie ihrer Mutter Kaitlin Fitzpatrick von der immer noch hier lebenden Schwester Magdalena weggenommen und nach Newcastle in England in ein Kinderheim gebracht wurde, damit ihre Mutter sie nur ja nicht wiederfinden und Schande über ihre Familie bringen konnte. Wie Catherine adoptiert und missbraucht wurde, bis eine Sozialarbeiterin sie gerettet und in Manchester in einem Wohnheim untergebracht hatte. Wie Catherine schließlich ihre biologische Familie in Irland wiedergefunden hatte – nur um von ihrem Onkel Fitzpatrick in Sligo beschimpft, erpresst und bedroht zu werden. Als er auch noch versuchte, ihr an die Wäsche zu gehen, hatte sie ihn schließlich erwürgt.

Sie erzählte, wie Emma Catherine aus Mitleid hatte davonkommen lassen – entgegen allem Verstand und aller Polizistenpflicht.

»Emma, das ist nicht dein Ernst«, sagte Andrew.

»Ach komm, sei nicht so streng. Sie wäre eh nur wegen Notwehr dran gewesen, und ein guter Anwalt wie du zum Beispiel hätte sie rausgepaukt. Catherine hat genug gelitten. Nun auch mit ihrer Geschichte vor Gericht gezerrt zu werden, wollte ich ihr ersparen. Eigenmächtig? Ja, ganz sicher. Falsch? Garantiert nicht. Damit, dass der Fitzpatrick-Fall offiziell ungelöst bleibt, kann ich leben. Genauso wie damit, dass meine Karriere ein wenig leidet. Menschen sind nun mal wichtiger als Fallstatistiken.«

»Und warum war Catherine jetzt hier?«

Emma berichtete, wie sie bei den Recherchen im Rahmen ihrer Ermittlung im Todesengel-Fall in Sligos Krankenhaus jedoch darauf gestoßen war, dass in England noch einige andere Menschen aus Catherines Umfeld zu Tode gekommen waren.

»Ja, aber wenn das stimmt, dass sie weiter getötet hat, nachdem du sie eigenmächtig hast laufen lassen, hast du dich der Beihilfe zu Mord schuldig gemacht.«

Emma nickte. »Das wurde mir dann auch klar. Genau deswegen musste ich ja unbedingt versuchen, Catherine nach Irland zurückzulocken und sie zu stellen.«

»Deswegen bist du hier in Bon Cœur?«

»Schwester Magdalena, die Catherines Mutter so gequält hat, lebt immer noch hier – die alte Frau weiß nichts davon, aber ich habe sie als Lockvogel eingesetzt.«

Andrew wirkte nun wirklich völlig verstört.

»Keine Sorge, ich habe nachts bei Magdalena gewacht, damit ihr nichts passiert. Deswegen bin ich auch so übermüdet.«

»Heute Morgen hast du Catherine aber schon wieder gehen lassen. Das verstehe ich nicht.«

Emma lachte und winkte ab. »Catherine war es nicht, es hat sich alles aufgeklärt. Sie hat die Herrschaften in England nicht umgebracht. Ich habe mich geirrt.«

»Du hast dich geirrt?«

»Ja, Catherine kam hierher, um alles aufzuklären. Sie hat ein Alibi, sie war in Deutschland im Urlaub, irgendwo in den Voralpen.«

Emma hatte beschlossen, es dabei zu belassen und Andrew nicht zu verraten, dass Sue Ramsey die Morde begangen hatte, deren sie ursprünglich Catherine verdächtigt hatte. Warum auch? Bis dem Hotel auffiel, dass Sue nicht in ihr Zimmer zurückgekommen war oder die Leiche am Strand oder im Meer entdeckt wurde und die Kollegen in Galway die Ermittlungsmaschine anwarfen, würde er längst wieder in Dublin sein. Bis die Nachricht von Sues Unfall oder Verschwinden in Silverstrand ihn erreichte, erkannte er hoffentlich keine Verbindung mehr zwischen Sue, Catherine und Emma. Mit etwas Glück würde ihr Aufenthalt im Hotel Bon Cœur gar nicht erst Teil der Presseberichterstattung werden. Und selbst wenn – alles Koinzidenz. So würde sie sich rausreden.

»Catherines Geschichte bedeutet im Übrigen auch, dass mein Ex Paul mit dem Fitzpatrick-Fall nichts zu tun hat«, schloss Emma, um Andrew von weiteren Fragen zu Emmas Pflichtgefühl als Polizistin abzulenken.

»Die Staatsanwaltschaft hat im Fitzpatrick-Fall ohnehin nichts gegen Paul in der Hand, das weiß ich schon aus den Unterlagen. Die Anklage wird sich auf andere, ältere Fälle beziehen. Mitte der 80er Jahre.«

Emma schwieg. Auch dass sie von einem nächtlichen Besucher mit Gesichtsmaske und Gewehr erfahren hatte, dass Paul in der Tat ein IRA-Terrorist gewesen war, würde sie seinem Anwalt nicht berichten. Sie wollte Andrew Paul gegenüber schließlich nicht noch befangener machen, als er nach den Stunden in ihrem Bett ohnehin schon war.

»Kannst du Paul denn freikriegen?«

Andrews Blick wurde starr. »Ich hoffe, du gibst dich nicht nur mit mir ab, damit ich deinem Ex-Mann helfe.«

Emma war sprachlos. Wortlos starrte sie ihn an, warf ihre Serviette auf den Tisch und schob ihren Stuhl zurück, um aufzustehen. Liebe war weder ein Tauschhandel noch ein Geschäft. Der Mann war entweder gemein oder ein Idiot. Beides konnte sie in ihrem Leben nicht gebrauchen, und wenn er noch so ein guter Liebhaber war.

»Bleib!«, sagte Andrew, der offensichtlich erkannt hatte, dass er Emma beleidigt hatte. »Entschuldige bitte. Ich meine das nicht so. Ich hab einfach Angst, dass ich nicht gut genug bin für eine Frau wie dich. So schön, so störrisch, so kompetent.«

Emma sah Unsicherheit in seinen Augen und etwas, das aussah wie Angst. Der große Kriminalrechtler aus Dublin mit dem dicken Auto und dem noch dickeren Bankkonto war tief drinnen als Mensch genauso unsicher und verletzlich wie sie. Also blieb Emma sitzen.

»Andrew, du bist ein Trottel.«

Emma begann, ihm die Geschichte ihrer Ehe zu erzählen, schonungslos. Berichtete von den Prügeln, dem Unfall, den Szenen. Verschwieg auch nicht, dass sie chronische Schmerzen hatte und nicht zu knapp Oxycodon schluckte. Dass dies auch ihrem Chef nicht entgangen war, der in der kommenden Woche daraus vermutlich die Konsequenzen ziehen würde. Erzählte von ihrem pubertären Sohn, der vor lauter Angst um seinen Vater aggressiv wurde.

»Schön? Kompetent? Andrew, ich habe mehr Probleme, als du Haare auf dem Kopf, und du glaubst, du bist nicht gut genug für mich? Paul ist mein Ex-Mann. Es könnte mir nicht gleichgültiger sein, was aus ihm wird. Aber er ist Stevies Vater, der Junge liebt ihn, und daher muss ich zusehen, dass Paul die beste Verteidigung kriegt, die es gibt, und wenn es mein letztes Hemd kostet. Das ist alles.«

»Und jetzt?« Andrew sah nicht überzeugt aus.

»Wenn du nach all den Geständnissen jetzt noch Lust dazu hast, verbringen wir ein schönes Wochenende miteinander, und dann fahren wir beide in unser jeweiliges Leben zurück. Sonst kann ich dir im Moment keine Versprechungen machen. Ich muss erst einmal meinen eigenen Kram auf die Reihe kriegen, und dann sehen wir weiter.«

»Und Paul? Der Prozess?«

»Paul und seine Probleme klammern wir aus. Ich will

ausnahmsweise mal zwei Tage nicht über ihn und seine Vergangenheit nachdenken, und schon gar nicht darüber, was seine Situation für mich und mein Kind bedeutet. Ich brauch auch mal Erholung. Über Paul reden wir, wenn uns der Alltag wiederhat. Lass uns einfach mal das Hier und Jetzt genießen.«

»Gehst du denn morgen früh mit mir auf den Golfplatz?«, fragte Andrew.

»Wenn wir rechtzeitig dazu aus dem Bett kommen.« Emma hob ihr Glas und blinzelte Andrew zu. »Mein Zimmer oder deines?«

Sie hätte schwören können, dass seine Wangen leicht erröteten.

Montag, 16.5.2005

Kapitel 25

Epilog

Am Montagmorgen schien das lange, verliebte Wochenende schon wieder eine Ewigkeit her zu sein. Emma wurde nicht im diskreten Luxus von Bon Cœur wach, sondern in ihrem eigenen Bett in Sligo – und zwar leicht verkatert. Aus lauter Freude, ihren Sohn wiederzusehen, hatte sie Sonntagabend mit Stevie gekocht. Nachdem sie ihn und Max bei James abgeholt hatte, fabrizierten sie gemeinsam Burger mit Cheddarkäse und Salat – eines von Stevies Lieblingsessen. Max hatte auch etwas von dem Rinderhack abgekriegt und sich freundlich schnurrend in einer Sofaecke zusammengerollt. Emma konnte die Anpassungsfähigkeit von Katzen nur bewundern. Es war, als hätte Max nie ein anderes Zuhause gekannt.

Stevie hatte den ganzen Abend wie losgelassen gequasselt und Emma von seiner Woche bei James und ihren Schachpartien erzählt. Männerhaushalt mit Kater fand er toll – auch wenn es offensichtlich war, wie sehr er sich freute, dass seine Mutter wieder mit ihm zu Hause war. Dann hatten sie ferngesehen, und Emma hatte sich beim Herumlümmeln auf dem Sofa mindestens einen Jameson zu viel gegönnt.

Dennoch hatte sie sich heute früh aus dem Bett geschält,

ein Paar Gummihandschuhe aus dem Putzeimer gefischt und den Umschlag mit dem Rest des geklauten IRA-Gelds aus ihrem Schlafzimmer geholt. Sie hatte die Pfundnoten nie gezählt, wollte sie doch lieber gar nicht wissen, welche Reichtümer sie freiwillig wieder hergab. Sie hatte die Geldscheine in einen neuen wattierten Umschlag gepackt, einen Zettel dazugesteckt, auf den sie nur »Spende!« schrieb, und ihn zugeklebt. Dann hatte sie ihn an das Wave Trauma Centre adressiert, eine Organisation in Belfast, die sich um die Angehörigen von Opfern der IRA-Verbrechen kümmerte. Kein Absender – natürlich nicht.

Sie hatte den Kater gefüttert, Stevie einen Gruß und Geld für seinen Lunch auf den Küchentisch gelegt, ihren Wagen gestartet und war nach Norden über die Grenze gefahren. Im Hauptpostamt von Enniskillen, auf der britischen Seite der Insel, hatte sie englische Briefmarken gekauft und den Umschlag in den Postkasten geworfen. Was Besseres war ihr nicht eingefallen – aber mit Hilfe von Wave würde das Blutgeld der IRA wenigstens Menschen zugutekommen, denen der Terror das Liebste genommen hatte. Dann war sie zurück nach Sligo gefahren und auf die Wache gegangen.

Jetzt saß Emma in ihrem Büro und heulte. Dass sie den Todesengel-Fall gelöst hatte, war vergessen. Wichtig war offenbar nur noch, dass sie Opioide im Blut hatte. Murry hatte sie in sein Büro zitiert und ihr das Ergebnis ihres medizinischen Tests um die Ohren gehauen.

»Verdammt noch mal, Emma! Du bist eine meiner besten Mitarbeiterinnen! Aber du frisst Schmerzmittel wie andere Leute Hustenbonbons. Du hast Morphium im Blut! Bist du eigentlich völlig wahnsinnig? Einen Junkie im Haus kann ich mir nicht leisten!«

Emma hatte dazu nichts zu sagen gewusst.

»Du wusstest Tage im Voraus, dass der Test bevorsteht, und hast das Zeug dennoch nicht abgesetzt. Hast wohl vergessen, dass ich auch ein Bulle bin und eins und eins zusammenzählen kann? Wenn du auf das Zeug verzichten könntest, hättest du das getan. Hast du aber nicht. Das kann nur heißen, dass du von den Schmerzmitteln abhängig bist.«

Emma hatte ihren Chef nur angesehen.

»Weißt du, was passiert, wenn irgendwas schiefgeht, jemand zu Schaden kommt, und ein gegnerischer Anwalt weist uns nach, dass eine diensthabende Beamtin Drogen im Blut hat?«

Emma hatte geschwiegen.

»Du kannst mich anschweigen, so lange du willst. Das ändert nichts an der Sache. Vaughan, du bist ab sofort suspendiert. Ich erwarte von dir, dass du in eine Klinik gehst und einen Entzug machst. Es ist mir scheißegal, wie lange das dauert oder was es kostet, du lässt dich krankschreiben und du machst das jetzt. Nicht morgen oder kommende Woche. Jetzt! Ich erlaube nicht, dass du dich ruinierst und meine Wache gleich noch mit dazu. Haben wir uns verstanden?«

Emma hatte genickt.

»Bring mir deine Dienstwaffe und die Hundemarke, und geh nach Hause. Und lass mich wissen, in welche Klinik du gehst, damit ich weiß, wie ich dich finden kann. Denn wenn du nicht innerhalb von einer Woche in einer Suchtklinik eingecheckt hast, sorge ich dafür, dass du gefeuert wirst.«

Emma legte den Kopf auf ihre Schreibtischplatte. Das ging nur, weil James ganz offensichtlich aufgeräumt hatte. Ihre

Papiere waren sauber gestapelt, die benutzten Kaffeetassen und halb gegessenen Brötchen verschwunden.

Was sollte sie jetzt machen? Murry hatte zu allem Überfluss auch noch recht. Sämtliche Ärzte in Emmas Leben hatten ihr immer wieder erklärt, dass Oxycodon keine Dauerlösung war und dass sie in eine Schmerzklinik musste. Außerdem hatte sie in Bon Cœur am eigenen Leib erfahren, wie gut ihr Sport und Meditation taten. Wenn sie bewusster lebte, waren auch die Schmerzen erträglicher. Michael McCaffrey war der Meinung, eine weitere Operation könnte ihr vielleicht helfen. Aber trotzdem ... ein voller Entzug? Emma schüttelte sich unwillkürlich; sie hatte genug Junkies auf Entzug erlebt, um zu ahnen, was ihr bevorstand.

Immerhin hatte Paddy Sloan die Schnauze gehalten und Murry nicht verraten, dass er Emma in der Asservatenkammer mit der Hand in einer Beweismitteltüte voller Oxycodon erwischt hatte. Sicher nicht aus Kollegialität und Sympathie, sondern weil er wusste, dass es unter Polizisten absolut tabu war, Kollegen anzuschwärzen. Wenn es in einer Branche ein Schweigegelübde gab, dann bei der Garda. Würde er Emma verpetzen, wäre Paddy bei den anderen unten durch. Bei aller Kritik an Emma, die es in der Pearse-Road-Wache geben mochte, ein Bulle war ein Bulle war ein Bulle war ein Bulle – und hatte gefälligst mit den anderen Bullen gegen den Rest der Welt zusammenzuhalten. Außerdem hatte Paddy vermutlich Schiss, dass Emma ihm nachweisen konnte, dass er mit der Presse gesprochen und das Leck verursacht hatte, das Bridget Feeney zum Trittbrettmord an ihrem Bruder motiviert hatte. Auch das wäre nicht gerade ein Anlass für eine Beförderung.

In dem Moment kam James zurück ins gemeinsame

Büro. Er roch nach Rauch – er hatte wohl wieder mit Aoife herumgestanden und gequalmt. Fair war das nicht. Murry und sein Whiskey, Quinn und die Kippen … Warum mussten die eigentlich nicht auf Entzug? Waren sie schließlich auch Polizisten mit Suchtproblemen.

Emma fing wieder an zu weinen.

»Ach, Em …«, sagte James.

»Murry hat mich suspendiert. Ich soll in eine Suchtklinik.« Emma klang vom vielen Weinen so, als würde sie die Worte herauswürgen.

»Ich hab schon gehört«, sagte James und legte ihr eine Packung Papiertaschentücher hin. »Die ganze Wache redet von nichts anderem.«

»Das auch noch!« Emma versank in Selbstmitleid.

»Dass sich so was herumspricht, ist ja auch kein Wunder.«

»Und was soll ich jetzt machen?«

»Ich fahr dich zu Michael McCaffrey ins Sligo General. Der ist dein Freund – und außerdem hast du nach der Todesengel-Nummer ja wohl was gut bei ihm. Du hast den Todesengel-Fall gelöst und dabei seinen guten Ruf bewahrt. Er wird dir helfen, einen Schlachtplan auszuarbeiten, wie du wieder gesund wirst und dein Pillenproblem in den Griff kriegst. Der kennt mit Sicherheit eine gute Spezialklinik und weiß, wie er dir einen Platz dort organisiert.«

»Aber die Schmerzen gehen ja nicht davon weg, dass ich in die Klapse gehe!«

»Wer redet denn von Klapse?«, sagte James. »Gemeint ist eine Schmerzklinik, in der du lernen wirst, deine Situation so zu managen, dass du einen klaren Kopf behältst.«

Emma schwieg.

»Emma, nun komm schon, das alles hat auch was Gutes.

Stevie braucht dich. Und ich brauche dich auch. Je schneller du wieder auf deinen eigenen Beinen stehen kannst ohne diese Pillenkrücke, desto besser für uns alle.«

»Stevie? Was soll denn aus dem werden, wenn ich wochenlang in einer Klinik herumsitze?«

»Der zieht so lange zu mir. Oder ich wohne mit ihm in eurer Bude. Wir haben ja gerade bewiesen, dass wir ein gutes Team sind, der Junge, Max und ich. Stevie ist doch gewohnt, dass seine Erziehungsberechtigte böse Buben jagt und wenig daheim ist. Außerdem ist der sowieso meist mit seinen Kumpels, Sophie und der Schule beschäftigt. Dass du ein paar Wochen weg bist, wird dem kaum auffallen.«

Da musste Emma unter Tränen lachen. James ging um Emmas Schreibtisch herum und zog sie aus ihrem Stuhl hoch. Dann nahm er sie in den Arm.

Emma legte den Kopf auf seine Schulter, sog den so vertrauten Geruch nach Aftershave, Zigaretten und Lederjacke ein, der James stets umgab, und spürte, wie ihre Schultern weich wurden und die Anspannung der vergangenen Monate endlich nachließ.